Tassilo Leitherer

MenschSein

Roman

Druck: Tredition
ISBN (Paperback): 978-3-7469-5990-0
ISBN (Hardcover): 978-3-7469-4990-1
ISBN (e-Book): 978-3-7469-4991-8

Umschlaggestaltung: Leitherer – Kommunikation
Bilder: © pixabay.com
www.tassilo-leitherer.de

Über den Autor

Tassilo Leitherer wurde 1985 in Aschaffenburg geboren und lebt heute in München. Er ist als freier Redner, Mediator, Konfliktmanager und Kommunikationsberater selbstständig.

2009 erschien seine erste Erzählung („Die Sehnsucht nach der richtigen Welt"). Im Juni 2010 folgte sein erster Gedichtband („Träume wie die Wirklichkeit"), und im Oktober 2011 sein erster Roman („Die sieben Stufen des Wahnsinns").

Der Erlös seines 2012 erschienenen Gedichtbandes „Die Phantasie der Wirklichkeit" kommt Straßenkindern in Bolivien zu Gute.

In den Gedichtbänden „Spiegelbild der Wirklichkeit" (2015) und „Erinnerung der Wirklichkeit" (2018) beschäftigt sich der Autor mit dem Alltag, mit Tod und Hoffnung und der Bewältigung von Trauer.

In „Die Schönheit dieser Wirklichkeit" (2018) erzählt Leitherer Episoden aus dem Alltag, Fabeln und Geschichten, die sich mit den schönen Augenblicken dieses Lebens beschäftigen.

Du bist Mensch und darfst es sein.

Prolog

Ich stand auf dem Gehsteig und blickte auf die Straße. Ein kleines Mädchen fuhr dort mit ihrem Fahrrad entlang. Es war ein Sonntag, weswegen kaum Autos fuhren. Die gepflegten Vorgärten in dem gepflegten Vorort, in der ich mich gerade befand, quollen jedoch von passionierten Hobbygärtnern geradezu über.

In letzter Zeit - so schien es mir - wucherten diese Siedlungen immer schneller. Es galt als Statussymbol, einen möglichst gepflegten Garten und einen sauber gestrichenen Gartenzaun zu besitzen, dessen Farbe am besten auch noch mit dem des Hauses harmonierte.

Mir bedeutete all dies überhaupt nichts. Weder der Status, der hinter diesen Dingen steckte, noch die angebliche Ästhetik, die ich in keiner dieser Siedlungen erkennen konnte.

Alle waren so damit beschäftigt, sich um ihre Gärten zu kümmern, dass niemand auf das kleine Mädchen achtete. Beinahe konnte man den Eindruck gewinnen, die Frauen und Männer hatten einen größeren Teil ihrer Herzen für ihre Buchsbäumchen reserviert als für die eigenen Kinder.

Da ich weder von Rasen noch möglichst rundgeschnittenen Buchsbäumchen abgelenkt war, hörte ich das Dröhnen des Motors schon von weitem. Die passionierten Hobbygärtner nahmen diese Art Lärm nicht wahr, ebenso wenig wie das Mädchen selbst. Die überdimensionalen Kopfhörer – in der Trendfarbe Pink - die das Mädchen auf dem Kopf trug, sowie die extrem laute Musik, deren quietschende Stimmen nicht einmal der Motorenlärm gänzlich zu übertönen vermochte, verhinderten jedwede Außenwahrnehmung.

So war das scheinbar heutzutage. Je greller und piepsiger die Musik, desto größer der Erfolg. Keine Ahnung, woran das lag. Es interessierte mich auch nicht.

Neben den pinken Kopfhörern war auch alles andere an dem Mädchen pink. Die pinken Rüschensöckchen, die aus den pinken Lacksandalen herausragten und an den pummeligen Kinderwaden des Mädchens wie eine Tortenverzierung aussahen, das pinke Kleidchen, das auch aus einem Puppenhaus gestohlen worden sein könnte, und natürlich der pinke Lippenstift, der dicker aufgetragen war als bei den Damen, die in zwielichtigen Bahnhofsvierteln auf Kundenfang gingen.

Das Dröhnen wurde lauter. Das Mädchen fuhr Schlangenlinien auf der gepflegten Vorortstraße, deren Gehwege jeden Samstag von den Hobbygärtnern akribisch gereinigt wurden. Ich konnte mir vorstellen, dass es die Anwohnerschaft entsetzte zu sehen, wie schlimm ihre geliebte Straße an jenem Tag - nur einen Tag nach dem Straßenkehrtag - verschmutzt wurde.

Jetzt war das Dröhnen ganz nah. Ich sah das Auto. Es war ironischerweise ebenfalls pink. Eines jener Muscle-Cars, die viele in besonders grellen Farben kauften, weil sie glaubten, damit noch mehr aufzufallen. Auch dies musste scheinbar so sein. Der Fahrer des Wagens war bis zu diesem Tag sicher glücklich mit seinem Gefährt und den neidischen Blicken der Menschen, die ihm sehnsuchtsvoll nachsahen. Jeder wollte doch schon als Kind einmal in einem echten Barbie-Mobil unterwegs sein.

Dem Mädchen fiel das Auto allerdings trotz aller Auffälligkeiten nicht auf. Das „LaLaLa" aus ihren Kopfhören war stärker als das donnergleiche Dröhnen des V8-Motors. Auf einmal geriet der Wagen ins Schleudern. Vielleicht hatte der Fahrer das Mädchen auf ihrem signalpinken Fahrrad gesehen und versuchte erfolglos auszuweichen, vielleicht war er jedoch auch ganz einfach betrunken.

Das Fahrzeug schleuderte immer stärker. Nichts konnte es bremsen. Nicht einmal das Mädchen auf dem Fahrrad, dessen pinke Erscheinung für einen Moment mit dem pinken Lack des Muscle-Cars verschmolz, bevor es in die Luft geschleudert wurde. Während das Mädchen dahinsegelte, stabilisierte sich das Auto. Der Fahrer gab noch einmal Gas und verschwand.

Auf einmal ruhten alle Blicke auf dem Mädchen. Stille. Es war einer jener Momente, in denen man eine Stecknadel hätte fallen hören können. Natürlich nur, wenn da nicht das Dröhnen des V8 Motors gewesen wäre, der volle Leistung bringen musste, um die Fluchtchancen des Fahrers zu erhöhen.

Das Fahrrad landete zuerst. Im Gartenteich eines betagten Herren mit einem löchrigen Strohhut und einem nicht gerade der neuesten Mode entsprechenden Karo-Hemd, das so gar nicht mit seinem sanft-beige gestrichenen Haus harmonieren wollte. Das Mädchen landete in einem jener Vorgartenteiche, in denen teure Karpfen den ganzen Tag nichts anderes taten, als im Kreis zu schwimmen. Heute wurde ihre Routine empfindlich gestört. Ertrinken jedenfalls musste das Mädchen nicht. Dafür war es schon zu spät.

Entsetzte Schreie hallten durch die Straßen. Weinende Frauen wurden von ihren blassen Ehemännern gestützt. Einige wenige – die tapferen – eilten zu dem Teich, nur um dort festzustellen, dass sie nichts mehr für das Mädchen tun konnten. Die Emotionen kochten über. Eine ganze Heerschaar an Psychologen musste in den darauffolgenden Wochen die Anwohner behandeln. Die meisten sollten für immer Alpträume behalten. Angeblich hat sich eines der Paare sogar kurz nach diesem Unfall umgebracht. Sie konnten mit dem Gesehenen einfach nicht fertig werden. Zu groß war der Kontrast zu ihren gepflegten Vorortrasen.

Mich ließ all das kalt. Mein Puls beschleunigte sich nicht. Ich verspürte weder Trauer noch Entsetzten. Schrecken und Verzweiflung gelang es ebenfalls nicht, mein Herz zu berühren. Ja nicht einmal das Mitleid, so etwas Schlimmes mitangesehen haben zu müssen, hatte eine Chance. Ich stand einfach da, als ob nichts geschehen wäre. *Dies ist wohl einer der Momente, in denen ich etwas fühlen müsste,* dachte ich mir, doch war ich nicht in der Lage, irgendetwas zu fühlen. Außer dem physischen Schmerz, der sich einen Augenblick später in meinem Kopf ausbreitete. Der pinke Kopfhörer hatte mich an der Stirn getroffen.

Das bin ich

„Hallo! Ich bin Pascal. Ich bin 39 Jahre und ledig. Und ich habe keine Gefühle."

So hätte meine Vorstellung ausgesehen, wenn ich einer Selbsthilfegruppe beigetreten wäre. Und natürlich, wenn ich Pascal heißen würde. So heiße ich natürlich nicht. Ich brauchte nur einen Namen, um diese Floskel anschaulicher zu gestalten. Ein ganzes Leben beschränkt auf diese wenigen Informationen. Zugegeben, mehr gibt es auch nicht zu berichten. Erlebnisse machen immerhin nur dann Sinn, wenn man sie genießen kann.

Wenn nicht, sind sie einfach nur überflüssiger Ballast, der den Speicher belegt. In meinem Fall war alles, mein gesamtes Leben, nur Ballast. Jeder Sinneseindruck, jede Erfahrung, jeder einzelne Tag meiner Existenz. Wertloser Müll, von dem ich mich nicht trennen konnte, der mir aber auch nichts brachte. Jemand hätte einen grünen Punkt an meinem Kopf anbringen sollen, damit der ganze Mist endlich recycelt werden konnte. Niemand tat es.

Für den Fall, dass ihnen das jetzt alles zu schnell ging, noch einmal zum Mitlesen. Ich heiße nicht Pascal, ich bin keine 39 Jahre alt und ich habe keine Gefühle. Viele von ihnen werden jetzt sagen, dass sie solche Menschen kennen. Jeder hat einen Menschen in der Nachbarschaft, von dem er genau das behauptet. Jeder hatte einmal einen Freund oder eine Freundin, die er nach Beendigung der Beziehung als gefühlslos beschrieb. Jeder nannte schon einmal seinen besten Freund kaltherzig, wenn dieser nicht ebenfalls in Tränen ausbrach, wenn das geliebte Löwenkopfkaninchen in der prallen Hochsommersonne einen Hitzeschlag erlitten hatte.

In meinem Fall ist das alles anders. Ich habe tatsächlich keine Gefühle. Ich lebe, ohne zu wissen, was Liebe, Glück, Zuversicht, Hoffnung, Freude, Zufriedenheit, Hass, Neid, Verzweiflung, Furcht und die zahllosen anderen Gefühle, die jeder von ihnen kennen dürfte, sind. Für mich sind all diese Dinge nur leere Worthülsen. Ich bin in der Lage, deren Bedeutung zu verstehen, kann sie jedoch nicht nachvollziehen. Nicht weil ich nicht will, sondern weil ich es einfach nicht kann.

Mein Puls schlägt nicht schneller, wenn ich eine schöne Frau erblicke. Auch dann nicht, wenn ich einen fürchterlichen Horrorfilm sehe, in denen der Protagonist gerade von einem bösen Clown enthauptet wird. Auch dann nicht, wenn ich in ein Flugzeug steige. Ich kenne weder Höhenangst, noch die Liebe zur Freiheit, die manch einer über den Wolken verspürt.

In mir herrscht nichts als emotionale Leere. Manch einer würde es als Kälte bezeichnen, doch ich bin mir nicht sicher, ob das der richtige Begriff ist. Ich zitterte niemals vor einer schweren Prüfung. Ich stotterte nicht vor meinem ersten Bewerbungsgespräch und musste auch keine Slipeinlagen unter die Achseln kleben, als ich mein Diplom überreicht bekam. Ich lebe, ohne zu wissen, warum ich das tue.

Welchen Sinn macht ein Leben ohne Gefühle? Macht ein Leben mit Gefühlen Sinn? Ich kann es nicht beurteilen. Normalerweise müsste ich jetzt so etwas wie *Ich bedauere, dass ich keine Gefühle habe* sagen. Die Wahrheit ist allerdings, dass ich nicht in der Lage bin, diese Tatsache oder überhaupt irgendetwas zu bedauern.

Ich bin einfach nur neugierig. Nun könnte man sagen, Neugierde sei auch ein Gefühl. Ich sehe das anders. Gefühle sind all diejenigen Dinge, die das Herz dazu bringen, schneller zu schlagen. Bei meiner Neugierde ist dies nicht der Fall. Ich will einfach einmal wissen, wie es ist, wie alle anderen zu sein. Vielleicht wäre es mir dann möglich, einen Sinn im Leben zu finden. Schade, dass die Kybernetik noch nichts so weit vorangeschritten ist wie in vielen Science-Fiction-Filmen. Vielleicht hätte ich mich sonst einmal mit R2-D2, Wally oder irgendeinem anderen berühmten Film-Roboter darüber unterhalten können, wie es ihnen geht. Sie hätten mich ganz sicher verstanden.

Letztlich bin auch ich nichts anderes als ein Roboter. Eine Maschine, die aus organischem Material besteht. Aus Zellen, die keinen wirklichen Zweck erfüllen. Ich bin ein Organismus, der mechanisch funktioniert, der aber keinen Sinn erfüllen kann, weil die Software fehlerhaft ist.

Für sie klingt all das hart? Ist es so? Ich kann es nicht beurteilen. Auch dafür müsste ich in der Lage sein, etwas zu fühlen. Im Gegensatz zu Gefühlen, die ich nicht wahrnehmen kann, kann ich sehr wohl Schmerzen fühlen. Das klingt jetzt etwas sonderbar, aber das liegt wohl an unserer Sprache, in der „Fühlen" und „Gefühle" sehr leicht miteinander verwechselt wird.

Wissen sie, was das komischste ist, wenn man nicht in der Lage ist, etwas zu empfinden, aber Schmerz fühlen kann? Ich verrate es ihnen: Man fürchtet sich nicht vor Schmerzen. Natürlich weiß ich, dass ich echte Schmerzen unbedingt vermeiden sollte, mein Puls beschleunigt sich bei dem Gedanken daran jedoch nicht. Nicht einmal die Androhung von Schlägen oder sogar Folter vermag es, mich zu erschrecken. Ich bin klug genug, nicht ins offene Messer zu laufen – im wahrsten Sinne des Wortes – oder auf eine heiße Herdplatte zu langen, doch vermeide ich dies nur, weil es nicht logisch wäre, mich selbst zu verletzen. Die Ressourcen, die zur Reparatur notwendig wären, wären vergeudet.

Eigentlich wäre ich der ideale Geheimagent. Aus mir würde niemand irgendetwas herausbekommen. Als Geheimnisträger wäre ich von unschätzbarem Wert. Ein Training, in dem ich lernen würde, wie man der schlimmsten Folter widersteht, wäre vollkommen unnötig. Das einzige Problem ist, dass Agenten zumeist Patrioten sind. Ein Patriot wiederum ist jemand, der sein Land oder zumindest die Organisation, für die er arbeitet, oder wenn all das nicht, dann zumindest das Geld liebt. Ich denke, sie wissen, warum ich folglich ein schlechter Agent wäre. Vaterlandsliebe? Gier? Was ist das?

Nun könnte man meinen, mein Leben sei ziemlich einfach. Viele Menschen sind der Meinung, Gefühle würden das Leben erschweren. Emotionen stehen immer nur im Wege und verhindern, dass der Mensch sein wahres Glück findet. Ich kann ihnen hiermit – sozusagen als Insider – folgendes verraten: Das ist vollkommener Unsinn. Das Glück ohne Gefühle erreichen? Wie bitteschön soll das denn gehen? Glück basiert auf Gefühlen, es ist sogar der Idealtypus des vollkommenen Gefühls. Auch wenn schnell gesagt wird, Gefühle stünden einem im Weg, ist genau das Gegenteil der Fall. Gefühle öffnen Türen, die ansonsten verschlossen bleiben.

Das ist natürlich nur meine Sicht. Allerdings müssen sie mir zugestehen, dass ich eine ziemlich gute Quelle darstelle. Immerhin bin ich nicht in der Lage zu fühlen und habe mein Glück bislang nicht finden können. Schlimmer noch, ich habe nicht einmal den leisesten Hauch einer Ahnung, wo ich es suchen soll, oder worin mein Glück besteht. Mir stehen also nicht meine Gefühle im Weg, sondern meine Unfähigkeit zu eben diesen.

Es wird ihnen hoffentlich nicht zu kompliziert. Mir selbst geht es oft so, wenn ich darüber nachdenke. Die fehlenden Stücke des Puzzles, das sich mein Leben nennt, sind so verworren, dass es mir meistens unmöglich scheint, sie zusammenzuführen. Ich bin ein lebendes Paradoxon, dessen Lösung unmöglich scheint. Selbstverständlich empfinde ich keine Verzweiflung, wenn ich diesen Punkt einmal wieder erreicht habe. Ich wünschte, ich würde so etwas wie Verzweiflung empfinden, dann wäre ich zumindest schon einmal einen Schritt weiter. Fehlanzeige.

Hinzu kommt, dass ich ununterbrochen an diesen Punkt gelange. Wieder und wieder stoße ich gegen die Wand in der gedanklichen Sackgasse. Jedes Mal fängt mein Kopf an zu schmerzen, meine Schläfen pochen und ich erleide körperliche (seelisch geht ja nicht) Qualen. Wäre ich so wie sie, würde mein Unterbewusstsein verhindern, dass ich ständig über mich und mein Dilemma nachdenke. Es würde wissen, dass ich immer wieder gegen die Wand laufe und dies ungeheuerliche Schmerzen zur Folge hat. Es würde sich selbst unterbewusst vor den Schmerzen schützen, aus Angst, diese zu erleiden.

Mein Unterbewusstsein vermag dies freilich nicht. Genauso wenig wie ich Gefühle wie Angst kenne, kennt sie mein Unterbewusstsein. Warum also sollte es mich schützen? Im Gegenteil, mein Unterbewusstsein ist immer sachlich. Deswegen schickt es mich ununterbrochen auf die gedankliche Reise. Logisch gesehen macht das Sinn. Durch das wiederholte Versuchen muss ich irgendwann die Lösung finden. Theoretisch.

Ich möchte sie nicht weiter langeweilen. Ich bin mir sicher, dass sie vielmehr daran interessiert sind, wo und wie ich meine Gefühle suchte und ob ich sie am Ende gefunden habe. Nur eines noch: Es mag Ihnen manchmal vielleicht so vorkommen, dass ich doch gelegentlich etwas empfinde. Manche Wörter mögen einen Hinweis darauf geben. Seien sie sich sicher, dem ist nicht so. Es ist ganz einfach schwierig, in einer Welt, die von Gefühlen beherrscht wird, aufzuwachen, ohne sich den ganz gebräuchlichen Wortschatz zu eigen zu machen. Aus Gewohnheit sagt man dann Dinge, weil es ganz einfach normal ist, sie zu sagen. Natürlich weiß man, wie dumm es ist, ein bestimmtes Wort zu gebrauchen, aber es ist einfacher, sich derselben Sprache wie alle anderen zu bedienen, als jedes Mal umständlich über eine Umschreibung nachzudenken.

Mein Geist funktioniert wie eine Maschine, daher bin ich stets darauf bedacht, möglichst effizient zu handeln. Wichtig ist nur, das Ziel zu erreichen. Kleine Ziele erreiche ich dabei mühelos und außerordentlich effizient. Das große Ziel jedoch, an dessen Ende das Glück im Leben steht, kann ich niemals erreichen.

Niemand gibt mir vor, worin dieses besteht. Ein Roboter bekommt von seinem Besitzer das Ziel vorgegeben, ein Mensch von seinem emotionalen Bewusstsein, doch was ist mit mir? Ich irre durch die Welt, durch mein Leben, ohne ein Ziel und ohne Hoffnung, denn ich bin nicht in der Lage, Hoffnung zu empfinden. Hätte ich einen Knopf zur Selbstzerstörung, so hätte ich ihn wohl schon betätigt, aber wer auch immer mich geschaffen hat, diese Funktion muss er wohl vergessen haben.

Eigentlich gibt es für mich nur einen Ausweg: Ich muss meine Gefühle finden. Doch wie es so ist im Leben – egal ob es das eines fühlenden Wesens oder eben eines Geschöpfes wie mir ist – steht vor dem Finden immer die Suche. Sie fragen sich sicher, wie ich darauf komme, das Auffinden der Gefühle könnten mein Lebensziel sein. Nun, auch hier bin ich mir in dieser Frage nicht sicher. Allerdings habe ich jede andere Möglichkeit ausgeschlossen. Einzig diese Option steht mir noch offen. Deswegen versuche ich es.

Der Knackpunkt an meiner Suche ist das Fehlen jeder Leidenschaft mit der ich meine Sucher führen muss. Jeder von ihnen weiß bestimmt, wie wichtig Neugierde und Leidenschaft sind, wenn man etwas zu erreichen versucht. Stellen sie sich einmal vor, sie besäßen nichts davon? Würde ihre Suche dann noch Sinn ergeben? Wären sie motiviert weiterzusuchen, oder würden sie aufgeben, sobald die kleinste Schwierigkeit im Wege steht? Es ist schwierig, sich durchzusetzen, wenn man keine Sehnsucht verspürt, etwas wirklich erreichen zu wollen.

Zu Recht werden sie jetzt fragen, wie ich dann überhaupt die Suche nach meinen Gefühlen durchziehen kann. Die Antwort darauf ist ziemlich banal: Ich habe nichts Besseres zu tun. Mein logischer Geist legt die Prioritäten fest und eben jene Suche steht auf dieser Liste ganz oben. Nach der Logik sollte ein Wesen immer nach Perfektion streben. Mein Dasein ist alles andere als perfekt. Folglich gibt es gar keine andere Möglichkeit für mich, als die Suche zu beginnen und zu Ende zu bringen, koste es, was es wolle, selbst, wenn das meinen Tod bedeuten sollte. Der Vorteil, den ich hier natürlich besitze, besteht in dem völligen Fehlen der Angst vor dem Tod.

Vielleicht sollte ich mich vor dem Tode fürchten. Vielleicht ist die Angst vor dem Tod der Schlüssel zu mir und meinen Gefühlen. Doch ich kann es nicht erzwingen. Meine Theorie lautet: Die Gefühle kommen von alleine, sobald ich einen gewissen Punkt überschritten habe. Manch einer mag das unter Umständen Hoffnung nennen, für mich ist es jedoch vielmehr eine weitere Theorie, die auf dem Ausschlussverfahren basiert. Wenn ich genauer darüber nachdenke, besteht mein gesamtes Leben aus Theorien. Woraus sollte es auch sonst bestehen? Erfahrungen, die ohne Gefühle ablaufen, sind nichts weiter als Theorien.

Zum Beispiel: Ich habe meinen Studienabschluss geschafft. Normalerweise müsste ich mich freuen. Also würde ich die Erfahrung der Freude machen. Zu so etwas bin ich nicht in der Lage. Meine Art damit umzugehen besteht darin, mir eine Theorie zusammenzustellen, wie die Erfahrung der Freude wohl aussehen würde. Anschließend versuche ich diese Theorie nach außen zu tragen und zu leben. Ich tue dies, um einen Schein zu wahren. Ich setze eine Maske auf und verfeinere diese immer weiter. Ich lebe eine Lüge.

Auf diese Weise unterziehe ich meine Theorien immer einem Reality-Check. Es wird sie überraschen zu hören, wie schnell die meisten meiner Theorien an der Realität scheitern. Keine meiner Theorien hat den Reality-Check vollkommen bestanden.

Wie genau diese Theorien aussehen? Nun, am besten ich erzähle ihnen ein bisschen davon. Hier ist mein Leben. Wenn sie im Gegensatz zu mir in der Lage dazu sein sollten, Spaß zu empfinden, dann wünsche ich ihnen nun eben diesen. Natürlich ohne zu wissen, ob eben dies angemessen ist.

Wann ist ein Mensch ein Mensch

Wann beginnt ein Mensch zu fühlen? Bereits im Mutterleib? Bei der Geburt? Wenn ein Baby in der Lage ist, seine ersten Worte zu sprechen? Vielleicht zu dem Zeitpunkt, an dem Leben überhaupt erst als Leben angesehen wird? Wann wäre das dann? Mit dem ersten Herzschlag? Mit der Vereinigung von Eizelle und Spermium?

In diesem einen Fall muss ich eindeutig gestehen, dass es einer der wenigen Aspekte in meinem Leben ist, der leicht zu klären ist. Ich habe niemals angefangen zu empfinden. Darf ich mich also überhaupt als Mensch bezeichnen? Mein Körper hat keine Endorphine ausgestoßen, als ich durch den Geburtskanal gepresst wurde. Wenn die Erzählungen meiner Eltern zutreffen, habe ich nicht einmal geweint, als ich auf die Welt kam. Erst mit der Durchtrennung der Nabelschnur begann ein Schreianfall. Dieser war jedoch wohl eher auf den Schmerz zurückzuführen, der damit verbunden war, als auf ein Gefühl der Trennungsangst.

Ein neuer Lebensabschnitt beginnt mit der Geburt, ja sogar der allererste richtige Lebensabschnitt. Ich kann mich natürlich ebenso wenig wie jeder andere Mensch an diesen Augenblick erinnern. Was ich jedoch mit absoluter Sicherheit sagen kann, ist, dass mir das egal war. Zumindest, wenn ich damals bereits in der Lage gewesen sein sollte einzuordnen, was da um mich herum geschah. Was sollte mich meine Geburt auch schon groß kümmern? Angst vor dem, was mich außerhalb des wohlig warmen Mutterleibes erwartete? Wohl kaum. Melancholie, weil ich meine Heimat verloren hatte? Wohl kaum. Die Befürchtung, die Familie, in die ich hineingeboren wurde, ätzend zu finden? Wohl kaum.

Niemand sprach es offen aus, aber ich denke, meine Geburt sorgte für große Verwunderung. Bestimmt bezeichnete mich das Personal als Baby, das bei der Geburt nicht schrie. Allzu häufig dürfte so etwas bei einem ansonsten gesunden Kind sicher nicht vorkommen. Der anwesende Arzt, die Hebamme sowie die Krankenschwestern hatten an diesem Abend zu Hause bei ihren Familien etwas zu erzählen. Vielleicht rettete meine Emotionslosigkeit ja sogar die eine oder andere Beziehung. Endlich gab es einmal wieder etwas, über das man sich nach Jahren, Monaten, Wochen oder Tagen der Langeweile und des Schweigens unterhalten konnte. So etwas kann sicher dabei helfen, eine Trennung zu vermeiden.

Wenn ich wie sie wäre, würde ich mich ganz gewiss über diese gute Tat freuen. Das Problem ist: Ich bin nicht sie. Und so lässt auch dieser Gedanke mich vollkommen kalt. Was interessieren mich schon irgendwelche Ärzte, Hebammen und Schwestern, an die ich mich nicht einmal erinnern kann? Es würde mich nicht einmal kümmern, wenn ich mich an sie erinnern könnte.

Sie sind mir, um es einmal in der Sprache gefühlsgelenkter Menschen zu sagen, vollkommen scheißegal. Verzeihen sie mir diesen Ausdruck. Wie sie sehen, versuche ich mich immer wieder der Redensweise gefühlsgelenkter Wesen anzupassen. Meistens gelingt mir das ganz gut. Wie sie sich vorstellen können, ist es für einen Außenseiter der Gesellschaft unverzichtbar, sich zu tarnen. Nur wenn jemand, der aus der Reihe tanzt, in der Lage ist, so zu tun, als wäre er wie alle anderen, kann er ein halbwegs normales Leben führen.

Als Baby wusste ich das natürlich noch nicht. So etwas zu erkennen, dauert für gewöhnlich Jahre. Wahrscheinlich ist es sogar unmöglich, sich völlig anzupassen. Fehler werden immer wieder vorkommen. Es reicht ein unachtsamer Moment. Zumindest ist dies meiner Erfahrung nach so. Eine perfekte Tarnung existiert nicht. So bedacht wie ich es heute bin, war ich damals jedenfalls noch nicht. Deswegen simulierte ich auch kein Weinen in den Tagen nach meiner Geburt. Wenn meine eigentliche Geburt bereits ungewöhnlich erschienen war, so waren die Tage darauf wohl nur mit dem Wort „Sensation“ zu betiteln.

Drei Tage verbrachte ich mit meiner Mutter im Krankenhaus. In dieser Zeit habe ich kein einziges Mal geweint oder geschrien. Wenn ich etwas wollte, dann habe ich höchstens ein Wimmern von mir gegeben oder etwas Wirres gebrabbelt. Das war alles. Dem Klinikpersonal kam mein Verhalten so ungeheuerlich vor, dass sie einige Tests anordneten. Reaktionstests sollten bestimmen, ob mein Gehirn richtig ausgebildet war, eine Untersuchung der Tränenkanäle sollte Klarheit schaffen, ob ich so etwas überhaupt besaß. Alles war in bester Ordnung.

Es gab damals wie heute keine Neugeborenenpsychologen. Hätte es sie geben, hätte ein solcher vielleicht erkannt, dass bei mir auf einer tieferen Ebene etwas nicht stimmte. Körperlich jedenfalls war ich vollkommen normal. Ich war nach der Ansicht aller Ärzte ein Mensch wie jeder andere, eben ein ganz normales Kind. Meine Mutter machte sich keine Sorgen. Sie zerbrach sich auch nicht den Kopf darüber, warum ich wohl niemals schrie. Sie war einfach glücklich, so einen netten kleinen Mann zu haben, der sich bereits als Säugling zu benehmen wusste.

Mütter neigen generell dazu, ihr Kind zu idealisieren. „Mein Sohn ist der klügste, der hübscheste, der cleverste, der fröhlichste und der bravste Junge, den es überhaupt gibt."

Das sagen sie sogar, wenn ihr Kind, ein fetter, kleiner, schwerfälliger Schwamm ohne Haare, dafür aber einem zerknautschtem Pummel-Gesicht ist. Ganz objektiv betrachtet.

Warum sind Mütter so blind, wenn es um ihr eigenes Baby geht? Ist es, weil Kinder als Spiegelbild ihrer Eltern betrachtet werden und sich Eltern daher fürchten, sich einzugestehen, dass ihr Spiegelbild ein hässlicher Idiot ist? Oder sind es auch in diesem Fall die Endorphine, die in solchen Mengen ausgeschüttet werden, die ausreichen, jeden Realitätssinn zu vernichten? Positive Emotionen, die Zweifel an der Fehlbarkeit des eigenen Fleischs und Blutes gar nicht erst aufkommen lassen? Das ist es! Zumindest halte ich dies für die wahrscheinlichste Theorie.

Meine Mutter sah mich auf alle Fälle als den perfektesten Jungen an, der jemals auf diese Welt gekommen war. Für sie hätte ich auch die Reinkarnation Jesus Christus sein können. Wäre ich in der Lage gewesen, Gefühle zu entwickeln, hätte ich wahrscheinlich schon in frühen Jahren einen Gottkomplex entwickelt. Gut, dass mir eben dies erspart geblieben war. Mein Vater war im Übrigen nicht besser. Vom ersten Tage an klügelte er aus, was aus mir später einmal werden würde.

„Präsident der Vereinigten Staaten“, rief er als erstes aus.

„Dafür muss er doch dort geboren sein, Schatz“, holte ihn meine Mutter auf den Boden der Tatsachen zurück.

„Bundeskanzler!“ Mein Vater ließ nicht locker.

„Ja, das ginge“, gestand meine Mutter freudestrahlend nach kurzer Bedenkzeit ein.

„Mein kleiner Prinz wird später Bundeskanzler!“

Vielleicht wäre dies der Moment gewesen, in dem ein emotional kompetentes Baby geschrien hätte. Ich freilich starrte meine Mutter einfach nur an, ohne jede Gefühlsregung und mit ausdruckslosem Gesicht.

„Schau! Er lächelt!“, rief mein Vater aus.

Ich kann ihnen versichern, dass ich nicht gelächelt habe. Wieder so ein Fall der gestörten Wahrnehmung. Gerne würde ich seufzen, aber warum sollte ich das tun?

In diesem Moment wurde die erste Entscheidung getroffen, die mein Leben betraf. Der Name Kevin, den ich eigentlich erhalten sollte, wurde kurzerhand gestrichen. Aus heutiger Sicht kam mir das natürlich zu Gute. Nicht etwa weil Kevin ein besonders scheußlicher Name ist – einem Menschen ohne Gefühle sind derlei Kleinigkeiten egal – sondern vielmehr aus praktischen Gesichtspunkten. Kevin ist der Name mit den geringsten Zukunftsaussichten. Studien belegen, dass Kinder, die Kevin heißen, in allen Lebensbereichen benachteiligt werden. In der Schule werden sie diskriminiert und erhalten schlechtere Noten, im wahren Leben werden sie ausgelacht. Insofern war es ganz gut, dass meine

Eltern von diesem Namen abkamen. Oder komme ich ihnen wie ein Kevin vor? Eben.

Stattdessen nannten mich meine Eltern … naja, das will ich hier nicht sagen. Ich muss immerhin darauf achten, mich nicht zu outen und zu verraten. Ich schätze, die Welt geht nicht besonders gut mit einem Menschen ohne Gefühle um. So viel sei gesagt: Es war ein politischer Name. Ich war immerhin der kleine Bundeskanzler. Ich kann schon jetzt ihre nächste Frage beantworten. Nein, ich heiße nicht Helmut und auch nicht Gerhard. Doch das ist eigentlich schon zu viel Information.

Zu Recht werden sie sich an dieser Stelle fragen, woher ich denn eigentlich so genau weiß, was damals im Krankenhaus geschehen ist. Ob ich über übersinnliche Fähigkeiten verfüge? Nein, übersinnliche Fähigkeiten besitze ich genau so wenig, wie ich mich noch daran erinnern kann, was damals passiert ist. Bis auf meine Unfähigkeit zu empfinden, war ich vollkommen normal, in diesem Punkt hatten die Ärzte Recht.

Können sie sich etwa an ihre Geburt erinnern? Na also. Der Grund, warum ich über die Geschehnisse so umfassend informiert bin, sind die zahllosen Stunden, die der Camcorder, der ununterbrochen lief, festhielt. Mein Vater war ein Technikfetischist, der solche Angst davor hatte, bestimmte Dinge zu vergessen, dass er kurzerhand alles aufnahm. Es wird sie nun vielleicht wundern, aber er hatte sogar einen vordergründig rationalen Grund dafür.

Mein Großvater erkrankte bereits frühzeitig an Alzheimer und konnte sich schon wenige Jahre später an absolut nichts mehr erinnern. Mein Vater fürchtete sich davor, das gleiche Schicksal zu erleiden.

„Was ich aufnehme, kann ich niemals vergessen“, sagte mein Vater immer.

Ich muss gestehen, dass das außerordentlich schlüssig klang. Selbst für einen Logiker wie mich. Übrigens sollte mein Vater niemals an Alzheimer erkranken. Er war fit und gesund bis zu seinem Tode. Dieser setzte allerdings recht früh ein. Sein Tod kam der Krankheit des Vergessens sozusagen zuvor. Ein Schutzmechanismus? Die vielen tausend Stunden Bildmaterial waren demnach vollkommen umsonst entstanden. Ironie des Schicksals nennt man so etwas wohl. Auch wenn Ironie für mich ein nur schwer fassbares Konstrukt darstellt, trifft es in diesem Fall wohl den Nagel auf den Kopf.

Ob sich mein Vater wohl jemals fragte, wenn er an ruhigen Abenden die alten Videos ansah, ob er mich nicht doch hätte Kevin nennen sollen?

Dinge, die mich nicht berühren

An dieser Stelle möchte ich ihnen von Dingen berichten, die den Rest der Welt in Aufruhr versetzen, mich jedoch vollkommen kalt lassen. Ich versuche ihnen auf diese Weise zu verdeutlichen, wie stark meine Gefühlslegasthenie - wie ich es manchmal nenne - ausgeprägt ist. Ich nenne Ereignisse, die mich nicht interessieren. Sie sind mit Emotionen aufgeladen, die ich ganz einfach nicht teilen kann.

Bislang haben sie nur wenig über mich erfahren. Da ich ihnen allerdings ein wenig über meine Geburt erzählt habe, erscheint mir folgendes Beispiel passend:

Wussten sie, dass die Banane kurz vor dem Aussterben steht? Nein? Nun, jetzt wissen sie es. Bereits seit etwa siebentausend Jahren wird die Banane angebaut. In der Form, in der sie heute in jedem popeligen Supermarkt zu finden ist, existiert die Frucht allerdings nicht in der Natur. In ihrer natürlichen Form enthält die Banane Samen, die das Essen erschweren. Deswegen hat der Mensch die Banane ganz einfach verändert. Heute enthält die eigentliche Frucht keine Kerne oder Samen mehr. Um Bananen zu kultivieren, werden so genannte Schösslinge verwendet. Dabei handelt es sich um Ausläufer der Frucht, die aus den Stauden herauswachsen.

Ich möchte sie nicht mit zu vielen Details langweilen, deswegen sei an dieser Stelle nur gesagt, dass dies dazu führt, dass alle Bananen genetisch gleich sind und sich daher nicht gegen Krankheitserreger oder Schädlinge zur Wehr setzen können. Die Folge davon? Nunja, immer mehr Bananen werden von Schädlingen befallen, gegen die sie sich nicht wehren können. Mehr und mehr Plantagen werden auf diese Weise unbrauchbar. Wie sie sicher wissen, essen Babys gerne Bananen. Sobald sie in der Lage sind, etwas anderes als Muttermilch zu sich zu nehmen, stopfen die meisten Eltern ihren Nachwuchs mit Bananen voll. Immerhin enthält eine Banane alles, was für ein gesundes Leben notwendig ist.

Stellen sie sich nun die Verzweiflung zahlloser Eltern vor. In Zukunft gibt es womöglich keine Bananen mehr! Eine katastrophale Meldung! Wie soll denn nun aus den Kindern noch etwas werden? Eigentlich sind sie dem Untergang geweiht! Es ist wahrlich eine Katastrophe ungeahnten Ausmaßes, vielleicht sogar eine Bedrohung für die Zukunft der Menschheit?

Zugegeben, auch ich esse gerne Bananen. Sie schmecken mir und das sage ich vollkommen emotionslos. Nur weil ich keine Gefühle habe, heißt das nicht, dass ich keine Geschmacksknospen besitze. Diese sind bei mir sogar äußerst fein ausgebildet. Vielleicht ist dies der Versuch meines Körpers, meine Behinderung in Bezug auf meine fehlenden Gefühle zu kompensieren.

Man kennt das ja. Blinde hören Hindernisse, indem sie klackende und schnalzende Geräusche von sich geben und anhand des Schalls, der zurückkommt, erkennen, was sich vor ihnen befindet. Sie haben davon noch nie gehört? Die Technik nennt sich Echo-Ortung und ist mehr und mehr auf dem Vormarsch. Sie sollten einmal recherchieren, es lohnt sich.

Allerdings spielt es hier gerade keine Rolle. Worauf ich eigentlich hinauswollte, ist mein feinausgeprägter Geschmackssinn, der das Aroma von Bananen liebt. Natürlich sehe ich auch die gesundheitsfördernden Aspekte der Banane. Vitamine, Ballaststoffe, Proteine, Fruchtzucker – alles das, was ein Organismus zum Überleben braucht. Die Banane ist also wirklich ein großartiges Produkt. Ihr Aussterben ist von enormer Bedeutung. Wirkliche Ersatzprodukte gibt es nicht. Zumindest keine, die an die positiven Eigenschaften einer Banane heranreichen. Sollte die Banane wirklich verschwinden, wären nicht nur Babys von einer weniger gesunden Ernährung bedroht, sondern auch alle anderen Menschen.

Kein Wunder, dass allmählich eine Art Panik beginnt und sich immer weiter ausbreitet. Angefangen von Forschern, über Wirtschaftsunternehmen, Landwirte, Politiker, Mediziner, Ernährungsberater, den Einzelhandel, bis hin zu den Eltern, die nicht mehr wissen, was sie ihrem Kind zu Essen geben sollen. Es ist eine Tragödie historischen Ausmaßes, welche zwar noch nicht von allen im vollen Umfang erfasst wird, es jedoch nur eine Frage der Zeit ist, bis die Massenhysterie losbricht.

So schlimm diese Lage auch sein mag, ich sage es Ihnen ganz ehrlich: Es interessiert mich nicht. Soll ich etwa weinen, weil die Banane verschwindet? Das kann ich nicht. Die Geschichte der Welt hat doch gezeigt, dass es immer weitergeht. Neue Tierarten folgen ausgestorbenen, und so ist das eben auch bei Pflanzen. Meldungen dieser Art lassen mein Herz nicht schneller schlagen. Auch wenn ich weiß, von welcher Bedeutung sie sind.

Da fällt mir ein weiteres Beispiel ein: Naturkatastrophen irgendwo am anderen Ende der Welt. Immer wieder kommt es dazu. Egal ob Flutwelle, Erdbeben, Unwetter, sintflutartige Regenfälle oder Dürren. Jeder regt sich darüber auf. Die Menschen wetteifern quasi darum, wer am betroffendsten ist. Manchmal scheint es mir, als wäre es das höchste Ziel gefühlsbetonter Wesen, gerade eine Träne mehr aus dem Auge zu drücken als der andere. Natürlich gilt das nur in der Außenwirkung. In den eigenen vier Wänden interessiert das alles niemanden mehr. Wurde mittags im Kreise von Freunden oder Kollegen noch getönt, wie viel Geld man spenden werde, ist von Vorhaben dieser Art am Abend schon nichts mehr übrig.

„Schatz, der verdammte Fernseher – findest Du nicht, dass das Bild zu unscharf ist?"

Na klar, das Ding ist ja auch schon fast zwei Jahre alt.

Die Antwort der Frau „Du hast Recht Liebling. Lass uns einen neuen kaufen!", ist da doch nun wirklich nachzuvollziehen.

Ebenso nachzuvollziehen ist das Fehlen liquider Mittel für eine angemessene Spende. Möglicherweise werfen sie mir nun eine gewisse emotionale Involvierung vor. Dem ist nicht so. Im Gegenteil: Mir ist es vollkommen egal, wofür die Menschen ihr Geld ausgeben. Ob es nun ein neuer Fernseher ist, oder ein halb verhungertes Kind vor dem Tode bewahrt wird – es interessiert mich nicht. Was ich allerdings nicht verstehen kann, ist die Heuchelei. Warum sagen die Leute nicht gleich mittags unter Kollegen und Freunden, dass sie ihr Geld lieber für einen neuen Fernseher ausgeben, als es zu spenden? Das wäre doch zumindest ehrlich.

Ich kann mir denken, warum man sich mit Spenden rühmt, aber nicht, wieso es angesehener ist zu spenden, als etwas für sich zu kaufen. Verstehen sie, was ich meine? Wahrscheinlich nicht. Und um ganz ehrlich zu sein: So egal mir irgendwelche Katastrophen und die Folgen irgendwo auf der Welt sind, so egal ist es mir auch, ob sie mich verstehen. Ich möchte ihnen lediglich einen Eindruck von meinen inneren Vorgängen geben.

Jedenfalls waren dies nun einmal zwei Dinge, die mir vollkommen egal sind. Eigentlich sogar drei, wie sie sicher erkennen, wenn sie genau aufgepasst haben. Warum interessiert es die Menschen, was anderswo auf der Welt geschieht, oder anders gesagt, warum interessiert es die Menschen, wie andere über sie denken, wenn sie sich zu Geschehnissen am anderen Ende der Welt und ihrer Reaktion darauf äußern?

Eigentlich haben doch all diejenigen, die sich einen neuen Fernseher kaufen, Recht. Immer zuerst an sich selbst denken. Das ist der erste Grundsatz der Evolution. Die Stärksten überleben. Der Stärkste kann man nur dann sein, wenn man jeden Vorteil nutzt. Ein paar tausend Tote steigern die eigenen Chancen aufs Überleben und auf die Herrschaft. Warum sagt nur nie jemand diese Wahrheit in einer geselligen Runde?

Es gibt ein Sprichwort: Der Esel nennt sich immer zuerst. Hat der Esel damit nicht Recht? Ist es nicht logisch, zuerst an sich selbst zu denken und sich zuerst zu nennen? Immerhin sollte jeder sich doch selbst am bewusstesten sein. Es ist wie bei einer Suchmaschine im Internet. Die Treffer mit der höchsten Rate an Übereinstimmung stehen ganz oben. Also sollte man sich doch auch als erstes nennen, weil man sich der eigenen Position am sichersten ist. Das wäre zumindest logisch.

Warum dem nicht so ist und jeder stets so zwingend darauf erpicht ist, sich bloß nicht zuerst zu nennen oder in der Öffentlichkeit das Bild zu erwecken, er würde nicht als allerérstes an sich denken, kann ich einfach nicht begreifen. Ich würde es gerne verstehen, doch ist mir eben dies unmöglich. Ich verfüge nicht über die Grundvoraussetzung, einen Sachverhalt dieser Beschaffenheit zu verstehen. Wäre ich ein Computer, würde man wohl sagen, dass meine Software fehlerhaft ist.

Wie jedoch repariert man eine biologische Software? Gibt es vielleicht ein Update? Gefühl 2.0? Vielleicht würde mir dies helfen, meinen Sinn im Leben zu finden. Allerdings halte ich es für unwahrscheinlich. Lösungen sind selten so einfach. Ich werde wohl weitersuchen müssen. Diese Suche ist mir im Übrigen nicht egal. Was mir jedoch egal war, war der Tod meiner Eltern.

Menschen sterben irgendwann. So ist die Natur. Der Tod gehört dazu. Weinen macht da keinen Sinn. Warum sollte ich weinen? Ob mir nun eine Tasse in der Küche herunterfällt und ich ihre Überreste auf nimmer Wiedersehen im Mülleimer entsorge, oder jemand stirbt, macht keinen Unterschied. Zumindest nicht für mich. Irgendwann ist jeder auf sich selbst gestellt.

Mehr gibt es und mehr will ich auch gar nicht dazu sagen.

KindSein und NachbarSein

Natürlich wusste ich von frühester Kindheit an, dass etwas mit mir nicht stimmte. Ich kann mich erstaunlicherweise an viele Dinge erinnern, als wären sie gerade erst passiert, auch wenn sie Jahrzehnte zurückliegen. Wissen sie noch etwas aus der Zeit, als sie ein Kleinkind waren? Nein? Ich schon. Sie kennen bestimmt die Situation, wenn jemand in Ihrem Freundeskreis ein kleines Kind hat. Übrigens beglückwünsche ich sie zu Ihren Freunden, bzw. dazu, dass sie überhaupt welche haben. Ich habe keine.

Aber zurück zur Sache. Sie gehören sicher auch zu den Menschen, die ein kleines Kind regelrecht belästigen, wenn sie es sehen oder? Kleine Kinder sind süß, und scheinbar liegt es in der menschlichen Natur, seiner Begeisterung durch Laute wie „Didi", „DuDu", DaDa" oder ähnlichem Ausdruck zu verleihen. Oft klauen Menschen bei solchen Gelegenheiten auch die Nase des Kindes oder machen komische Geräusche, indem sie ihre Lippen auf den Bauch des Babys pressen und so fest blasen, dass ihre Köpfe ganz rot anlaufen. Sie wissen, wovon ich rede oder?

Haben sie sich schon einmal überlegt, ob das Kind all das wirklich möchte? Einmal mag das vielleicht noch unterhaltsam für ein Kleinkind sein, doch irgendwann ist es nur noch genervt. Nun, sie werden sich wahrscheinlich nicht an die Zeit erinnern, als man ihnen auf dem Bauch herumgeblasen hat, ich kann es jedoch.

Natürlich war ich nicht genervt, das hätte ja immerhin ein Gefühl dargestellt, aber ich fühlte mich durchaus gestört. Ich wollte meine Ruhe. In der Wachstumsphase eines Babys ist viel Schlaf erforderlich. Die sonderbaren Laute und die Abdrücke zahlloser Lippenstifte auf meinem kleinen, runden Babybauch verhinderten diese Ruhe.

Ich kann Ihnen verraten, dass es für ein Wesen ohne Gefühle geradezu fatal ist, sich in einer solchen Situation zu befinden. Ein Kind ohne Gefühle weint nicht. Interessanterweise fällt es den

Menschen auf, wenn ein Kind weint. Alle anderen Gefühlsregungen hingegen scheinen vollkommen falsch aufgefasst zu werden. Die Bauchpuster glaubten immer, ich würde lachen, wenn sie sich an meinem Bauch ausließen. Dies entsprach definitiv nicht der Wahrheit. Ich schaute neutral. Eben ganz genau so wie ich es immer tat. Die einzige Möglichkeit dieser unangenehmen Situation zu entkommen, wäre es gewesen zu weinen, doch dazu war ich nicht fähig.

Folglich musste ich zahllose Stunden sinnlosen Gebrabbels und Geknutsches von mir fremden und mir vollkommen gleichgültigen Menschen ertragen, die immer der Meinung waren, sie täten mir dadurch einen Gefallen. Manchmal frage ich mich noch heute, ob diese Störungen, die mich von dem so elementaren Schlaf abhielten, irgendwelche negativen Auswirkungen auf mich gehabt haben.

Vielleicht werde ich diese erst in einigen Jahren spüren. Ich kann meinen Arzt schon sagen hören „Sie haben einen orangen-großen, bösartigen Tumor im Kopf."

Sollte es so weit kommen, ist dies sicher auf meine Schlafdefizite im Kindesalter zurückzuführen. Wie sonst sollte ich auch eine solche Krankheit erlangen? Ich ernähre mich gesund und nehme keinerlei Giftstoffe auf. Ich bin definitiv nicht die Zielgruppe von unheilbaren Krebsformen. Das Gute an einer solchen Situation wäre, dass dem Arzt meine Emotionslosigkeit nicht komisch vorkommen würde. In vielen Fällen, in denen Menschen schlechte Nachrichten dieser Art erhalten, sind sie im ersten Moment vollkommen abgestumpft und zeigen keinerlei emotionale Regung.

Welch ein schöner Moment. Ein Augenblick, in dem ich nicht darauf achten müsste, irgendwelche Gefühle vorzugaukeln, die ich gar nicht habe. Ob dies die Diagnose wiedergutmachen würde? Natürlich war meine Äußerung an dieser Stelle Ironie. Wie sollte ich einen schönen Moment erkennen.

„Ich weiß, dass das sehr schwer zu verarbeiten und zu akzeptieren ist", würde der Arzt wohl sagen.

Nun gut, hier werde ich dann doch gezwungen sein, ein klein wenig zu lügen. Die Erwiderung „Es ist mir vollkommen egal", würde dann wohl doch auf Unverständnis stoßen. Aber ein zustimmendes Nicken wäre schon in Ordnung. Dazu kann ich mich nach einem Leben ohne Gefühle und dem Versuch, mich meiner Umwelt anzupassen, problemlos abfinden.

Immerhin könnte es schlimmer kommen. Ein plötzlicher Tod zum Beispiel. Das wäre wirklich unangenehm. Wie soll man da seinen Nachlass sinnvoll regeln? Ein paar Wochen Vorlauf sind da schon nicht schlecht. Wenn ich also irgendwann sterbe, dann wäre es gut, wenn es eine Krebsdiagnose wäre. So hätte ich noch genug Zeit, mich um alles zu kümmern. Leider bezweifle ich ernsthaft, dass es eine solche Krankheit sein wird, die mir einst den Weg aus dieser Welt bereiten wird.

Ich weiß, auch der menschliche Körper, wie jede andere Maschine, muss regelmäßig gewartet werden, um eine einwandfreie Funktionalität zu gewährleisten. Deswegen gebe ich nicht nur meinen Computer in regelmäßigen Abständen zum Fachhandwerker, sondern begebe auch mich selbst zu genau festgelegten Wartungspunkten in die Hände von Fachpersonal. Insofern würde eine Erkrankung frühzeitig erkannt und der Heilungsprozess gestartet werden können. Selbst wenn ich es könnte, würde ich mir keine Sorgen um meine Gesundheit machen. Mehr kann man nicht für sich tun.

Ich bin besser gewartet als der Ferrari eines Nachbarn, der für einige Zeit neben mir wohnte. Dieser schraubte nach jeder einzelnen Fahrt an seinem Schatz herum. Er war einer der wenigen Nachbarn, mit denen ich gelegentlich kommunizierte. Nicht etwa, weil ich besondere Sympathie für ihn empfand - das war ja unmöglich - sondern weil ich seine Effizienz, Pedanterie und Beharrlichkeit bewunderte. Er erinnerte mich ein wenig an mich selbst. Sehr schnell musste ich jedoch feststellen, dass es über die eben genannten Attribute hinaus keine weiteren Gemeinsamkeiten gab.

Er trank, konsumierte Drogen und schlug seine Frau. Zumindest dann, wenn er nicht gerade mit irgendeiner bezahlten Kraft den Beischlaf praktizierte. Gelegentlich schlug er sogar wie von Sinnen das eine oder andere Fenster ein. Ein emotionales Wrack durch und durch und damit das genaue Gegenteil von mir selbst.

Ruhig und gelassen war er nur, wenn er an seinem Auto herumschrauben konnte. Am Ende nützte ihm selbst das nichts. Er verunglückte tödlich. Immerhin war es nicht auf technische Probleme zurückzuführen. Er war einfach zu betrunken, um ein Fahrzeug, das dreihundert Stundenkilometer fuhr, wirklich zu beherrschen. Sein Pech, dass ihm ein Baum entgegenkam (eigentlich war es umgekehrt). Ansonsten würde er womöglich heute noch schrauben. Ob er seinen Nachlass geregelt hat?

Wahrscheinlich besaß er nicht jene Weitsicht. Seine Frau hat sich sicher gefreut. Ihr dürfte das gesamte Vermögen zugefallen sein. Ich kann nicht sagen, ob das eine ausreichende Wiedergutmachung für die Qualen darstellte, die sie erleiden musste. Da ich keinen Kontakt mit ihr pflegte, habe ich sie nie gefragt. Außerdem weiß selbst ein Gefühls-Legastheniker wie ich einer bin, wie unangebracht solche Fragen sind. Damit fällt man nur unnötig auf. Warum sollte ich mir wegen einer derart unwichtigen Sache unnötige Probleme bereiten?

Etwas Interessantes gibt es aber doch noch zu berichten: Nur wenige Wochen nach dem Unfall ihres ungeliebten Mannes stand ein neuer Ferrari vor ihrer Haustür. Es war genau das gleiche Modell wie das, welches ihr Gatte um den Baum gewickelt hatte und für den dieses Ereignis sicherlich auch das Ende bedeutet hatte, auch wenn der Ferrari statt auf den Friedhof seine letzte Ruhe auf dem Schrottplatz gefunden haben dürfte. Der Unterschied ist übrigens nur marginal.

Ich saß zufällig am Fenster meines Arbeitszimmers, von dem aus ich einen guten Blick auf die Auffahrt des Nachbargrundstückes hatte, als die Dame an das Auto trat. Sie hielt einen Baseballschläger in der Hand und trug einen grimmigen Gesichtsausdruck zur Schau. Mehrere Minuten stand sie wie versteinert da.

Dann blickte sie kurz in den Himmel. Im nächsten Augenblick verwandelte sie sich in eine wilde Furie und schlug schreiend auf das wehrlose Auto ein. Wieder und wieder schwang sie ihren Knüppel. Die Scheiben barsten, die Splitter flogen in alle Richtungen – auch auf mein Grundstück, weswegen ich mich kurz darauf zum Saubermachen von meinem Arbeitsplatz erheben musste.

Die Seitenspiegel flogen so weit, dass ich mich fragte, ob die Dame wohl schon öfter Autos bearbeitet hatte. Es wirkte jedenfalls gekonnt. Sie schlug bestimmt zehn Minuten auf das Auto ein. Völlig außer Atem hielt sie abrupt inne und sank zu Boden. Sie lachte hysterisch, was ihr das Atmen nicht unbedingt erleichterte. Tränen flossen ihr übers Gesicht.

Ich bin naturgemäß kein Fachmann in derlei Dingen, aber ich meine sagen zu können, dass es Freudentränen waren. Die pure Emotion. Ich empfand wie immer absolut nichts. In mir herrschte die kalte Leere. Von dem Auto war kaum noch etwas übrig. Nicht einmal ein Liebhaber hätte diesen Blechhaufen noch als einen Supersportwagen identifizieren können. Der Wagen ihres Mannes konnte nach seinem Unfall kaum schlimmer ausgesehen haben.

Da ich meinen Garten von den Blechteilen und Glassplittern befreien musste, die zu mir herübergeflogen waren, verlor ich die Frau aus den Augen. Ich sollte sie niemals wiedersehen. In der Nacht wurde ich von lauten Sirenen geweckt. Mein Schlafzimmer verfügte weder über Rollos noch über Vorhänge, so dass ich schnell das flackernde Licht bemerkte, welches von draußen in mein Zimmer hineinschien. Als ich ans Fenster trat, sah ich das Nachbarhaus in Flammen stehen. Der Brand war schon recht weit vorangeschritten. Es schien, als hätte es jemand in Brandbeschleuniger getaucht.

Die Feuerwehr versuchte vergeblich zu retten, was noch zu retten war. Selbst das Haus auf der anderen Seite bekam etwas ab.

Nur meines blieb unversehrt. Vor dem brennenden Haus – oder dem, was davon übrig war – lagen die Überreste des Ferraris. Im flackernden Licht wirkte es wie ein abstraktes Kunstwerk. Ich bin mir nicht sicher, ob es angemessen ist, an einer solchen Stelle Mutmaßungen anzustellen. Da ich aber weiß, dass gefühlsbetonte Menschen dies tun, will ich es auch versuchen: Wäre das Autowrack tatsächlich ein Kunstwerk gewesen, dann hätte es wohl den Namen „Freiheit" getragen. Ich bin an ihrer Meinung als gefühlsgelenkte Wesen interessiert. Passt mein Titel?

Jedenfalls habe ich mich nun von dem entfernt, was ich eigentlich erzählen wollte. Selbst als Kind hatte ich keine Gefühle. Natürlich dachte ich damals, das wäre ganz normal. Woher sollte ich auch wissen, wie sehr ich mich von allen anderen unterschied? Eine der bezeichnendsten Tatsachen dieser Erde ist folgende: Die Asozialen, die Perversen, die Verrückten, die Andersartigen und alle diejenigen, die in irgendeiner Art von der Norm abweichen, glauben, sie seien normal. Genauso wie alle Normalen glauben, sie seien normal.

Im Prinzip denkt jeder, er sei normal, weil er sich selbst als die Norm sieht. Das klingt möglicherweise im ersten Moment etwas verwirrend, wenn sie jedoch etwas genauer darüber nachdenken, werden sie feststellen, wie logisch eben dies ist. Schauen sie sich doch einfach einmal sich selbst an. Sie halten sich für ziemlich normal, habe ich Recht? Und jetzt überlegen sie: Haben sie einen bestimmten Fetisch? Irgendeine skurrile Vorliebe? Ein Hobby, das eher ungewöhnlich ist? Irgendetwas, das ihr Nachbar niemals tun würde?

Sehen sie! Sie sind nicht normal! Das ist durchaus kein Grund, schockiert zu sein. Eine weitere Wahrheit lautet, dass niemand normal ist und dass es keine wirkliche Norm gibt. Dafür sind alle Menschen zu verschieden. Es gibt da einen gewissen Spielraum. Befinden sie sich in diesem Bereich, ist alles in Ordnung.

Manche fallen jedoch aus diesem Bereich heraus. Zumeist sind das Kriminelle. Damit meine ich nicht, irgendwelche Taschendiebe, sondern die richtig schweren Jungs (und Mädels). Die Geistesgestörten, die ihre Familie in kleine Stückchen hacken und daraus ein Gulasch kochen, die Waffennarren, die sich für Bösewichte aus Filmen halten und glauben, sie würden durch einen Amoklauf an Wertschätzung gewinnen, die selbsternannten Heiligen, die sich und ihre gesamte Gemeinde mit einem Giftcocktail umbringen, um der Apokalypse zuvor zu kommen und auf diese Weise die besten Plätze im Jenseits ergattern wollen, und so weiter und so fort. Sie können sich vorstellen, wie viele Menschen es gibt, die aus dem Toleranzbereich der Norm herausfallen.

Ach ja, und dann wäre da noch ich. Ich bin ganz sicher der exklusivste aller Fälle. Bei all den anderen ist zumindest eine gewisse Menschlichkeit zu erkennen. Bei mir ist das nicht so ganz sicher. Es heißt, die Seele würde einen Menschen ausmachen. Die Seele ist wiederum eine Ansammlung von Emotionen. Die Mischung von Herz und Verstand. Zweifellos verfüge ich über Verstand, über ein emotionales Herz jedoch nicht. Damit erfülle ich nur fünfzig Prozent der Kriterien, die einen Menschen zum Menschen machen, die das MenschSein ausmachen.

Reicht das? Ich glaube nicht. Bis ich herausfinde, wie und ob ich nicht doch Gefühle spüren kann, werde ich kein Mensch sein. Nicht einmal einer jener gesellschaftlichen Außenseiter, mit denen niemand etwas zu tun haben möchte. Oft überlege ich, ob ich nicht gerne beispielsweise ein Massenmörder wäre. Gesellschaftliche Anerkennung würde ich in diesem Fall zwar nicht gewinnen, aber ich wäre doch zumindest so etwas Ähnliches wie ein Mensch. Ein Massenmörder empfindet immer etwas. Aus logischen Gesichtspunkten heraus bringt niemand einfach so viele Menschen um.

Natürlich gibt es auch hier Ausnahmen. Doch auch ein Genozid oder der Versuch, die Welt durch die Ausdünnung der Weltbevölkerung zu retten, basiert in Wahrheit auf emotionalen Aspekten. Keine Maschine würde die anderen Maschinen ausschalten. Gemeinsam ist man effektiver. Und genau darum geht es Maschinen: Effektivität und Effizienz. Darum geht es auch mir. Doch ist da noch etwas anderes. Hinter all der Logik, der Zielstrebigkeit und der Effizient schlummert der Wunsch zu wissen, wie es sich anfühlt zu fühlen.

Vielleicht ist das auch maschinelle Neugier. Der Weg zur Perfektion, der bedeutet, alles kennen und wissen zu müssen. Übrigens habe ich im Laufe meines Lebens tatsächlich versucht, über den Mord meine Gefühle zu finden. Ich dachte, dies würde eine so emotionale Angelegenheit darstellen, dass automatisch Gefühle in meinen Geist Einzug halten würden. Wahrscheinlich ist es nicht besonders klug, von seinen Morden zu berichten, schon gar nicht in geschriebener Form. Sollte jemals jemand herausfinden, wer hinter diesen Worten steckt, er würde mich wohl sofort der Polizei melden. Was wäre dann?

Was soll jemand wie ich in einem Gefängnis? Ich kann mir nicht vorstellen, dort Gefühle zu finden. Nicht einmal dann, wenn ich mich nach der Seife bücke. Das wäre mir eher unangenehm, als dass es ein wirkliches Gefühl auslösen würde. Die männliche Anatomie ist für derlei Dinge nicht geschaffen. Bitte verstehen sie mich nicht falsch. Sollten sie homosexuell sein, so ist mir das egal. Jeder kann machen, was er möchte. Nur für mich ergibt es keinen Sinn. Sex dient nach meiner logischen Denkweise zur Fortpflanzung. So einfach ist das.

Zurück zu dem, was ich eigentlich erzählen wollte. Ich habe schnell gemerkt, wie wichtig es für mich ist, Gefühle vorzutäuschen, um in dieser Welt zu bestehen. Freilich habe ich nicht verstanden, was Gefühle sind und schon gar nicht, wieso ich keine empfinden kann. Auch wenn ich keine Gefühle spüren konnte, so war ich doch zumindest ein überaus intelligentes Kind. Ich beobachtete sehr viel. Deswegen kam ich auch recht schnell darauf, dass bestimmte Verhaltensweisen zu Reaktionen führten, von denen ich profitieren konnte.

So gelang es mir schließlich auch, die unangenehmen Bauchblas-Menschen loszuwerden. Da ich das Prinzip des Schreiens nicht begriff und auch heute noch nichts damit anfangen kann, machte ich mir etwas anderes zu nutzen: den Ekel. Immer wenn mit das Gepuste, das „Didi", das „Dudu" und das „DaiDai" zu viel wurde, machte ich in meine Windel. Das half. Im Nu wollte niemand mehr bei mir sein. Ein Baby ist süß, aber nur so lange es keine stinkende Windel trägt.

Und so kam ich das erste Mal im Leben mit Erfolg in Berührung. Ich lernte, dass eine bestimmte Verhaltensweise ein Verhalten des Gegenübers auslöste. Jeder ließ sich manipulieren, alles ließ sich zum eigenen Vorteil ausnutzen. Ganz sicher ist das keine Erkenntnis des Gefühls. Vielmehr ist das die pure Berechnung. In dieser Disziplin bin ich bis heute ungeschlagen. Sich die Schwäche der anderen zum eigenen Vorteil zu machen, ist meine Stärke.

Im Laufe der Jahre habe ich eben dies sehr oft getan. Ich feierte große Erfolge damit. Wobei feiern wohl das falsche Wort ist. Immerhin basiert auch Feiern auf Gefühlen. So feierten immer nur diejenigen, die sich in meiner Nähe befanden und von meiner Kaltblütigkeit profitieren konnten. Ich hingegen stand einfach da. Mit neutraler Miene registrierte ich meine vollkommene Überlegenheit. Heute frage ich mich, ob das gut so war. War das der Weg, der zu Gefühlen führte? Ganz sicher kann ich das nicht sagen. Es könnte aber auch sein, dass ich mich durch die Umsetzung meines eiskalten Lebensmodells immer weiter vom MenschSein entfernte, statt mich meinen Gefühlen anzunähern. Eine interessante Theorie. Ich werde ihr weiter nachgehen.

Ich denke, ich habe nun vorerst genug berichtet. Die letzten Seiten waren sicher nicht einfach für sie. Viele Denkansätze, Theorien und wenig Konkretes. Ich weiß, wie gerne Menschen Konkretes und Fassbares haben wollen. Theorie schreckt sie ab. Um das Ganze etwas plastischer zu beschreiben, werde ich ihnen deshalb nun eine Episode aus meinem Leben erzählen.

Da ich schon angedeutet habe, dass ich mich eine Zeitlang als Mörder verdingt habe, werde ich ihnen davon berichten. Auch wenn ich es nicht mit Sicherheit sagen kann, rät mir meine Erfahrung, dieses Thema zu wählen. Normale Menschen, wie sie es sind, sind stets fasziniert von grausamen Dingen, von Morden und Tod. Das passt.

Kaltblütigkeit

Ich versuchte vieles, um meine Gefühle zu finden. Ich dachte, wenn ich mich auf bestimmte Emotionen konzentriere, würde ich sie in mir wecken können. Deswegen nahm ich sie mir nach und nach vor.

So versuchte ich es mit Kaltblütigkeit und Mitgefühl. Es gab eine Zeit, in der verdingte ich mich deshalb als Auftragsmörder. Ich dachte, der Schrecken in den Augen meiner Opfer könnte Mitgefühl in mir wecken. Was könnte emotionsgeladener sein als der Zeitpunkt des Todes?

Für mich klingt dies nach wie vor absolut nachvollziehbar und logisch. Ich möchte ausdrücklich betonen, dass mein einziges Interesse am Morden in der Entwicklung von Mitleid lag. Nichts anderes. Ich tat dies keinesfalls, weil ich das Geld brauchte. Es war niemals das Geld, das mich reizte. Was sollte ich mit viel Geld? Geld dient letzten Endes immer nur dazu, Wünsche oder Dinge, die man für Wünsche hält, zu verwirklichen.

Welche Wünsche oder Träume sollte jemand wie ich schon haben? Ohne Gefühle gibt es auch keine Wünsche. Ohne Gefühle gibt es keine Träume. Zumindest keine Träume, wie sie normale Menschen kennen. Was sollte ich also mit Geld anfangen? Mir ein protziges Auto kaufen? Eine Villa mit Garten und Teich? Kaviar? Denen unter ihnen, die sich gelegentlich gerne eine Portion Kaviar gönnen, sei gesagt: Der Nährwert von Kaviar tendiert gegen null. Zumindest, wenn man ihn in handelsüblichen Mengen zu sich nimmt.

Ich achtete stets darauf, mich nachhaltig zu ernähren. Für ein Lebewesen, das sich nur an der Logik und der Vernunft orientiert, gibt es keine Essenssünden. Zuviel Zucker, Fett oder Koffein gab es nicht in meinem Ernährungsplan. Da ich akribisch auf meine Ernährung achtete, war ich körperlich in exzellenter Form. In meiner frühsten Jugend begann ich außerdem, mich sportlich zu betätigen. Ausdauer und Kraft – das war meine Kombination.

Ich war sicher nicht der Mann mit den größten Muskelpaketen und auch bestimmt nicht der weltbeste Triathlet, aber durch die Kombination von Kraft und Ausdauer war ich in allen Bereichen fit.

Wenn ich dies sage, können sie mir glauben, dass es die Wahrheit ist. Welchen Grund hätte ich auch zu lügen? Emotionen verleiten zu Lügen. Lügen war für mich folglich etwas sehr Fremdes, es sei denn, es ging um meinen Selbstschutz.

Ich behaupte einfach einmal, zu den obersten zehntausend jener Menschen zu gehören, die an der Spitze der körperlichen Gesundheit lagen. Würde der Darwinismus diese Welt regieren, wäre ich eine Weltmacht. Ich will hier nicht näher ins Detail gehen. Sie wissen sicherlich, worauf ich hinaus will.

Ich war ein perfekter Killer. Natürlich war es nicht nur meine imposante Physis, die mich zu einem solchen machte. Vielleicht noch wichtiger war meine Unfähigkeit zu empfinden. Die größten Hindernisse bei der Tötung eines anderen Menschen stellen die Gefühle da. Mitleid ist keine besonders gute Eigenschaft, wenn man sich auf dem Markt der Berufskiller etablieren möchte. Wer in diesem harten Business Erfolg haben will, muss eiskalt sein, niemals zögern und kein Mitleid kennen.

All das traf auf mich zu. Was mich jedoch von all den anderen Killern unterschied, war meine Intention. Ich übte diesen Beruf einzig zu dem Zwecke aus, eben jene Gefühle zu entwickeln, die mir meine beruflichen Perspektiven sicherlich sogleich zerstört hätten. Wenn ich mich nur in die extremsten Situationen des Tötens begeben würde, würden ganz sicher Gefühle in mir entstehen. Davon war ich überzeugt.

Natürlich hätte ich damals auch einfach auf die Straße gehen und einen x-beliebigen Menschen umbringen können. Das zu tun, verbat mir allerdings mein alles beherrschender Verstand. Ein solcher Mord wäre völlig ohne Sinn gewesen. Geradezu asozial. Ich war vieles, aber ganz sicher nicht asozial. Berufsmäßige Tötungen hingegen erfüllten einen gewissen Systemzweck. Der Mord geschah hier nicht aus eigenen Motiven, sondern beruhte auf einem Auftrag. Ein Auftrag, dem ein gewisser Sinn zu Grunde lag. Und wenn dieser Grund nur darin bestand, sein Geld mit Auftragsmorden zu verdienen.

Ich war selbst überrascht, wie erstaunlich einfach es war, an Aufträge zu kommen. Überraschenderweise gab es zahllose Gestalten auf dieser Welt, die nach dem Leben anderer trachteten. Sich als Mörder zu verdingen, ist nicht die Schwierigkeit, in die Riege der Top-Elite aufzusteigen jedoch schon. Natürlich spielte das für mich keine entscheidende Rolle. Ich startete ganz unten.

Für meinen ersten Mord erhielt ich zweitausend Euro. Auch wenn ihnen das womöglich bereits sehr günstig vorkommen mag, kann ich ihnen verraten, dass dieser Betrag schon ganz ordentlich ist. Ich habe viele kennengelernt, die für weniger töteten. Wenn die Sucht nach Drogen zu groß wird, töten manche bereits für einen einzigen Schuss, eine Line oder eine Pulle billigen Wodkas. In diesem Business gab es keinen Tariflohn.

Meinen ersten Tag in dem Beruf als Killer startete ich, indem ich mich maskierte. Zu diesem Zeitpunkt hatte ich bereits durch unternehmerische Tätigkeiten - auf die ich später noch eingehen werde - eine gewisse Bekanntheit erlangt. Ich war reich. Mein Lohn als Killer war daher eher Formsache. Ich befürchtete, bei meiner Auftragssuche Geschäftspartnern zu begegnen, die wiederum einen unliebsamen Geschäftspartner, einen Konkurrenten oder einfach nur ein Familienmitglied, das einen Teil vom Kuchen abhaben wollte, beseitigen wollten. Der Schluss lag für mich nahe, dass Geschäftsleute einen höheren Bedarf an Fachpersonal im Bereich des Todes benötigten als der Durchschnittsbürger.

Ich wollte kein Risiko eingehen. Ein falscher Bart, eine tief ins Gesicht gezogene Kapuze, dunkle Jeans, Boots und eine schwarze Lederjacke - all das sollte meine Anonymität garantieren. Nachdem ich meine Tarnung für gut befunden hatte, machte ich mich auf den Weg.

Mein Ziel war der Bahnhof. Dort trieben sich die meisten zwielichtigen Gestalten herum. Bordelle, Stripclubs und dunkle Straßen stellten einen perfekten Nährboden für Geschäfte außerhalb des Gesetzes dar. Es war nur logisch, dort nach einem Auftrag zu suchen. Ich stellte mich in eine dunkle Ecke. Zuvor musste ich von dort ein paar hagere Typen vertreiben. Normalerweise hätte mir ihre Gesellschaft nichts ausgemacht. Einer von ihnen sprach mich allerdings an:

„Brauchste Stoff, Mann?“, fragte er mich.

Drogendealer. Eben jenes Klientel, welches man an solchen Orten zu Hauf fand. Ich ließ mich nicht aus der Ruhe bringen. Das tat ich nie.

„Nein, danke“, antwortete ich, höflich aber bestimmt.

„Ach, komm! Mach´ dir auch einen Superpreis!“, versprach mir der Typ.

„Auch dann nicht“, ließ ich ihn wissen.

Ich verlor nicht etwa meine Geduld. Vielmehr riet mir mein Verstand, mich zurückzuhalten. Dennoch war mir auch bewusst, wie hinderlich diese Art Mensch war, wenn man versuchte, Kundenkontakt aufzubauen. Personen, die einen Auftragskiller suchen, wollen bei der Abwicklung des Geschäftes Ruhe haben. Anonymität ist das oberste Gebot. Drogendealer, die dafür bekannt sind, nicht dicht zu halten, wirken aus diesem Grund ebenso abschreckend wie eine Polizeistreife.

„Was is´ jetzt? Wieviel willst du?“, drängte mich der Dealer.

Es war Zeit für einen resoluten Ton.

„Verpiss dich!“, fuhr ich ihn an. Alles war nur ein Schauspiel. Ich empfand keine Wut.

Einen anderen Menschen anzufahren, ist schwierig zu lernen, wenn man nicht auf Emotionen zurückgreifen kann. Laute Worte basieren meist auf ihrer Emotionalität. Es hat mich lange Stunden intensiven Trainings vor dem Spiegel gekostet, diese Fähigkeit zu erlernen. Ich bilde mir ein, sie beinahe zur Perfektion gebracht zu haben. Den beiden Typen schien das nicht zu gefallen.

„WAS!?“, begann der zweite Mann auf einmal zu brüllen. Es war das erste, was ich von ihm hörte.

„Du Pisser drohst uns?“

Ich konnte den Drogenwahn in seinen matten Augen sehen.

„Ja“, antwortete ich lapidar.

Wie aus dem Nichts hielt der zweite Mann ein Messer in der Hand. Die geriffelte Klinge sollte wohl bedrohlich wirken und etwaige Opfer einschüchtern. Auf mich wirkte die Klinge freilich alles andere als bedrohlich. Mir war klar, wie wenig ein Messer, welches Angst einflössen sollte, taugen musste. So wenig, wie die Klinge taugte, taugte auch deren Träger.

Und so dauerte es kaum einen Sekundenbruchteil, bis ich den Mann entwaffnet hatte. Einen weiteren Augenblick später lag er auf dem Boden. Kurz darauf folge der zweite Mann. Mit furchtgeweiteten Augen blickten die beiden zu mir herauf.

„Tu uns nichts“, wimmerte der erste, der der mir die Drogen verkaufen wollte.

Ich richtete mich auf, nahm die Klinge in beide Hände und zerbrach das Messer. Dann schleuderte ich die Einzelteile auf die Straße. Fassungslos blickten die beiden Männer mich an.

„Wenn ihr nicht sofort verschwindet, wird es euch gehen wie dem Messer“, kündigte ich an.

Nun waren die beiden Männer wirklich schnell. Schreiend rappelten sie sich auf und verschwanden teils krabbelnd, teils rennend. Ich bemerkte eine warme Flüssigkeit in meiner Hand. Ich hatte mich geschnitten. Der Schmerz war nur äußerlich.

„Beindruckend“, vernahm ich eine leise Stimme hinter mir.

Als ich mich umdrehte, sah ich eine Gestalt, die aus dem Häuserschatten hervortrat, dabei jedoch darauf achtete, nicht vom Licht der Straßenlaternen getroffen zu werden.

„Wirklich sehr beeindruckend“, verstärkte der Mann seine vorherige Aussage noch einmal.

Der Mann war durchschnittlich groß. Er trug einen grauen Stoffmantel, wie man ihn zu dieser Jahreszeit überall erblickte. Den Kragen hatte er hochgeklappt, so dass die eine Hälfte des Gesichtes davon verborgen wurde. Die andere Hälfte desselben wurde von einem tiefsitzenden Hut verdeckt. Alles in allem war der Mann eine Erscheinung, die man sofort wieder vergaß. Sie besaß nichts, was einem im Gedächtnis blieb. Eine graue Maus, wie es tausende und abertausende gab.

„Danke“, antwortete ich schlicht.

„Beeindruckend ist auch deine Statur“, fuhr der Mann fort.

„Danke“, sagte ich wieder und fragte mich, warum mich der Mann duzte. Ich hatte es ihm nicht erlaubt.

„Was suchst du hier?“, wollte er wissen.

„Ich suche Arbeit“, ließ ich ihn wissen.

„Welche Art von Arbeit?“, verlangte der Mann zu wissen.

„Arbeit, die sonst niemand tun will.“

„Verstehe“, grummelte der Mann.

„Du löst Probleme.“ Es war weniger eine Frage, als vielmehr eine Feststellung.

„Ja“, antwortete ich.

„Da hätte ich etwas“, sagte der Mann und fuhr fort, als ich keine Reaktion zeigte.

„Was hältst du davon, einen Tausender zu verdienen?“, fragte er.

„Klingt gut“, erwiderte ich. Ich hätte dasselbe bei einer wesentlich geringeren Summe gesagt. Ich machte mir wie bereits erwähnt nichts aus Geld.

Zufrieden blickte mich der Mann an. „Ich habe da einen Kunden, der Probleme mit einem Geschäftspartner hat. Hast du ein Problem damit, den Typen verschwinden zu lassen?“

„Ja“, antworte ich, ohne zu zögern.

Nun blickte mich der Mann verdutzt an.

„Ja? Ich dachte, du willst Geld verdienen und suchst Arbeit?“

„Das stimmt“, sagte ich ruhig.

„Wo liegt denn dann das Problem?“, wollte der Mann wissen.

„Die Bezahlung ist zu schlecht“, ließ ich ihn wissen.

Ich sagte das nicht etwa, weil ich wirklich mehr Geld wollte. Vielmehr war ich der Meinung, hoch zu pokern stünde einem professionellen Verbrecher gut zu Gesicht. Einen Augenblick lang schwieg der Mann. Dann brach er in lautes Gelächter aus. „Das gefällt mir! Niemals unter Wert verkaufen! Na gut, weil ich heute meinen guten Tag habe und mir gefallen hat, wie du mit den beiden Drogenheinis umgegangen bist, erhöhe ich auf das doppelte. Das ist allerdings mein letztes Angebot.“ Er blickte mich erwartungsvoll an.

Ich starrte zurück. Dann nickte ich. „Gut.“

Eigentlich dachte ich, dass eine solche Einigung mit einem Handschlag besiegelt wurde. Tatsächlich werden in diesem dunklen Geschäft niemals Hände geschüttelt.

Stattdessen steckte mir der Mann einen Zettel zu. „Ruf morgen um zwölf da an.“

Dann verschwand er ohne ein weiteres Wort zu verlieren. Ich faltete den Zettel auf. Eine Nummer stand darauf. Am nächsten Tag wählte ich die Nummer.

„Ja?“, meldete sich eine kühle Stimme, die mich ein bisschen an meine eigene erinnerte.

„Ich soll etwas erledigen?“, fragte ich ebenso kühl.

Der Mann mit der kühlen Stimme nannte mir einen Namen, eine Adresse und versprach mir, dass das Geld bei dem Zwischenhändler abzuholen sei, den ich ja gestern schon kennengelernt hatte. Sobald der Auftrag erledigt wäre, könne ich das Geld an der Straßenecke erhalten. Ohne ein weiteres Wort legte ich auf. Der Mann mit der kühlen Stimme würde mir diese Unhöflichkeit ganz sicher nicht übelnehmen, dachte ich mir.

Noch am gleichen Abend machte ich mich auf den Weg zu der Adresse. Ich musste nicht weit fahren. Das kleine Häuschen befand sich am Stadtrand in einer ruhigen Gegend. Zahllose Einfamilienhäuser säumten hier die Straßen. Ein typisches Gebiet der

Mittelschicht. In fast jeder Auffahrt lagen Kinderspielsachen und Fahrräder herum, durch die Fenster konnte man das flackernde Licht der Fernseher sehen. Familien, die es sich nach dem Abendessen vor dem TV bequem gemacht hatten, um bloß keine Zeit mit Sprechen verschwenden zu müssen.

Wieso es mein Opfer genau hierher verschlagen hatte, wusste ich nicht. Es war mir egal. Selbst wenn es angemessen gewesen wäre, meinen Auftraggeber zu fragen, hätte es mich nicht interessiert. Warum auch? Schließlich wollte ich meine Emotionen finden und nicht meine Zeit mit irgendwelchen Geschichten verschwenden.

Als ich das Haus meines Opfers erreichte, stellte ich fest, dass dort niemand zu Hause war. Alle Fenster waren dunkel. Auf der Zufahrt fanden sich keine Spielsachen. Der Garten war nicht bepflanzt. Eine wilde Wiese erstreckte sich vor dem Haus. Scheinbar lebte der Mann alleine. Schade. Ich hätte wohl mehr Emotionen begegnen können, wenn der Mann Familie gehabt hätte, die um sein Leben gefleht hätte. Man bekommt nicht immer das, was man gerne hätte.

Ich wartete. Nach etwa einer Stunde kam mein Opfer. Er fuhr einen dunkelgrauen Mittelklasse-Toyota. Als er ausstieg, beäugte ich den Mann interessiert. Er erwies sich als vollkommener Durchschnitt. Mein Honorar schien mir verschwendetes Geld zu sein. Warum sollte jemand einen solchen Durchschnittsmenschen beseitigen wollen?

Rasch streifte ich mir die Lederhandschuhe über, die ich mir besorgt hatte. Safety first heißt es ja immer. Daran wollte ich mich halten. Ich stieg aus dem Auto. Während mein Opfer nach seinem Schlüssel kramte, näherte ich mich ihm von hinten. Mein Plan beinhaltete, den Mann erst K.O. zu schlagen, um ihm dann seinen Tod vor Augen zu führen. Auf diese Weise erwartete ich, die stärksten Emotionen zu erfahren.

Für meinen Schlag hatte ich mir einen Ziegelstein besorgt, den ich auf einer Baustelle hatte mitgehen lassen. Ein Instrument, das sich wohl kaum zurückverfolgen ließ. Immerhin wollte ich keine Beweise zurücklassen. Ins Gefängnis wollte ich, wie bereits erwähnt, sicher nicht. Gerade als mein Opfer seinen Schlüssel gefunden und ihn ins Schlüsselloch gesteckt hatte, schlug ich zu. Allerdings musste ich die richtige Dosierung eines solchen Betäubungsschlages erst noch erlernen. Als sachlicher und ebenso kritischer Mensch hätte ich wissen müssen, dass es nicht ganz so einfach sein konnte, wie einen die stumpfsinnigen Kriminalfilme glauben machen wollen.

Der Mann sackte sofort zusammen, ohne einen einzigen Laut von sich zu geben. Er prallte hart mit dem Kopf auf denk Boden. Nun hatte er zwei große Wunden am Kopf. Eine vom Ziegelstein, eine andere vom Boden. Keine der beiden Wunden blutete. Meine Befürchtung bewahrheitete sich, als ich seinen Puls fühlte. Der Mann war tot. Zwar hatte ich damit meinen Auftrag erfüllt und meinen Lohn verdient, Emotionen konnte ich jedoch keine erfahren.

Mein erster Auftrag hatte sich somit als Fehlschlag erwiesen. Natürlich war ich nicht enttäuscht. Enttäuschung war ein Gefühl, das ich nicht kannte. Vielmehr stellte dieser Fehlschlag einen Schritt des Lernens dar. Bessere Vorbereitungen waren von Nöten, wenn ich mein Ziel erreichen wollte. Einfach einen Ziegelstein nehmen, Handschuhe überstreifen und töten mochte funktionieren, diente aber nicht meiner eigentlichen Absicht.

Ich blickte mich eilig um. Niemand war auf der Straße. Es wunderte mich nicht. In einer solchen Gegend verließ niemand mehr nach dem Abendessen das Haus. Um zehn Uhr abends wurde noch einmal der Familienhund in den Garten gelassen, um sich selbst einzureden, man gebe einem gefangenen Tier das größtmögliche Maß an Freiheit. Das war es dann aber auch schon.

Ein Blick auf meine Uhr verriet mir, dass es bereits kurz nach zwölf war. In den meisten Fenstern war das Flimmern der Fernsehgeräte erloschen. Vereinzelt schienen einige Eltern aufgeblieben zu sein, um sich entweder gemeinsam einen Porno anzusehen, um sich von der Tatsache abzulenken, dass ihr Leben mit der Gründung der Familie zu Ende war, oder aber ein überarbeiteter Familienvater war vor dem Gerät eingeschlafen.

Nach einigen Jahren der Ehe schienen sich die meisten Ehefrauen darüber zu freuen, nicht mehr neben ihren Männern schlafen zu müssen. Deswegen weckten sie diese auch nicht mehr, wenn sie vor dem Fernseher einschliefen. Vielleicht lag es am Schnarchen. Ich schnarchte niemals. Ich eilte zu meinem Wagen und fuhr nach Hause. Einen Umweg machte ich nicht. Es wäre sinnlos gewesen. Niemand hatte meine Tat bemerkt und geheimnisvolle Verfolger existierten nur in schlechten Filmen.

Nach einer traumlosen Nacht erwachte ich. Noch immer ohne Gefühle. Ich stand auf, duschte und widmete mich meinem Sportprogramm. Dann ging ich ins Internet. Erst nach einiger Zeit stieß ich auf einer nicht besonders stark frequentierten Nachrichtenseite auf einen Bericht über den Mord an meinem Opfer. Scheinbar war der Mann zu unbedeutend gewesen, um das Interesse einer halbwegs erfolgreichen Zeitung zu wecken. Ich musste lange suchen, bevor ich etwas darüber fand.

Die Polizei tappte nach dem Bericht vollkommen im Dunkeln. *Gut so*, dachte ich mir, auch wenn es mich nicht überraschte. Ich hatte keinen handwerklichen Fehler gemacht. Mit der Ausnahme, mein Opfer zu schnell getötet zu haben. Aber auch das würde ich in den Griff bekommen.

Am Abend maskierte ich mich auf die gleiche Weise wie zwei Tage zuvor und fuhr wieder zum Bahnhof. An der gleichen Straßenecke standen erneut die beiden Dealer. Als sie mich sahen, rannten sie davon. Nach einigenen erschien der Zwischenhändler. Er kam direkt auf mich zu.

„Gute Arbeit“, flüsterte er mir zu. Dann steckte er mir einen Umschlag zu.

Ich steckte ihn, ohne hineinzusehen in meine Jacke.

„Willst du nicht nachsehen, ob auch alles da ist?“, fragte der Zwischenhändler erstaunt. Er duzte mich noch immer.

„Wenn etwas fehlt, sind sie mein nächstes Opfer“, ließ ich ihn wissen, auch wenn ich nicht vorhatte, ihn zu töten. Selbst dann nicht, wenn in dem Umschlag nur Monopoly-Geld gewesen wäre.

„Professionell“, murmelte der Zwischenhändler und nickte mir anerkennend zu.

„Haben sie noch einen Job für mich?“, fragte ich ihn ohne Umschweife.

„Ja.“

„Gut“, sagte ich. „Diesmal verlange ich zehntausend Euro.“

Wir waren im Geschäft. Das Töten ging weiter. Ich erhielt noch weitere Möglichkeiten herauszufinden, ob die Panik in den Augen eines Opfers Gefühle in mir hervorrufen konnte.

Auch bei meinem zweiten Versuch erging es mir nicht viel besser. Diesmal lag es an meinem Opfer selbst. Mein Opfer neigte dazu, sich stets nur in der Öffentlichkeit aufzuhalten. Sie – diesmal war es eine Frau – war frisch geschieden. Dreimal dürfen sie raten, wer wohl mein Auftraggeber war? Genau. Ihr Ex-Mann. Der Verlust des Geldes hatte wohl den Hass in seinem Herzen ins unermessliche gesteigert.

Jedenfalls genoss sie ihre neu gewonnene Freiheit in vollen Zügen. Ich kann es ihr nicht verdenken. Ich selbst habe es probiert, eine tiefe Beziehung zu führen und bin dabei zu dem Schluss gekommen, dass man dabei jede Freiheit verliert. So dürfte es wohl auch jener Dame ergangen sein. Ob sie Recht hatte oder nicht, spielte keine Rolle. Ich hatte meinen Auftrag.

Das Problem ihres Ex-Mannes bestand in der horrend hohen Summe, die er ihr als Abfindung zahlen musste. So konnte sie es sich leisten, ununterbrochen zu feiern und sich ständig mit den angesagtesten Modedesignern, Friseuren und Kosmetikern zu umgeben.

Nie war sie alleine. Nicht einmal nachts. Sie investierte einen erheblichen Teil ihres Vermögens in Call-Boys. Das Geld hätte sie sich meines Erachtens nach sparen können. Sie war gerade Anfang dreißig und gutaussehend. Sie hätte für Sex nicht bezahlen müssen. Vielleicht machte aber gerade das den Reiz für sie aus. Ein Reiz, den ich nicht verstehen konnte.

Nun werden sie sich vielleicht wundern, dass ein Wesen ohne Gefühle, wie ich eines bin, eine Frau schön finden kann. Schönheitsempfinden hat nichts mit Emotionen zu tun. Lediglich der Trieb ist hier beteiligt und der Gedanke daran, was wohl eine lohnende Partnerin für die Sicherstellung des Überlebens der Menschheit wäre. Mein Opfer wäre hierfür ganz gut geeignet gewesen. Beste körperliche Veranlagung und ein symmetrisches Gesicht ließen sie als eine potentielle Königin der Menschheit erscheinen. Natürlich konnte man nie wissen, wie viel davon tatsächlich von Geburt an echt war und wo der ein oder andere Chirurg nachgeholfen hatte.

Sicher waren derlei Gedanken vollkommen verschwendet, denn kam eine Vereinigung mit dieser Frau zu keinem Zeitpunkt in Frage. Ich hatte einen Auftrag angenommen. Professionalität geht über alles, das war meine unverrückbare Grundregel. Schönheit oder die Gedanken an eine Zukunft im Interesse des menschlichen Fortbestandes konnten damit nicht konkurrieren. Prioritäten waren wichtig im Leben. Die wenigsten Menschen teilten meine Auffassung jedoch, sondern passen diese willkürlich ihrer aktuellen Lebenssituation an. Von dieser Vorgehensweise distanziere ich mich. Schlimmer noch, ich denke, dass dies ganz und gar schändlich ist. Egoistisch und in keiner Weise sachlich. Dabei sagen die Menschen oft „Ich habe meine Prioritäten", um einer emotionalen Situation oder einer solchen Entscheidung einen sachlichen Anschein zu geben.

So könnte ich niemals denken. Ich könnte mit dieser wilden Form des Lebens ohne jede Priorität nicht umgehen. Wie ich dieses Problem lösen sollte für den Fall, dass ich jemals Gefühle entwickeln sollte, wusste ich nicht. Die Tatsache jedenfalls, mein Opfer niemals alleine anzutreffen, erwies sich als problematisch. Wie sollte ich Zeit mit ihr verbringen und sie dabei in einen solch extremen emotionalen Zustand versetzen, dass sie mich mit ihren Gefühlen anstecken würde, wenn sie nie alleine war?

Sicherlich hätte ich einfach in ihr Hotelzimmer stürmen, ihren bzw. ihre (meist waren es gleich mehrere) aktuellen Bettgefährten umbringen und mich anschließend ihr zuwenden können. Allerdings kam dies zu keinem Zeitpunkt in Frage. Ich tötete nicht einfach so. Die Männer, mit denen sie sich umgab, waren nicht Teil meines Auftrages. Sie zu töten, wäre nicht rechtens gewesen. Sie standen nicht auf meiner Liste. Prioritäten.

Da ich mir der Dringlichkeit meines Auftrages bewusst war und ihr Ex-Mann ganz sicher eine schnelle Erledigung des Auftrags erwartete, war es mir auch nicht möglich, einfach eine Weile abzuwarten, bis sich ihr lasterhaftes Leben etwas beruhigte. Eine schwierige Situation. Immerhin war es erst mein zweiter Auftrag. So einfach der erste gewesen war, so schwierig schien dieses Projekt zu werden. Ich beschloss, mein Opfer zu beschatten. Ich war mir sicher, auf diese Weise irgendwann den richtigen Augenblick zu finden.

Ganz sicher verfügte diese Frau über ein unglaubliches emotionales Potential. Immerhin hatte sie eine harte Scheidung hinter sich, einen Ex-Mann, der sie tot sehen wollte, und führte ein Partyleben, das ein emotionsloser Mensch niemals führen würde. Für mich wäre all das jedenfalls nichts. Warum auch sollte ich feiern? Oder vor allem, was sollte ich feiern? Immerhin kann man nur etwas feiern, wenn man sich freut, und Freude konnte ich nicht empfinden.

Ich beschattete die Frau zwei Tage lang. Sie schien niemals zu schlafen. Ich allerdings benötigte meinen Schlaf, wenn ich meinen Verstand vollkommen leistungsfähig halten wollte. Um keine Gelegenheit zu verpassen, schlief ich im Auto. Nur so konnte ich sicherstellen, ihre Spur nicht zu verlieren und damit eine möglicherweise günstige Situation.

In der Nacht des zweiten Tages war meine Chance gekommen. Ich wartete bereits seit mehreren Stunden vor einem bekannten Nachtclub, zu dem grundsätzlich nur die so genannten Reichen und Mächtigen dieser Welt Zutritt hatten. Die genauen Qualifizierungskriterien kannte ich nicht und ich bezweifelte, sie zu verstehen. Aber das ist eine andere Geschichte.

Meine Position war gut gewählt. Von meinem Parkplatz aus konnte ich sowohl den Haupteingang als auch den Seiteneingang, durch den in unregelmäßigen Abständen Alkoholleichen von den Sicherheitskräften des Clubs hinaus komplementiert wurden, überblicken. Außerdem trug eine defekte Straßenlaterne zu meiner Tarnung bei.

Jedenfalls war ich gerade am Überlegen, ob ich ein kurzes Nickerchen einlegen sollte, um meine Kräfte zu schonen, als der Seiteneingang des Clubs aufgestoßen wurde und mein Opfer herausstürzte. Es war beinahe drei Uhr morgens. Zu früh für das Publikum des Clubs, nach Hause zu gehen und zu spät für neue Gäste. Die Straße war aus diesem Grund leer.

Mein Opfer befand sich ganz alleine in der Seitengasse, auf die der Nebeneingang führte. Sie schien ihr Handy am Ohr zu halten und in regelmäßigen Abständen hineinzubrüllen. Das war meine Gelegenheit. Ich stieg aus dem Auto, streckte mich kurz, da meine Muskeln von dem langen Sitzen etwas träge waren, ließ die Autotür offen, um beim Verschließen keine unnötigen Geräusche zu machen, zog die Kapuze meines Pullovers tief ins Gesicht und ging rasch, aber nicht hastig auf die Frau zu.

Sie bemerkte mich nicht. Die Frau war vollkommen in das Gespräch vertieft. In weiser Voraussicht hatte ich mir ein Fläschchen Chloroform besorgt, das ich nun aus meiner Hosentasche fischte und den Inhalt auf ein Taschentuch träufelte.

Ich war nur noch wenige Schritte von der Frau entfernt. Sie stand mit dem Rücken zu mir. Auch das kam mir sehr gelegen. Ohne auf ihr Gespräch zu achten - normalerweise ist es unhöflich, jemanden zu unterbrechen, der gerade spricht –, packte ich die Frau am Kopf, zog ihn an meine Brust und drückte ihr das Taschentuch mit dem Betäubungsmittel auf den Mund.

Schneller als ich es erwartet hatte, erschlaffte ihr Körper. Sie war wohl gerade im Begriff „Arschloch“ ins Telefon zu brüllen, zu mehr als einem „A……“ war sie jedoch nicht mehr im Stande.

Das Handy fiel ihr aus der Hand. Ich trug die bewusstlose Frau zu meinem Wagen, öffnete den Kofferraum und legte die Frau hinein. Dann ging ich noch einmal zurück, um ihr Handy einzusammeln und nach etwaigen anderen Beweisen zu suchen, die ich dort hinterlassen haben könnte. Außer dem Mobiltelefon fand ich nichts. Gute Arbeit.

Ich warf einen raschen Blick auf das Display. Auf diesem war „Ex“ zu lesen. Welche eine Ironie des Schicksals: Ihr Ex-Mann, der gleichzeitig mein Auftraggeber war, hatte sie so auf die Palme gebracht, dass sie den Club alleine und ohne ihre Leibwächter verließ. Ohne ihn hätte ich wohl noch Tage hinter ihr herfahren müssen. Dennoch würde er keinen Preisnachlass bekommen. Zufälle waren nun einmal nicht verrechenbar.

Auch verspürte ich keine Dankbarkeit. Immerhin würde ich die Frau für ihn töten. Das war wohl mehr als genug, um meine Dankbarkeit auszudrücken. Ich blickte mich noch einmal rasch um, um sicherzugehen, nichts übersehen zu haben. Dann eilte ich zum Auto zurück, stieg ein und fuhr los. Ich achtete akribisch darauf, immer kurz über der erlaubten Höchstgeschwindigkeit zu fahren. Viele Kriminelle begehen hier einen entscheidenden Fehler.

Sie fahren entweder viel zu schnell, weil sie glauben, nur mit ihrer Tat davonzukommen, wenn sie sich möglichst schnell vom Tatort entfernen, oder sie fahren zu langsam, um nicht von der Polizei kontrolliert zu werden. Natürlich wird die Polizei sowohl durch zu schnelles als auch durch zu langsames Fahren aufmerksam, was wiederum die Wahrscheinlichkeit einer Kontrolle steigert. Diese Handlungsweise ist freilich schon vielen Verbrechern zum Verhängnis geworden.

Um eben dies zu vermeiden, fuhr ich drei Stundenkilometer schneller, als es erlaubt war. Niemand fährt exakt die Geschwindigkeit, die auf dem Schild steht. Auch das macht verdächtig. Ein klein wenig schneller zu fahren hingegen, ist normal. Die Polizei hält einen deswegen ganz sicher nicht an. Ich sollte Recht behalten. Niemand hielt mich an.

Ich fuhr in ein nahegelegenes Waldstück, das gerade so weit abseits der nächsten Siedlung lag, um keine Aufmerksamkeit zu erregen. Auf Grund der Uhrzeit war die Chance, zufällig etwa durch einen Wanderer entdeckt zu werden, verschwindend gering. Ich hob die noch immer betäubte Frau aus dem Kofferraum, lehnte sie an einen Baum und fesselte sie mit einem stabilen Seil an denselben. Ich zog die Stricke besonders eng. Das sollte die Bedrohung verdeutlichen. Außerdem band ich ihren Hals mit einem feinen Draht separat an den Baum, gerade so, dass dieser sich leicht in ihren Hals schnitt und ein dünner Blutfilm hinabrann.

Dann holte ich aus meiner anderen Hosentasche eine kleine Phiole mit Riechsalz hervor. Immerhin wollte ich nicht ewig warten, bis die Frau von alleine zu sich kam. Jede Sekunde stellte ein Risiko dar, das ich nicht eingehen wollte. Das Salz erfüllte seinen Zweck. Von einer Sekunde auf die andere schlug mein Opfer die Augen auf. Nun erlebte ich eine Überraschung. Eigentlich ging ich von völliger Panik und Verängstigung aus.

Statt in Panik zu verfallen, blickte sie sich jedoch einige Momente lang um, um sich zu orientieren. Dann prüfte sie ihre Fesseln, hielt kurz inne, um nachzudenken, und wandte mir dann ihren Blick zu. Mehr als ihre Augen konnte sie dabei nicht bewegen. Der Draht um ihren Hals hätte sich ansonsten nur noch tiefer in ihr Fleisch geschnitten. Die Fesselung musste sehr schmerzhaft sein, jedoch sah man der Frau dies kein bisschen an. Sie zuckte nicht einmal.

Ohne ein Wort zu sagen starrte ich sie an. Ich machte mir nicht die Mühe, mein Gesicht zu verbergen, immerhin würde die Frau niemals wieder Gelegenheit haben, mit einem anderen Menschen zu sprechen. Die Frau starrte zurück. Ihr Blick war dabei vollkommen gleichgültig. Dann begann sie zu sprechen:

„Mein Ex-Mann schickt sie." Es war eine Feststellung keine Frage.

Dennoch sagte ich: „Ja."

„Dann werden sie mich wohl töten." Wieder eine Feststellung.

„Ja."

„Sie werden gut dafür bezahlt." Auch das sollte keine Frage sein.

Ich dachte kurz nach. Mein Honorar war eher lächerlich. Jedenfalls nicht genug, um ein Menschenleben auszufüllen.

„Darum geht es mir nicht", antwortete ich wahrheitsgemäß.

„Ach?", ließ sie sich vernehmen.

„Mir geht es um ihre Gefühle", sagte.

„Meine Gefühle?" Die Frau lachte kurz auf. Es war ein kaltes Lachen. Eines, das mir nur allzu bekannt vorkam. Es war die Art Lachen, wie auch ich sie von mir gab, da ich zu etwas Anderem nicht in der Lage war.

„Da muss ich sie enttäuschen. Meine Gefühle sind alle tot." Sie blickte mich weiterhin mit ihrem emotionslosen Blick an.

Ich erkannte die Wahrheit hinter ihren Worten. Auch dieser Versuch würde mich meinen Gefühlen nicht näherbringen. Ich hatte es mit einem Menschen zu tun, der alle Gefühle abgelegt hatte. Ich wollte MenschSein, die Frau hingegen wollte keiner mehr sein.

„Genauso geht es mir. Im Gegensatz zu ihnen hatte ich jedoch niemals Gefühle, deswegen tue ich all das." Warum ich ihr die Wahrheit sagte, wusste ich nicht. Dennoch stellte es kein Problem dar. Sie würde es niemanden mehr verraten können.

Auch wenn ich von der Aussichtslosigkeit meines Vorgehens überzeugt war, startete ich einen Versuch, der Frau Angst einzuflößen um ihr vielleicht doch noch Gefühle zu entlocken. Ich kramte in meinen Taschen herum und holte eine Zwickzange hervor. Die Frau folgte meinen Bewegungen, so gut es ihr in ihrem gefesselten Zustand möglich war.

„Welcher ihrer Finger ist ihnen am liebsten?“, fragte ich.

Den Satz hatte ich aus irgendeinem sinnlosen Film geklaut. In diesem führte diese Frage zu blinder Panik seitens des Opfers. Ich trat hinter den Baum, so dass ich an ihre Hände herankam.

„Wenn sie mich so fragen: Nehmen sie den Ringfinger. Den brauche ich ja nicht mehr.“ Wieder brach die Frau in ihr kaltes Gelächter aus. Ich setzte die Zange an ihrem kleinen Finger an. Das ging leichter. Der kalte Stahl berührte ihre Haut.

Kein Zittern, keine Schweißperlen auf der Haut. Keine Tränen. Die Frau fühlte wirklich nichts. Es gab keinen Grund mehr, sie weiter zu quälen. Ich trat wieder vor sie.

„Haben sie etwa Schiss?“, fragte sie provokativ. „Ich dachte, sie können nichts fühlen?“

Ich überlegte. Eigentlich hätte ich die Frau gehen lassen können. Von ihr würde ich nicht bekommen, was ich suchte. Allerdings hatte ich einen Auftrag angenommen. Gegen die Vereinbarung zu verstoßen, würde gleichzeitig bedeuten, gegen meinen Berufsethos, der zugegebenermaßen noch sehr jung war, zu verstoßen.

Ich trat näher an sie heran. Mit der rechten Hand griff ich hinter meinen Rücken. Meine Finger griffen den Griff des Messers, welches ich mir in den Hosenbund geschoben hatte.

„Es tut mir leid“, sagte ich kalt während wir uns in die Augen blickten. Trotz der Kälte in meiner Stimme meinte ich es ernst.

„Schon gut“, sagte sie ebenso kalt. Ob sie es ernst meinte, konnte ich nicht sagen.

In einer fließenden Bewegung zog ich das Messer und stieß es ihr bis zum Schaft in die Brust. Die Frau war sofort tot. Die meisten hätten ihr wohl die Kehle durchgeschnitten, um zu beobachten, wie die Lebensenergie langsam aus ihr herausfloss. Das jedoch hatte sie nicht verdient. Sie war wie ich.

Ich wischte das Messer an ihren Kleidern ab. Dann ging ich zum Auto und fuhr davon. Die Frau ließ ich, wo sie war. Jemand musste sie finden, als Beweis für meine Tat. Unterwegs hielt ich an einem See. Ich warf das Fläschchen mit dem Chloroform, die Zange, das Messer und ihr Handy in den See. Anschließend fuhr ich nach Hause. Es dauerte einige Tage, bis man ihre Leiche gefunden hatte. Die Polizei hatte nicht die leiseste Spur, besagten die Berichte. Sie bat die Öffentlichkeit um Mithilfe. Sie wissen es vielleicht nicht, aber sollte sie die Polizei einmal um Mithilfe bitten, ist dies der Beweis für deren vollkommene Ahnungslosigkeit. Ich war auf dem Weg zu einem Meisterkiller. Dennoch war ich nach wie vor genauso weit von meinem Ziel entfernt wie vor meiner Karriere als Mörder. Am darauffolgenden Tag erhielt ich von dem Treuhänder mein Geld.

Einen neuen Auftrag hatte er außerdem für mich parat. Diesmal ging es um ein Ehepaar. Mehr Informationen erhielt ich nicht. Nur eine Adresse hatte der Zwischenhändler für mich. Ein direkter Kontakt mit dem Auftraggeber würde nicht stattfinden. Dafür war die Entlohnung hoch. Einhunderttausend Euro sollte ich erhalten. Scheinbar war ich tatsächlich auf dem Weg in die Oberliga. Es bedeutete mir nichts. Das Geld hatte ich nicht nötig. Es ging mir einzig darum, meine Gefühle zu finden. Das Geld nahm ich, weil alles andere sonderbar ausgesehen hätte. Diesmal verhandelte ich nicht. Ich wollte nicht anmaßend wirken.

Am nächsten Tag machte ich mich an die Arbeit. Ich fuhr am späten Nachmittag zu der Adresse, die mir der Vermittler gegeben hatte. Das Haus befand sich erneut in einem Wohngebiet der Mittelschicht. Überall lagen Kinderfahrräder, Rollschuhe, ferngesteuerte Autos und allerlei anderes Kinderspielzeug herum. Auf dem Asphalt der verkehrsberuhigten Straße tummelten sich zahllose Kinder jeden Alters.

Es schien das Paradies für Familien zu sein. Im Gegensatz zu meinem ersten Auftrag fand ich diesmal auch Kindersachen vor dem Haus meiner Opfer. Ich wusste absolut nichts über die beiden Menschen, außer dass es sich um ein Paar handelte. Nachdem ich etliche Male um den Block gefahren war, fand ich einen Parkplatz zwischen all den Kombis und Vans – Familienkutschen eben –, von dem aus ich das Haus im Blick behalten konnte.

An den Fensterbrettern waren Blumenkästen installiert, der Rasen war frisch gemäht. Ich war froh, dass es nicht Samstag war, ansonsten wären wohl in der ganzen Straße die Rasenmäher auf Hochtouren gelaufen.

Ich selbst mähte immer samstags den Rasen. Das taten alle anderen auch, und so fiel ich nicht auf. Gleichzeitig war es jedoch auch sinnvoll. Ein Schema, eine Routine, die mir ein gewisses Maß an Sicherheit gab. Wenn nur der Verstand den Ton angibt, ist das ganze Leben von festen Plänen bestimmt. Routine ist sehr wichtig. Eine Abweichung von der Routine sorgt für eine Störung des Systems. Das geht nicht. Mein Verstand lässt so etwas nicht zu. Deswegen kam es in meinem Leben auch niemals dazu, dass ich aus Unlust etwas nicht tat. Ich tat stets das, was getan werden musste.

Auch wenn dies bedeutete, ein Paar umzubringen, das scheinbar Kinder hatte. Und das ohne auch nur den Grund zu kennen. Gründe spielen keine Rolle, nur das Ergebnis ist wichtig. Ich wartete mehrere Stunden vor dem Haus meiner Opfer. Einige Zeit spielten dort drei Kinder. Zwei Jungen und ein Mädchen. Ich schätzte ihr Alter auf zwischen vier und zehn Jahre. Genau ließ sich das aus der Entfernung freilich nicht klären. Ich beachtete sie nicht weiter.

Die Kinder würden meinem Auftrag nicht im Wege stehen. Am frühen Abend kam eine junge Frau aus dem Haus. Sie schätzte ich auf etwa Mitte dreißig. Sie trug eine Schürze. Das musste die Mutter, also eines meiner Opfer sein. Ich spürte kein Mitleid. Ich war auch nicht aufgeregt, das war ich nie.

Die Stimme der Mutter war voller Leidenschaft. Diese Frau verfügte definitiv über Emotionen. Sie rief die Kinder zum Essen. Begeistert stürmten die Kinder auf die Haustüre zu und umarmten ihre Mutter, bevor sie ins Haus gingen.

Mittlerweile hatte ich mir mein Fernglas vom Beifahrersitz genommen - ein Utensil, das jeder Mörder benötigt -, so dass ich die Frau erkennen konnte. Sie hatte die Augen geschlossen und trug ein seliges, glückliches Lächeln zur Schau. Eindeutig, diese Frau war voller Gefühle. Dann verschwanden alle im Haus. Ich überlegte, wie ich am besten vorgehen sollte. Am einfachsten wäre es wohl, die Kinder zu instrumentalisieren. Ich hatte keinen Zweifel, dass der Vater - mein zweites Opfer - ebenso tiefe Gefühle für die Kinder hatte wie die Mutter.

An dieser Stelle kam mir jedoch mein Ethos wieder in den Quere. Die Kinder hatten nichts mit meinem Auftrag zu tun. Sie als Mittel zum Zweck zu verwenden, war nicht in Ordnung. Es hätte eine Abweichung von den vorgegebenen Parametern dargestellt und schloss sich aus diesem Grund aus.

Mit den Eltern jedoch konnte ich verfahren, wie ich wollte. Jedes Mittel, jede Brutalität war erlaubt. Ein Computer kennt nur sein Ziel. Wie er es erreicht, ist von untergeordneter Bedeutung, so lange die Parameter nicht verletzt werden. Die Eltern zu foltern und gegeneinander einzusetzen, verstieß nicht gegen die Parameter, nicht gegen meinen Ethos.

Ich war mir der tiefen Gefühle, welche die Eltern füreinander empfanden, bewusst und rechnete mit heftigen Reaktionen, wenn ich einen von ihnen vor den Augen des anderen quälte. So sah also mein Plan aus. Ich wartete noch ein paar Stunden im Auto. Da die Familie scheinbar kaum einen Wert auf Privatsphäre legte, besaß das Haus keine Vorhänge, was mir einen unverdeckten Blick ins Haus erlaubte. Kurz nachdem die Sonne untergegangen war und die Dunkelheit die Herrschaft übernommen hatte, brachten beide Eltern gemeinsam die Kinder ins Bett.

Die beiden Jungen schliefen in einem gemeinsamen Zimmer im Obergeschoss, das Mädchen in dem danebenliegenden. Es erschien mir wie eine Ewigkeit, bis alle Geschichten vorgelesen und alle Gute-Nachtküsse ausgetauscht waren. Dann jedoch wurde in den Kinderzimmern das Licht gelöscht.

Um sicherzugehen, wartete ich noch eine Weile. Die Kinder sollten schlafen, wenn ich mir Zutritt zum Haus verschaffte. Sie hatten nichts mit alledem zu tun und sollten deswegen keinen Schaden nehmen. Natürlich dachte ich dabei nur an körperliche Schäden. Von allem anderen hatte ich keine Ahnung. Das war schließlich der Grund, weswegen ich vor dem Haus lauerte.

Etwa gegen zehn verließ ich den Wagen. Auf meinen Kapuzenpulli hatte ich heute verzichtet. Niemand würde mich sehen. Ich trug glatte Lederhandschuhe, um keinerlei Spuren zu hinterlassen. Außerdem hatte ich mir eine Schusswaffe besorgt. Das war einfacher, als sie wohl denken. Ich hatte einfach den Vermittler gefragt, ob er mir etwas organisieren könnte. Nach nicht einmal einer Viertelstunde stand ich einem Waffenhändler gegenüber. Ich erwarb eine Kaliber .22 Pistole. Mehr war nicht nötig. Ich hatte nicht vor, die Waffe abzufeuern, schon gar nicht über eine größere Distanz. Ein großes Kaliber war also überflüssig.

Auch wenn es sich um eine kleine, sehr einfache Waffe handelte, verlangte der Waffenhändler einen exorbitant hohen Preis. Hätte ich nicht einen Auftrag zu erfüllen gehabt und wäre dadurch unter Zeitdruck gewesen, hätte ich mir auf anderem Wege eine Waffe besorgt. So jedoch musste ich den Preis akzeptieren. Eigentlich war mir dieser Wucher egal, doch ich habe meine Prinzipien.

Einen Wucherpreis zu bezahlen, ist nicht besonders effizient, und um Effizienz drehte sich alles in meinem Leben. Es wäre jedoch extrem ineffizient gewesen, lange nach einem anderen Waffenhändler zu suchen. Meine Entscheidung, die .22er zu kaufen entsprang also einer sorgsamen Abwägung.

Bill Gates wäre stolz auf seinen Computer gewesen. Ich lief zum Haus. Ich machte mir keine Mühe, unauffällig zu sein. Ich war mir sicher, vollkommen unbeobachtet zu sein. Was sollte auch schon in einem solchen Viertel geschehen? An der Tür lauschte ich einen Moment. Ich hörte ein Fernsehgerät. Gut. Das Gerät würde etwaige Geräusche übertönen.

Dann klopfte ich. Manchmal sind die einfachsten Dinge die effektivsten. Warum hätte ich die Tür aufbrechen oder durch ein Fenster einsteigen sollen? Durch das Klopfen erreichte ich das beste Ergebnis überhaupt. Es war unwahrscheinlich, dass beide Eltern gemeinsam die Tür öffnen würden. Das kam mir zu Gute. Auf diese Weise konnte ich mir einen nach dem anderen vornehmen. Nach wenigen Augenblicken schwang die Tür nach innen auf.

Es war der Mann. Er blickte mich verwundert an. Wahrscheinlich tat er dies wegen der späten Zeit. Misstrauen war jedoch nicht zu erkennen.

„Ja?“, fragte er.

„Haben sie einen Augenblick Zeit?“, fragte ich.

„Worum geht es denn?“, wollte der Mann nun deutlich vorsichtiger wissen.

Da mir darauf keine passende Antwort einfallen wollte, zog ich meine Waffe aus dem Hosenbund, richtete sie auf den Mann und sagte: „Ganz ruhig.“

Der Mann trat erschrocken einen Schritt zurück und gewährte mir so einfachen Zugang zum Haus. Scheinbar hatte noch nie jemand eine Waffe auf ihn gerichtet, denn statt zu tun, was sinnvoll gewesen wäre - nämlich stehenzubleiben - drehte er sich um, um ins Haus zu flüchten. Ich packte ihn am Hemd und schlug ihm den Griff der Waffe auf den Hinterkopf. Mit einem leisen Stöhnen sackte der Mann zusammen. Das Ganze ging nicht ganz lautlos über die Bühne. Scheinbar hatte die Frau etwas gehört.

„Schatz?“, rief sie leise, aber besorgt aus dem Wohnzimmer. „Ist alles in Ordnung?“

Da ich mir meiner überaus limitierten Fähigkeiten als Stimmenimitator bewusst war, verzichtete ich darauf, mit verstellter

Stimme zu antworten. Ich schloss lautlos die Tür hinter mir, zog den reglosen Mann hinter die nächste Wand und versteckte mich hinter einem Garderobenschrank. Es war dunkel im Flur. Die Frau kam nicht auf die Idee, das Licht einzuschalten, als sie in den Flur trat. Noch einmal rief sie nach ihrem Mann.

„Schatz? Lass den Blödsinn!“ Es lag nun ganz eindeutig Besorgnis in ihrer Stimme.

Sie trat noch einen weiteren Schritt in den Gang, da sprang ich aus meinem Versteck hervor, richtete die Waffe auf sie und befahl:

„Ruhe und keine Bewegung!“

Sie bewegte sich nicht, fing dafür an zu wimmern.

„Oh Gott, Oh Gott, tun sie meinen Kindern nichts.“

Tränen liefen über ihr Gesicht.

„Wir werden sehen“, erwiderte ich kalt.

Ich hatte nicht vor, den Kindern etwas zu tun, dennoch sah ich diese Antwort nicht als Lüge. Nun bewegte sie sich doch.

Sie fiel auf ihre Knie und brach vollends zusammen. Gefühle. Echte, reine, aufrichtige Gefühle. Ich nahm sie wahr, doch regte sich nicht in mir. Es war wohl noch nicht genug. Hätte sie zu schreien angefangen, hätte ich sicherlich ein Problem bekommen. Ihre Tränen unterdrückten jedoch jeden lauten Ruf. Ich warf einen kurzen Blick auf den Mann, er war noch immer bewusstlos. Ich musste ihn recht hart getroffen haben. Ich beschloss, mich zuerst um sie zu kümmern.

„Aufstehen!“, befahl ich.

Als sie nicht reagierte, sondern lediglich weiter leise vor sich hin wimmerte, ging ich auf sie zu und riss sie brutal an den Haaren hoch. Sie wehrte sich, ließ sich aber an den Haaren wie ein Hund an der Leine führen.

„Hinsetzen“, wies ich sie an und zwang sie auf einen Stuhl im Esszimmer. Die weitere Einrichtung des Hauses interessierte mich nicht. Sie ihnen zu beschreiben, wäre Zeitverschwendung. Wenn sie unnötige Details lesen möchten, empfehle ich ihnen eine andere Lektüre. Vielleicht etwas aus der Epoche des Biedermeier?

Ich zog ein Bündel stabiler Kabelbinder aus meiner Hosentasche. Damit konnte man so ziemlich alles festbinden. Blumen, Fahnen, Boote und eben auch Menschen. Ich fesselte die Handgelenke der Frau, die nur einen leichten Seidenpyjama trug. Ebenso fesselte ich ihre Knöchel. Dann nahm ich die Schnur und ging in den Flur. Der Mann döste noch immer seinen traumlosen Schlaf. Ich zog ihn ins Esszimmer, wuchtete ihn auf einen anderen Stuhl und band ihn dort auf ähnliche Weise wie bereits die Frau fest. Der Mann war sehr schwer. Nun wusste ich, dass sich mein diszipliniertes Fitnessprogramm lohnte.

Die Frau hatte aufgehört zu wimmern. Soweit es ihre Fesseln zuließen, wippte sie einfach nur leicht vor und zurück. Sie war in einem Stadium der Apathie. Ich sah ihr eine Weile zu. Nichts. Keine Emotionen, die übersprangen. Keine Trauer, kein Mitleid, keine Fürsorge. Es wurde Zeit für den nächsten Schritt. Ich ging in die Küche, füllte ein Glas Wasser, das ich aus dem Schrank über der Spüle nahm, und ging zurück ins Esszimmer. Dort schüttete ich das Wasser ins Gesicht des Mannes.

Sofort versuchte sich dieser aufzurichten. Die Fesseln hielten, auch wenn sie sich bedrohlich spannten. Der Mann schien viel Sport zu machen. Gut, dass ich mich für die extra-starken Kabelbinder entschieden hatte. Nachdem er eine Weile versucht hatte, sich zu befreien, sah er mich erschöpft an. Er hatte etwas Schaum vor dem Mund, als er sprach.

„Wer sind sie? Was wollen sie? Was fällt ihnen ein, hier einzubrechen?" Gleich drei Fragen auf einmal.

Ich beschloss, darauf einzugehen.

„Erstens: Ich bin nicht eingebrochen. Sie haben mir die Tür geöffnet. Zweitens: Wer ich bin, tut nichts zu Sache. Drittens: Ich bin hier, um sie zu quälen."

Die Frau musste das gehört haben, denn sie fing erneut an zu wimmern. In den Augen des Mannes hingegen funkelte Zorn.

„Ich werde sie totschlagen!", drohte er mir und spuckte dabei klebrige Speichelfäden in meine Richtung. Sie gingen daneben.

„Das glaube ich kaum", erwiderte ich kühl.
„Tun sie unseren Kindern nichts", wimmerte die Frau.
Ich drehte mich zu ihr um.
„Keine Sorge Schatz. Uns wird nichts passieren", versuchte der Mann sie zu trösten.
Die Frau hatte ihren Kopf gehoben und ihre Apathie abgeschüttelt. Gut. Auf dem Esstisch lag ein Geschirrtuch, das ich nun nahm. Ich wandte mich erneut dem Mann zu und stopfte ihm das Tuch in den Mund. Vergeblich versuchte er sich zu wehren. Die Frau starrte uns beide mit schreckgeweiteten Augen an.
„Ihnen wird nichts passieren", widerholte ich nachdenklich. „Ich denke, dass sie sich da irren."
Mit diesen Worten zog ich eine Zwickzange aus meiner Tasche trat rasch hinter den Mann und schnitt ihm den kleinen Finger ab. Seine Schreie blieben im Geschirrtuch hängen. Anders war es bei der Frau. Ich hätte ihr wohl auch einen Knebel verpassen sollen. Mein Fehler.
Sie schrie, wenn auch nicht laut. Ihre Tränen unterdrückten ihre Schreie. Rasch eilte ich in die Küche, nahm ein zweites Handtuch und stopfte es der Frau in den Mund. Ich lauschte. Alles ruhig bis auf das schwere Schnaufen des nun stark schwitzenden Mannes und dem Gewimmer der Frau, welches nicht einmal das Küchentuch aufzuhalten vermochte.
Auf dem Boden unter dem Mann hatte sich in der Zwischenzeit eine beachtliche Blutlache angesammelt. *Erstaunlich, was so alles aus einer so kleinen Wunder laufen kann,* dachte ich mir. Der Kopf des Mannes war auf seine Brust gesunken. Seine Augen konnte ich somit nicht sehen. Die Augen der Frau hingegen sehr wohl. Das blanke Entsetzen spiegelte sich darin. Ihre Tränen vermochten den Brand der Verzweiflung nicht zu löschen. Noch immer empfand ich kein Mitleid. Was nun?
Mir fiel nur noch eine Sache ein. Sie werden mich gleich verurteilen, sofern sie das nicht längst getan haben. Sie werden mich abartig, kriminell, unmenschlich und verabscheuungswürdig

nennen. Interessiert mich das? Nein! Es ging mir einzig und alleine darum, Mitleid zu empfinden! Deswegen hatte ich die Mordaufträge angenommen und ich wollte es endlich spüren.

„Hm“, machte ich nachdenklich. „Da muss ich wohl noch etwas anderes probieren.“

Die Frau weinte nun noch stärker. Der Mann hatte sich etwas erholt und starrte mich voller Hass an. Das Feuer in seinen Augen schien die Tränen zu verdampfen.

Ich sah ihn an. „Ja, jetzt ist deine Frau dran“, kündigte ich an.

Ich ging in die Küche, nahm ein scharfes Messer aus einem Messerblock, überprüfte die Klinge und ging zurück ins Wohnzimmer. Der Mann starrte mich noch immer mit ungebrochener Wut an. Seine Wut löste nichts bei mir aus. Keine Emotionen. Schade. Es ging wohl nicht anders. Ich trat an die Frau heran.

Sie starrte regungslos und wie gelähmt das Messer in meiner Hand, mit dem sie sonst wahrscheinlich immer Tomaten schnitt, an. Hinter mir nahm ich wahr, wie sich der Mann aus seiner Fesselung zu lösen versuchte. Er wand sich, versuchte alle Kräfte zu mobilisieren, doch es half nichts. Die Fesseln waren zu stark.

Die Frau schien indes in ihre eigene Welt versunken. Sie starrte zwar weiterhin die funkelnde Klinge an, schien allerdings geradewegs durch sie hindurch zu blicken. Ich schnitt ihren Pyjama auf. Hinter mir fiel der Mann mitsamt dem Stuhl um. Ich blickte kurz zu ihm, um mich zu vergewissern, dass er noch immer alles sehen konnte. Er konnte.

Das Oberteil war offen. Ich riss es ihr vom Leib. Ihre Brüste waren etwas gezeichnet von den drei Kindern, die sie gesäugt hatte, im Großen und Ganzen sahen sie jedoch noch gut aus für ihr Alter. Dann schnitt ich ihre Pyjamahose auf und warf den zerrissenen Stoff beiseite. Sie war blank rasiert. Hygienisch, so, wie es sein sollte.

Sie war nun vollkommen nackt. Sie hatte bereits seit einiger Zeit nicht mehr gezwinkert. In der Welt, in der sie versunken war, schien das nicht von Nöten zu sein. Sie war gebrochen. Der Mann hinter uns versuchte zu schreien, was durch das Handtuch wie ein ersticktes Grunzen klang. Der Fernseher übertönte die Geräusche. Ich schnitt die nackte Frau von ihren Fesseln los. Sie war zu weit in sich selbst versunken, um sich zu wehren.

Was ich nun tat, will ich nicht im Detail erklären. Sie können es sich wahrscheinlich vorstellen. Ich vergewaltigte die Frau, von der ich nicht wusste, was sie eigentlich verbrochen hatte, um all das zu verdienen. Natürlich stülpte ich mir zuerst ein Kondom über. Ich tat das weniger aus Angst, durch einen DNA Test überführt zu werden, als vielmehr aus Schutz vor sexuell übertragbaren Krankheiten. Man weiß ja schließlich nie, was Hausfrauen den Tag über treiben, wenn ihre Männer arbeiten und die Kinder in Kindergarten und Schule waren.

Ich nahm sie hart ran. Ich wollte den Mann in die tiefste Verzweiflung stürzen. Ich tat der Frau weh. Es musste wehtun. Sie jedoch nahm alles teilnahmslos hin. Nach einer Weile war ich fertig. Die Frau lag nackt und aus mehreren Wunden blutend auf dem Boden. Scheinbar war ich brutaler gewesen, als ich dachte. Ich wandte mich ihrem Mann zu. Seine Augen waren weit aufgerissen. Er starrte mich an. Seine Wut war verschwunden. Tränen glitzerten in seinen Augen, eine einzelne lief seine Wange herunter. Ein gebrochener Mann. Ein Mann, der an seinen Gefühlen zu Grunde gegangen war. Ich beobachtete ihn, den Inbegriff der Verzweiflung. Wo sonst hätte ich reinere Emotionen finden können?

Doch nichts sprang auf mich über. Kein Mitleid. Nicht die Spur. Nur die gewohnte innere Kälte. Mein Plan war nicht aufgegangen. Normale Menschen hätten nun sicherlich aus Enttäuschung geseufzt. Ich tat es nicht. Stattdessen hob ich das Messer vom Boden auf, ging auf die Frau zu, kniete mich vor ihr nieder und stieß ihr das Messer in die Brust. Immerhin hatte ich ja auch noch einen Auftrag zu erfüllen. Ich wartete einige Augenblicke, bevor ich das Messer wieder herauszog.

Ich ging zu dem Mann, der noch immer an den Stuhl gefesselt auf der Seite lag. Er blutete nicht nur aus dem halben Finger, sondern auch aus einer hässlichen Kopfwunde. Diese kam wahrscheinlich vom dem Schlag mit der Pistole. Auch seine Handgelenke bluteten. Die Plastikschnur hatte sich tief in seine Handgelenke geschnitten. Er musste fürchterliche Schmerzen erleiden, doch schien er sie nicht zu spüren.

Er starrte seine tote Frau an, doch irgendwie blickte er gleichzeitig durch sie hindurch. Auch er war in eine andere Welt abgedriftet. Ich hob das Messer und stieß es ihm mitten ins Herz. Dort ließ ich es stecken. Warum sollte ich es auch entfernen? Es gehörte diesen Leuten. Mein Auftrag lautete, sie zu töten und nicht sie zu bestehlen. Der Mann war tot. Die Frau war tot. Mission erfüllt. Ich nahm meine Hose und zog sie wieder an.

Dann ging ich zur Tür. Ein letztes Mal blickte ich zurück auf die Leichname. Kein Mitleid. Nichts. Leise öffnete ich die Tür und verschwand in der Dunkelheit.

Ich hatte die drei Augenpaare nicht bemerkt, die mich von der Treppe aus beobachtet hatten. Sie gehörten den Kindern, drei an der Zahl. Der Fernseher war scheinbar nicht laut genug gewesen. Sie hatten alles mit ansehen müssen. Doch das sollte ich erst später erfahren.

Auch am nächsten Morgen verspürte ich keine Gefühle. Diesmal berichteten nicht nur die lokalen, sondern auch die nationalen und sogar die internationalen Medien von dem grausamen Verbrechen, das ich begangen hatte. Es gab wieder keinerlei Spuren. Gut so. Die Reporter sprachen von einem der grausamsten Verbrechen der letzten Jahrzehnte, die Polizei schien es sich aus moralischen Gründen zur obersten Aufgabe gemacht zu haben den grausigen Mord aufzuklären und Politik und Sozialverbände waren voller Mitgefühl für die Kinder.

Ich nicht. Ich empfand bei alledem nur Gleichgültigkeit. Ich ging am selben Abend ins Bahnhofviertel. Dort erwartete mich bereits der Zwischenhändler. Er blickte mich lange an, bevor er sprach.

„Du bist irre. Vollkommen irre. Was hast du dir dabei gedacht?“, fragte er.

Er erwartete eine Antwort, doch ich hatte keine. Also schwieg ich.

„So ein Gemetzel! Das kann doch nicht sein. Die oberste Regel heißt unauffällig bleiben. Mein Gott hast du mitbekommen, was für ein Zirkus herrscht? Das lag nicht in der Absicht des Auftraggebers!“, herrschte mich der Mann an.

„Wo ist mein Geld?“, verlangte ich in meiner üblichen kühlen Tonlage zu wissen.

„Das Scheißgeld habe ich hier! Du hast die beiden getötet, deswegen muss ich es dir geben. Neue Aufträge werde ich dir aber nicht beschaffen! Du Wahnsinniger!“ Er war wirklich außer sich.

Der Zwischenhändler tobte. Allmählich wurden die Passanten auf ihn aufmerksam. Er warf eine Tasche mit Geld vor meine Füße. Ich hob sie auf.

„Danke“, sagte ich, drehte mich um und ging. Ich hielt noch einmal inne. Ohne mich umzudrehen, flüsterte ich gerade so laut, dass er mich verstehen konnte:

„Duz mich nie wieder.“ Ich konnte seinen Angstschweiß riechen.

Es war nicht so schlimm, dass er keine Aufträge mehr für mich hatte. Ich hatte ohnehin nicht vor, weiter zu morden. Dieser Weg führte nicht zum Ziel. Mitleid konnte meine Gefühle nicht wecken. Es war Zeit etwas anderes zu versuchen.

Liebe

Möglicherweise sind sie nun etwas schockiert. Allerdings frage ich mich, warum das so ist. Was haben sie denn erwartet? Die Zeilen eines moralisch gefestigten Menschen zu lesen? Wie genau haben sie sich das denn vorgestellt?

Zu Moral gehören Empfindungen. Moral ist immerhin etwas extrem Subjektives. In früheren Zeiten war es vollkommen normal, andere Menschen wegen Nichtigkeiten zu töten. Es gab kein Justizsystem, das einen bestrafte. Das einzige Recht das galt war Auge um Auge, Zahn um Zahn.

Ich tue stets nur das, was mir mein Verstand rät. Ich habe Ziele, die eine hohe Priorität haben. In gewisser Weise bin ich auf der Suche nach meinem Platz im Leben. Das gilt wahrscheinlich für alle Menschen. Doch bei mir ist es anders. Bei ihnen bestimmen ihre Gefühle, wo ihr Platz ist. Bei mir bestimmt die Suche nach den Gefühlen den Platz. Deswegen musste ich vieles ausprobieren und habe viele Grausamkeiten begangen. Ich hatte keine Wahl.

Natürlich sehe ich all diese Dinge nicht als Grausamkeiten. Dafür wäre ja ein moralisches Grundgerüst notwendig. Ich sehe das alles vielmehr als Notwendigkeiten. Dinge, die ich tun musste, um herauszufinden, ob ich dadurch meine Gefühle finden konnte.

Das Scheitern war bei all diesen Dingen ein elementarer Bestandteil. Während bei ihnen jedoch das Scheitern an sich bereits Gefühle hervorrufen dürfte, lässt mich das Scheitern kalt. Wenn ein Computer eins und eins zusammenzählt und auf drei kommt, rechnet er einfach noch einmal. Ohne sich zu ärgern, ohne die Subroutine zu verfluchen, die Schuld an dem Fehler war, und ohne zu versuchen, die Schuld auf jemand anderen zu schieben. Genauso ist es bei mir. Nachdem ich herausgefunden hatte, dass ich durch die Ermordung von Menschen keine eigenen Gefühle auslösen konnte, habe ich diesen Fehler akzeptiert und nach neuen Möglichkeiten gesucht.

Es gibt eine Lösung, dessen bin ich mir ganz sicher. Es gibt immer eine Lösung. Es ist nur eine Frage der Zeit, bis man auf die richtige Lösung kommt. Wer lange genug geradeaus geht, wird irgendwann an den Ort kommen, an den er will, auch wenn er nicht weiß, wo dieser liegt. Dieses bekannte Sprichwort, das auf den ersten Blick so emotional wirkt, ist eigentlich sehr sachlich. Es spiegelt die Realität des Verstandes wieder.

Immer vorwärts - denn irgendwo in der Zukunft wartet die Antwort auf jede Frage. Zeit ist etwas Relatives und spielt nicht wirklich eine Rolle. Natürlich stimmt auch das nicht so ganz. Zumindest nicht für biologische Organismen. Wie alle biologischen Organismen sterben auch Menschen irgendwann. Diese Erkenntnis ist für das Gefühl des Getriebenseins verantwortlich, das so viele Menschen empfinden. Sie haben Angst, ihren Platz in der Welt nicht zu finden, bevor der so genannte Sensenmann kommt, um sie zu holen.

Ich habe niemals Angst. Ich suche und werde finden. Oder auch nicht. Der Tod ist eine viel zu abstrakte Variable, um ihn in eine realistische Berechnung einzuschließen. Immer an ihn und damit die Möglichkeit des Scheiterns zu denken heißt, sich ablenken zu lassen. Wer sich ablenken lässt, wird scheitern. Emotionale Menschen lassen sich immer ablenken. Ich lasse mich hingegen niemals ablenken.

Eigentlich müsste ich deswegen sehr glücklich sein mit dem Dasein, das ich führte. Nur konnte ich kein Glück empfinden. Die Katze beißt sich in den Schwanz. Es ist ein Paradoxon. Eines, über das man Stunden reden kann, ohne zu einem Ergebnis zu gelangen.

Worüber denken sie nach? Über Glück? Worin besteht das Glück? Viele sagten mir, es bestünde darin, einen Platz in der Welt zu finden. Wissen sie, wo ihr Platz ist? Wenn nein, haben sie doch bestimmt zumindest eine Vorstellung davon, wo sie gerne wären. Das dachte ich mir. Ich habe keine solche Vorstellung. Zu so etwas braucht es Phantasie. Ich verfüge über keine Phantasie. Weder über Phantasie noch über Träume. Rationalismus und Verstand sind die Feinde der Phantasie. Haben sie sich nie gefragt, wieso bedeutende Naturwissenschaftler so selten kreativ sind?

Einige von ihnen haben sicher studiert. Wie viele ihrer Professoren haben sich der Kunst zugewandt? Kaum einer. Das liegt darin, dass es Wissenschaftler sind, die nur das akzeptieren, was sie sehen. So wie ich. Nur dass es bei mir noch schlimmer ist. Mir bleiben der Weg der Gefühle und der Schlüssel zur Phantasie vollkommen verschlossen.

Selbst Professoren können sich verlieben. Ich kann so etwas nicht. Das heißt nicht, dass ich es nicht versucht habe. Meine Beobachtungen haben gezeigt, was für ein starkes Gefühl diese Liebe darstellt. Womöglich ist sie sogar das stärkste Gefühl überhaupt. Nicht umsonst sagten bereits römische Philosophen „Omnia vincit amor“- Liebe besiegt alles“. Die Menschen glauben an die Liebe, auch wenn sie noch so oft enttäuscht werden. Woran das liegt, konnte ich naturgemäß nicht nachvollziehen. Dennoch habe ich lange darüber nachgedacht.

Oft saß ich im Park und beobachtete verliebte Paare. Ich dachte, dabei könnte vielleicht der Funke überspringen. Womöglich wäre ihre emotionale Verbindung dazu fähig, auch mich zu entflammen. Bei diesem Versuch bin ich – ich kann es nicht anders sagen – kläglich gescheitert. Ich habe es sehr lange und sehr oft versucht. Ich redete mit verliebten Menschen, versuchte herauszufinden, was das Geheimnis der Liebe ist. Letztlich blieben meine Versuche erfolglos, ohne jedes Ergebnis.

Fragen sie zehn Menschen, was das Geheimnis der Liebe ist und sie werden zehn verschiedene Antworten erhalten. Das ist wenig wissenschaftlich und damit nicht rational. Das macht es für mich zu etwas nicht Fassbaren. Liebe war etwas, das man selbst erfahren musste, um sie zu verstehen. Aus diesem Grund versuchte ich mich immer wieder auf andere Menschen einzulassen. Ich dachte mir, der richtige Mensch würde die richtigen Gefühle in mir wecken, wenn ich es nur lange genug versuchte.

Wenn ich einen anderen Menschen dazu bringen konnte, mich zu lieben, dann würde das doch sicher irgendwann dazu führen, dass ich im Gegenzug diese Gefühle erwidere. Deswegen werde ich ihnen nun von meinen Versuchen berichten, über die Liebe zu Gefühlen zu kommen.

Ach ja. Um den Bogen zu meiner Karriere als Mörder zu schließen: Ich war mir sicher, durch die Liebe keinen anderen Menschen schaden zu können. Immerhin musste ich niemanden töten. Die Wahrheit zeigte sich jedoch bereits nach kurzer Zeit: Liebe kann stärker verletzen, als dies die schärfste Klinge kann. Warum das so ist, habe ich nie verstanden. Ich bemerkte nur, dass es so war.

Das Konzept der Liebe war mir immer fremd. Ich war einfach nicht in der Lage, es wirklich zu begreifen. Warum empfanden Menschen etwas füreinander? Mir war schon klar, warum Menschen zusammenlebten oder ihre Zeit zusammen verbrachten. Immerhin brachte ein solches Zusammenleben gewisse Vorteile mit sich. Wer zusammen wohnt, muss weniger Miete zahlen. Wer zusammen wohnt, kann sich die Kosten für den Unterhalt teilen. Wer zusammen wohnt, kann für den anderen einspringen, wenn einmal Bedarf besteht. Ein Geben und Nehmen also, von dem beide Parteien profitieren.

Solche Symbiosen finden in allen Bereichen des Lebens statt. Von der Flechte, über Bakterien bis hin zum Menschen. Überall lassen sich Beispiele für Partnerschaften finden, in denen beide Partner einen Vorteil haben. Bei Menschen geht das allerdings noch etwas weiter. Man küsst sich ohne jeden Grund. Man verbringt Zeit, die man sinnvoller alleine verbringen könnte, man hat sogar Geschlechtsverkehr ohne den Hintergedanken der Fortpflanzung. Wo liegt bei alledem der Vorteil?

Bereits in meiner Kindheit konnte ich nicht verstehen, wie meine Eltern ihre Liebe auslebten. Sie führten eine vollkommen normale Ehe. Das heißt, es gab natürlich öfter einmal Streit, im Großen und

Ganzen war aber alles sehr harmonisch. Kosenamen waren da genauso üblich wie der Austausch von Zärtlichkeit, ohne dass es einen wirklichen Grund dafür gab. Ich beobachtete meine Eltern sehr oft dabei und stellte mir immer die eine Frage: *warum?*
Es spielte sich jenseits meines Erfassungsvermögens ab, dass zwei Menschen eine so enge Beziehung führten.

Warum schliefen meine Eltern zusammen in einem Bett? Es ist doch gemeinhin bekannt, wie viel erholsamer der Schlaf alleine ist, ohne durch Schnarchen oder Bewegungen des anderen gestört zu werden. Unser Haus war eigentlich groß genug, um beiden einen eigenen Rückzugs- und Schlafort einzurichten. Zumindest unterschiedliche Betten wären im Bereich des Möglichen gewesen. Dennoch bestanden sie darauf, gemeinsam in einem Bett zu schlafen. Sogar wenn einer der beiden krank war! Wie unlogisch muss die Liebe sein, wenn sie das erlaubt?

Man bedenke die erhöhte Möglichkeit einer Ansteckung! Liebe scheint tatsächlich blind zu machen. Scheinbar ist es ein verbreiteter Glaube, dass Liebe nicht nur blind macht, sondern auch vor Krankheiten schützt. Ich kann ihnen verraten, dass dem nicht so ist! Ein Mensch, den sie lieben, ist ebenso infektiös wie einer, der ihnen nichts bedeutet.

Natürlich bemerkten meine Eltern, wie ich sie tagtäglich beäugte. Wer würde es nicht irgendwann wahrnehmen, wenn er ständig angestarrt wird. Sie reagierten jedoch sehr gelassen. Sie waren von mir nichts anderes gewohnt. Ich starrte viel, ja eigentlich sogar ständig und ununterbrochen. Ich wollte lernen, und das ging eben nur dann, wenn ich möglichst intensiv beobachtete.

Meine Eltern wussten, dass ich nicht unbedingt ein normales Kind war. Deswegen ließen sie mir vieles durchgehen. Außerdem hatten sie sich nach einiger Zeit an das Starren gewöhnt. Es machte ihnen schlicht nichts mehr aus, vierundzwanzig Stunden am Tag gemustert zu werden. Dennoch wurde es ihnen manchmal zu viel. Sie sagten dann Dinge wie:

„Schatz, lass uns doch mal ein bisschen alleine, ja?“, oder „Schatz, geh spielen!“, oder „Schatz, es ist unhöflich, andere Menschen so anzustarren!“

Manchmal setzten sie mich auch einfach vor den Fernseher und verzogen sich albern kichernd in ihr gemeinsames Schlafzimmer. Was genau sie dann taten, war mir damals nicht klar, an Schlaf glaubte ich jedoch nicht. Ich war klein und hatte noch nichts über die Welt gelernt. Ich war voll und ganz der Logik ergeben. Das Konzept, etwas hinter verschlossenen Türen zu tun, um es zu verbergen, war mir fremd. Eigentlich ist es mir auch heute noch fremd. Heute habe ich mich an diese Besonderheiten des menschlichen Verhaltens gewöhnt, auch wenn ich oftmals den Sinn noch immer nicht verstehe.

Für manche dieser Besonderheiten schämen sie sich. Oft werden sie rot. Ich bin in meinem ganzen Leben noch nicht rot geworden. Starrt man einen Menschen jedoch lange genug an, wird er erröten und sich ertappt fühlen. Es ist, als ob ihm klar würde, dass man etwas Geheimes aufgedeckt hätte. Jeder Mensch hat Geheimnisse und deswegen errötet jeder Mensch. Ich hatte keine Geheimnisse. Zumindest keine, für die ich erröten müsste.

Natürlich plauderte ich nicht einfach so aus, eine Zeitlang als Mörder mein Geld verdient zu haben. Das wäre nicht ehrlich, sondern einfach nur dumm. Wenn mich allerdings jemand gefragt hätte, ob ich schon einmal Sex hatte, hätte ich ohne zu zögern „Ja“ gesagt. Wenn diese Person dann weiter gebohrt und mich nach meinen Vorlieben gefragt hätte, hätte ich ihm diese, ohne zu zögern, genannt. Ohne zu erröten.

Natürlich hatte ich keine Vorlieben. Vorlieben sind etwas für emotionale Wesen, für Menschen. Vorlieben zu haben, gehört zum MenschSein dazu. Von diesem Standpunkt aus gesehen, kann man mich wohl schwerlich als Mensch bezeichnen, auch wenn ich rein anatomisch einer war.

Wie dem auch sei, die Liebe ist etwas ungemein Kompliziertes. Das gilt für normale Menschen. Für mich war sie noch schwieriger, denn im Gegensatz zu normalen Menschen musste ich immer etwas vorspielen. Ich war nicht in der Lage, etwas für jemand anderen zu empfinden. Wenn ich etwas wie

„Ich liebe dich!" sagte, dann war dies eine Lüge. Wie ich gerade eben dargestellt habe, sind logische Menschen eigentlich nicht in der Lage zu lügen.

Das Lügen war etwas, das ich erst lernen musste. Ich tat es nicht gerne, aber ich wusste gleichzeitig, wie überaus notwendig es war. Ich würde niemals die entsprechenden Gegenreaktionen erhalten, wenn ich ehrlich war. Ich wollte durch die Liebe meine Emotionen wecken. Ich dachte, wenn mein Gegenüber genug für mich empfand, dann würde der Funken überspringen. Dafür war es natürlich nötig, das Gegenüber erst einmal so weit zu bringen. Ohne Lügen ging das nicht. Oder stellen sie sich einmal folgenden Dialog vor:

Sie: „Ich liebe dich."

Er: „Ich dich nicht."

Denken sie, dass sie auch weiterhin Liebe empfinden würde? Sicher nicht. Wahrscheinlich würde zwar auch diese Antwort eine emotionale Reaktion hervorrufen, aber sicher keine, die auf Liebe basierte. Wenn ihnen jemand sagt, dass er sie liebt, sollten sie daher immer mit „Ich dich auch!" antworten. Das macht die Dinge einfacher, effektiver.

Wenn sie mir nicht glauben, können sie ja einmal den von mir dargestellten Dialog ausprobieren. Sie sollten dies allerdings zuerst an einer Frau ausprobieren, an der ihnen tatsächlich nichts liegt. Es ist ein bisschen wie mit Reinigungsmitteln, auf denen steht, man solle sie zuerst an einer unauffälligen Stelle ausprobieren. Wenn ihnen die Frau ihres Lebens ihre Liebe gesteht und sie experimentieren, indem sie sagen „Ich dich nicht", dann ist es so, als würden sie Bleiche auf ein farbiges Hemd schütten. Es ist für immer verloren. Deswegen lautet mein Rat an sie: Seien sie vorsichtig!

Für mich jedenfalls stellte Partnerschaft die Möglichkeit dar, sich fortzupflanzen, auch wenn ich anfangs bezweifelte, dass sich ein Mädchen ohne Verhütungsmittel auf etwas einlassen würde (ein Irrtum übrigens). Als Darwinist musste ich mir also ein Mädchen aussuchen, das sowohl schön als auch klug war. Das war nicht einfach. Es ist erstaunlich, wie häufig sich Intelligenz und Schönheit gegenseitig ausschließen. Es ist fast so, als hätte die Natur gleichpolige Gene für Schönheit und Intelligenz in die menschliche DNA eingebaut, die sich gegenseitig abstoßen.

Meine ersten Begegnungen mit so genannten Liebesbeziehungen machte ich im Alter von fünfzehn Jahren. Ich hatte nicht wirklich etwas für das andere Geschlecht übrig. Um ehrlich zu sein, waren mir Mädchen vollkommen egal. Genauso wie mir Jungen egal waren. Mir war einfach jeder egal. Mein Desinteresse an Mädchen war aber logisch begründet. Ich war zu jung, um Kinder zu bekommen. Nie hätte ich diese eigenständig versorgen können. Mich von meinen Eltern oder dem Staat unterstützen zu lassen, wäre niemals in Frage gekommen. Es wäre vollkommen ineffizient gewesen. Ich kann nicht verstehen, wie sehr sich heutige Gesellschaften für die einsetzen, die keinen Job haben. Wie sie vielleicht bereits bemerkt haben, war ich ein Anhänger der Devise: Nur die Stärksten überleben. Wer nicht für sich sorgen kann, hatte in meinen Augen auch kein Recht auf Hilfe.

So einfach ist das. Deswegen war es für mich unvorstellbar, ein Kind zu bekommen, bevor ich diesem nicht eine gewisse Sicherheit bieten konnte. Warum sollte ich also auf ein Date gehen, wenn dahinter kein Sinn steckte? Nur um Zeit mit einem Mädchen zu verbringen? Ich hatte wirklich besseres zu tun. Dennoch blieb mir natürlich nichts anderes übrig. Ich wusste schon damals, wie wichtig ein möglichst normales Verhalten war. Als mich also mein Vater eines Morgens beim Frühstück neugierig fragte:

„Na, wann hast du denn dein erstes Date?“, musste ich rasch reagieren. Da mir nichts anderes einfiel, antwortete ich:

„In zwei Wochen auf dem Schulball.“

Ich weiß nicht, was in diesem Moment in mich gefahren war. Das entsprach nicht wirklich meiner rationalen Lebensauffassung. Irgendwelche Dinge einfach spontan zu erwidern, war nie meine Stärke. Ich wusste aber, es gab nun kein Zurück mehr. Wäre ich in der Lage gewesen, mich zu ärgern, hätte ich das getan. So war ich einfach nur überrascht von der fehlerhaften Leistung, die ich abgeliefert hatte. Immerhin sah ich auch das Gute darin: Ich wusste, dass ich eine Art lernender Computer war. So etwas würde mir nie wieder passieren.

Nun stand ich jedoch vor einem entscheidenden Problem: Ich hatte etwas angekündigt, das nicht der Wahrheit entsprach. Zumindest den Schulball gab es wirklich. Im Grunde eine jener Veranstaltungen, hinter denen ich nicht den geringsten Sinn sah. Fröhlich sein, tanzen, feiern - wozu? Ich war allerdings schon alt genug, um den Wert von Anpassung gelernt zu haben. Es kam nicht so gut an, meine Andersartigkeit in die Öffentlichkeit zu tragen. Ich war nicht besonders beliebt. Ich war auch nicht besonders unbeliebt. Ich war einfach da. Ich war ein Einzelgänger.

Allerdings schien ich ein extrem gutaussehender Einzelgänger zu sein. Ich war groß, sportlich und die Kälte, die meine Augen ausstrahlten, gefiel den Mädchen und Frauen jener Zeit. Irgendetwas faszinierte sie an der kühlen Distanz von Männern. Heute ist das anders. Heute stehen Frauen auf Männer, die zu ihren Gefühlen stehen. Für mich ist das natürlich schlecht. Ebenso wie für alle selbsternannten echten Kerle. Heute haben auch die größten Nerds Chancen bei den schönsten Frauen. So ändern sich die Zeiten. Ich bezweifle jedoch, dass dies eine für die Evolution sinnvolle Entwicklung darstellt.

Auf jeden Fall überlegte ich, welches Mädchen ich fragen könnte, ob es mit mir zu dem Schulball geht. Bei meiner Auswahl setzte ich selbstverständlich praktische Gründe voraus. Hässliche

Mädchen kamen nicht in Frage, ebenso wenig wie dumme Mädchen. Bei Veranstaltungen dieser Art ging es im Grunde ja nur darum, am Ende miteinander im Bett zu landen. Wie sinnlos so etwas war, habe ich ihnen bereits erläutert.

Am nächsten Tag in der Schule analysierte ich die Mädchen, die zur Verfügung standen. Da war als erstes Anna. Klein, dunkle Haare, braune Augen, schlank. Man würde sie wohl als süß bezeichnen. Jeder Junge hätte sich glücklich geschätzt, mit ihr auf den Ball gehen zu dürfen. Ich nicht. Sie war zu klein. Ich hingegen war sehr groß. Keine gute Kombination.

Dann war da noch Jasmin. Schlank, mindestens 1,75 groß und blonde Haare, die ihr fast bis zum Po reichten. Dazu strahlend weiße Zähne. Sie war zudem eine der besten in der Klasse. Sie wäre ideal gewesen. Ich erinnerte mich jedoch daran, dass sie einmal erzählt hatte, dass ihr Großvater Epileptiker sei. Das schloss sie natürlich ebenfalls aus. Mit genetisch angeschlagenen Familienkreisen wollte ich nichts zu tun haben.

Natürlich gab es da auch noch Christina. Ebenfalls blond, aber mit einem gewissen roten Einschlag im Haar, war sie eine jener Frauen, die auf den Titelseiten beliebter Männerillustrierter abgebildet wurden. Sie war groß, athletisch gebaut und hatte ein gewinnendes Lachen. Zumindest nannte man so etwas wohl gewinnend. Mich gewann es nicht wirklich. Sie war nicht die allerbeste Schülerin, aber sie war wohl das Beste, was meine Klasse zu bieten hatte.

Selbst wenn ich keinen Eiszapfen in mir getragen hätte, wäre mein Auftreten dennoch hölzern gewesen. Ohne Gefühle das erste Mal ein Mädchen anzusprechen, war schwierig. Es ließ sich nicht berechnen, nicht vorhersagen, ja nicht einmal planen. Dennoch versuchte ich einen Plan zu entwerfen. Er war recht simpel. Ich würde zu ihr hingehen, „Hi" sagen und dann „Gehst du mit mir zum Ball?" fragen. Warum etwas komplizierter machen, als es wirklich war. Also handelte ich genau so.

Auf mein „Hi" kam jedoch die erste unbekannte Variable.

„Oh, hi! Wie geht's?", fragte sie.

Damit hatte ich nicht gerechnet. Mit der Frage nach meinem Gesundheitszustand verkomplizierte sich das Gespräch.

„Äh, gut", antwortete ich distanziert.

Als ich gerade weitersprechen wollte, sagte sie: „Das freut mich".

Dann drehte sie sich um und lief zu einigen ihrer Freundinnen. Das Gespräch war beendet. Mein Plan gescheitert. Das war kein Grund den Plan zu ändern. Es gab immer unvorhergesehene Ereignisse. Beim nächsten Mal würde es anders laufen. Das dachte ich zumindest. Am nächsten Tag versuchte ich es wieder. Es war am Getränkeautomat. Ich stand hinter ihr in der Reihe. Sie überlegte, was sie drücken sollte. Das Geld war bereits eingeworfen.

„Hi", sagte ich.

Ohne sich umzudrehen erwiderte sie ein lustloses „Hi".

Dann drückte sie einen Knopf, die Flasche fiel in den Auffangbehälter, sie ergriff sie und eilte davon.

Ich unternahm noch zwei weitere Versuche, die allerdings ebenfalls scheiterten. Ich möchte sie nun nicht mit den Details langweilen, ich kann ihnen allerdings sagen, dass sie am Ende irgendwie genervt wirkte. Es sollte einfach nicht funktionieren. Wenn die erstbeste Möglichkeit nicht funktioniert, dann muss man eben die zweitbeste wählen. Das war rational.

Letzten Endes ging ich mit Jasmin. Ich hatte ein wenig recherchiert um die Wahrscheinlichkeit für eine Vererbung von Epilepsie herauszufinden und erkannt, wie gering diese war. Immer noch besser, als kleinwüchsige Erben zu haben. Bis zum Ballabend sprachen wir kein Wort mehr miteinander. Ich hätte auch nicht gewusst, was es zu sagen gegeben hätte. Wir hatten uns bereits verabredet, damit war alles klar. Dafür musste ich in der Zwischenzeit das überdrehte Getue meiner Eltern ertragen.

„Na, nervös?", fragte mein Vater mindestens zehnmal am Tag. Wenn ich ihnen diese Zahl nenne, dann stimmt sie auch. Ich neige nicht zu Übertreibungen.

Auch meine Mutter war völlig aus dem Häuschen.

„Mein Junge wird erwachsen!“, wiederholte sie ständig. Manchmal standen ihr dabei die Tränen in den Augen.

Noch so eine emotionale Reaktion, die ich nicht begreifen konnte. Warum weinen Menschen? Ich könnte es vielleicht gerade noch verstehen, wenn es ausschließlich aus Trauer oder aus Freude geschehen würde. Menschen weinen jedoch bei beiden Gelegenheiten. Wie kann das denn sein? Wie kann es sein, dass zwei vollkommen unterschiedliche Emotionen dieselbe Reaktion auslösen? Bestimmt gibt es dafür irgendeine wissenschaftliche Erklärung, wirklich befriedigen könnte mich diese aber sicher nicht.

Schließlich war der Tag gekommen, an dem der Ball stattfand. Meine Mutter hatte darauf bestanden, mir extra einen neuen Anzug zu kaufen. Damals wurde noch großer Wert auf die Garderobe bei solchen Anlässen gelegt. Heute würde wohl jeder gerade so kommen, wie es ihm passt. Bei mir kam sogar eine Krawatte zum Einsatz. Als ich alles angezogen hatte und mich meine Mutter das erste Mal sah, standen ihr erneut die Tränen in den Augen. Ich meine, mich erinnern zu können, dass selbst mein Vater mit den Tränen kämpfte. All das ließ mich vollkommen kalt. Ich empfand nicht einmal dann etwas für meine Eltern, wenn sie weinten.

Ich hatte gelernt, mich anzupassen, also setzte ich mein bestes Lächeln auf und umarmte beide. Sie glaubten mir. Ich war ein guter Schauspieler geworden. Oder es war durch die Tränen in den Augen einfach schwer zu erkennen, ob ich es ernst meinte oder nicht. Mein Vater fuhr mich zur Schule. Dort verabschiedeten wir uns kurz, dann verließ ich das Auto und ging zum Eingang.

Jasmin erwartete mich dort bereits. Ich muss zugeben, dass sie sehr gut aussah an diesem Abend. Die Symmetrie ihrer Gesichtszüge war nahezu vollkommen. Sie trug ein kurzes Kleid in einem blassen Rosa. Schlicht, aber zweckdienlich. Der Stoff endete kurz über ihren Knien, weswegen ich erkennen konnte, dass auch ihre Beine nahezu gleich waren. Ihr Ausschnitt war nicht tief genug, um ihre Brüste zu begutachten.

Als sie mich sah, winkte sie mir zu, drehte sich einmal im Kreis und lief dann auf mich zu. Sie trug weiße Schuhe, mit schmalen Riemchen und einem angemessen hohen Absatz. Ich denke, ihre Füße würden es verkraften können, für ein paar Stunden in dieser ungesunden Position ausharren zu müssen. Wieder setzte ich mein Lächeln auf. In mir spürte ich nichts außer der üblichen Gleichgültigkeit.

„Hi!", sagte sie mit einem strahlenden Lächeln.

„Hallo", gab ich zurück. „Du siehst sehr hübsch aus!", fügte ich hinzu. Es hatte sich gelohnt, zur Vorbereitung für diesen Abend, einige Teeniefilme anzusehen.

„Danke!", flüsterte Jasmin und starrte verlegen auf den Boden. Ihre Wangen röteten sich. Vollkommen gleichmäßig. Es war erstaunlich.

„Lass uns reingehen!", forderte sie mich auf und hakte sich dann unter meinem Arm ein. Für mich stellte das eine neue Situation dar. Noch nie hatte sich jemand bei mir eingehakt. Ich muss allerdings gestehen, dass das keine Kunst ist, die man lange lernen muss. Einfach den Arm hinhalten und fertig. Gut. Die einfachen Dinge sind doch zumeist die besten. Das schwierigste daran war es wohl, den richtigen Zeitpunkt zu finden.

Ich möchte sie nun nicht weiter mit den Details des Abends langweilen, denn verlief dieser wie wahrscheinlich jeder andere Schulball. Es wurden alkoholfreie Getränke konsumiert, irgendeine drittklassige Schulband spielte, und wir tanzten. Ich war besonders für die konservativen Tänze zu haben. Bei diesen ging es nur um die Technik, die Emotionen müssen verborgen werden. Genau das richtige für mich. Ich verhielt mich den ganzen Abend wie ein Gentleman. Das war nicht besonders schwer. Ich sah gut aus und hatte Manieren. Außerdem war mein gefälschtes Lachen wirklich gut. All das machte Eindruck auf Jasmin. Anders war es nicht zu erklären, dass sie mich etwa um elf Uhr beiseite zerrte und mir zuflüsterte:

„Komm, wir gehen zu mir!"

Dabei lächelte sie mich verführerisch an. Da mir nichts an dem Ballabend in der Schule lag, ging ich mit ihr. Ihre Eltern waren verreist, und Jasmin hatte das ganze Haus für sich alleine. Ihre Eltern schienen viel Geld zu verdienen und sich einen beträchtlichen Wohlstand erarbeitet zu haben. Bereits die Eingangshalle des Hauses war mit kostbaren Kunstwerken bestückt. Ich hätte mir gerne auch die anderen Räume angesehen, doch Jasmin ließ mir dazu keine Gelegenheit.

„Komm!", raunte sie mir mit schnellem Atem zu und zog mich hinter sich her in ihr Zimmer. Rosa war hier die dominierende Farbe. Überreste aus der Kinderzeit, dachte ich mir.

Auf einmal küsste sie mich. Warum sollte ich mich wehren? Also machte ich mit. Sie war sehr leidenschaftlich und fordernd. Ich war erregt. Vielleicht wird es sie jetzt wundern, dass jemand wie ich Erregung spüren kann. In sexueller Hinsicht kann ich das jedoch sehr wohl. Es ist etwas anderes, sexuell erregt zu sein, als Emotionen zu empfinden. Sexuelle Erregung ist eine körperliche Reaktion, Gefühle sind eher geistiger Natur. So einfach ist das.

Wir schliefen miteinander. Für mich war es das erste Mal. Für sie wohl nicht. Zumindest war da kein Häutchen mehr, das ich hätte durchstoßen können. Natürlich fragte ich sie davor nach Verhütung. Wie sie sich erinnern können, sah ich noch nicht die Möglichkeit, Nachwuchs versorgen zu können. Sie beruhigte mich, indem sie mir mitteilte, dass sie die Pille nehme. Das war gleich in zweierlei Hinsicht gut. Einerseits wollte ich keine Kinder, andererseits nagte nach wie vor ihr epileptischer Großvater an mir. Wenn ich schon Kinder bekommen sollte, dann doch zumindest keine kaputten.

Nach dem Sex lagen wir nebeneinander. Sie hatte sich angekuschelt. Ihre Wärme vermochte es nicht, die Kälte in meinem Inneren zum Schmelzen zu bringen. Das wäre wohl auch zu einfach gewesen. Nach einer Weile blickte ich auf die Uhr. Es war schon nach Mitternacht.

„Oh“, spielte ich Enttäuschung vor. „Schon so spät. Ich muss gehen. Meine Eltern machen sich sonst Sorgen.“ Das stimmte wahrscheinlich sogar. Meine Eltern würden sich tatsächlich sorgen.

„Ich weiß“, antwortete sie. Ihre Stimme klang etwas traurig. Während ich mich anzog, blieb sie nackt. Sie wollte sich wohl noch ein wenig präsentieren. Sie konnte es sich erlauben, wie ich zugeben musste. Selbst ihre Brüste waren vollkommen symmetrisch. Was den Rest angeht – nun darüber schweige ich besser. Es entspräche wohl nicht den Regeln des Anstandes, darüber zu reden.

An der Haustür küsste sie mich noch einmal, schob mir ihre süß schmeckende Zunge in den Mund. Nun kam der Augenblick, in dem ich das erste Mal den verheerenden Dialog führte, von dem ich ihnen schon erzählt habe.

Als ich bereits im Begriff war zu gehen, sagte sie: „Ich liebe dich!“

Hier endeten meine spontanen schauspielerischen Fähigkeiten, denn ich antwortete:

„Ich dich nicht.“

Ihre Hand erwischte mich voll. Neben dem Klatschen ihrer Handfläche in meinem Gesicht vernahm ich nur noch ein lautes Kreischen und das Krachen der Tür, die sie ins Schloss warf. Ich schätzte, dass sie mich wohl nicht wiedersehen wollen würde. Schade, denn ihr Körper war wirklich nahezu perfekt. Und einen epileptischen Anfall hatte sie auch nicht bekommen. Am nächsten Tag war mein Gesicht leicht geschwollen.

Es folgten noch sehr viele Frauengeschichten in meinem Leben. Anfangs war ich tatsächlich davon überzeugt, die Liebe vermag es möglicherweise, meine Emotionen zu wecken. Im Laufe der Jahre musste ich allerdings feststellen, wie sehr ich mich in diesem Punkt getäuscht hatte. Egal, um welche Frau es sich handelte, nie gelang es ihr, den Panzer, der meine Gefühle umgab, zu durchbrechen. Ich wusste nicht, was ich falsch machte. Irgendetwas musste es jedenfalls sein, sonst hätte meine Strategie irgendwann einmal Erfolg haben müssen.

Meine Beziehungen waren immer nur von kurzer Dauer. Irgendeinen Fehler machte ich jedes Mal. Die Sache mit der falschen Antwort auf die Liebeserklärung unterlief mir noch drei weitere Male. Ich kann mir ihr Gelächter vorstellen. Lassen sie sich aber eines gesagt sein: Es ist schwer zu lernen, wenn man die Essenz einer Sache nicht versteht. Woher sollte ich wissen, wie wenig Akzeptanz meiner Ehrlichkeit fand?

Eigentlich heißt es doch immer, dass man dem Menschen, den man liebt, alles verzeiht. Dass man alles versteht und immer für diesen Menschen da ist. Nun bei den vier Frauen, die mir ihre Liebe erklärten, dies aber von mir nicht zurückgegeben wurde, war das definitiv nicht der Fall. Ihre Liebe verschwand so schnell, wie sie gekommen war. Das half mir definitiv nicht dabei, die Liebe als Gefühl besser zu verstehen, nach und nach erlernte ich jedoch ihre Methodik. Dazu gehörte nun einmal, ebenfalls „ich liebe Dich" zu sagen, wenn einem diese Worte zugeflüstert, geraunt, geschrien, geschluchzt oder einfach nur gesagt werden.

Nach diesen Erfahrungen beging ich diesen Fehler nie wieder. Meine Antwort war nun fest in meinen Verstand eingebrannt. Allerdings ist es nicht immer nur das, was zum Scheitern einer Beziehung führen kann. Wäre es so leicht, hätte wohl jeder Mensch auf der Welt einen Partner. In Wirklichkeit ist das alles viel komplexer. Eine genauso schwierige Situation ergibt sich beispielsweise dann, wenn eine Frau fragt, worauf man gerade Lust habe.

Wie ich gelernt habe, gibt es darauf ebenfalls nur eine Antwort, auch wenn diese eigentlich nie der Wahrheit entsprechen dürfte. Sie lautet:

„Egal, Hauptsache ich bin mit dir zusammen!"

Alles andere führt unweigerlich zu Problemen. Glauben sie mir. Sie können es gerne wieder testen, doch machen sie mich nicht für ihr Scheitern verantwortlich.

Wenn sie mich fragte: „Willst du ins Kino?", sagte ich: „Nein."

Wenn sie fragte: „Willst du shoppen?“, sagte ich: „Nein.“

Wenn sie fragte: „Willst du meine Eltern besuchen?“, sagte ich: „Nein.“

Wenn sie fragte: „Willst du kuscheln?“, sagte ich: „Nein.“

Auf diese Weise endeten zahllose Beziehungen. Es kam immer eine dieser Fragen dazwischen. Und wenn es einmal nicht eine solche Frage war, dann stellte meine jeweilige Partnerin fest:

„Du bist so kalt, ich glaube, du bist zu Gefühlen nicht in der Lage.“

Da hatten sie wohl Recht. Sie hatten einen Blick in meine Seele geworfen und die Wahrheit erkannt. Freilich hielt sie das nicht davon ab, mich zu verlassen. Das Schlimme an all diesen Erfahrungen war nicht etwa, am Ende wieder alleine dazustehen. Im Gegenteil - ich wusste diesen Zustand sehr zu schätzen und empfand ihn als angenehm. Das Problem bestand im Fehlen jedes Trennungsschmerzes. Nicht ein einziges Mal trauerte ich einer Beziehung hinterher, niemals gelang es den Tränen meiner Partnerin, das innere Eis zu schmelzen. Alles, was ich verspürte, war meine gewohnte Gleichgültigkeit. Sie beherrschte alles.

Irgendwann wurde mir klar, wie unwahrscheinlich eine Änderung dieses Zustandes war. Keine der üblichen Beziehungen konnte mir bei meinem Problem helfen. Ich sah nur einen Ausweg, ich musste es mit radikaleren Methoden versuchen. Was konnte radikaler sein als etwas vollkommen Unnatürliches? Nichts. Deswegen verabredete ich mich mit einem anderen Mann. Normalerweise hätte ich so etwas niemals getan. Homosexualität verstößt gegen die Naturgesetze, davon war ich überzeugt. Was sollte daraus schon entstehen? Kinder? Das war unmöglich.

Doch genau darin sah ich meine Chance. Wenn es bei einer gleichgeschlechtlichen Beziehung nicht um Kinder ging, dann muss etwas anderes der Grund für eine solche Lebensgemeinschaft darstellen. Was bliebe da außer purer Emotion noch übrig? Verstehen sie mich nicht falsch. Ich kann mich nur wiederholen:

Ich habe nichts gegen Homosexualität. Es ist nur nichts für einen verstandesgelenkten Menschen, wie ich einer bin.

Ich überwand also meine Antipathien und ging eines Abends in einen Schwulenclub. Hier trafen zwei der Dinge aufeinander, mit denen ich nichts anzufangen wusste. Schwule und Tanzmusik. Ich verspürte keine Abneigung gegen Homosexuelle, ich betrachtete sie lediglich als Fehler der Natur. Genauso wie man ein Huhn mit zwei Köpfen nicht hasst, sondern sie als Naturlaune sieht, war es auch mit meiner Sicht von Homosexuellen. Und natürlich auch mit Tanzmusik. Diese hatte in meinen Augen ebenso wenig Sinn wie ein zweiköpfiges Huhn oder Homosexualität.

Ich hatte allerdings meinen Entschluss gefasst und wollte ihn mit aller Macht durchsetzen. Deswegen machte ich an diesem Abend nicht auf der Schwelle kehrt, sondern ging zielstrebig an die Bar. Ich bestellte mir kein Bier, weil ich von den Vorlieben homosexueller Menschen wusste. Sie tranken niemals Bier. Eigentlich wollte ich überhaupt keinen Alkohol, denn dieser zerstört bekanntlich den Körper.

Ohne ein Glas mit alkoholischem Inhalt ist es jedoch kaum möglich, jemanden kennenzulernen. Wieder so eine Sache, die ich nicht verstehe. Emotionsgelenkte Wesen brauchen meistens Alkohol, um zueinander zu finden. Das ist sonderbar. Ich bestellte mir einen so genannten Appletini – das, was hier die meisten tranken. Es schmeckte widerlich, aber darum ging es schließlich nicht.

So wie es aussah, wirkte ich nicht nur auf das weibliche Geschlecht äußerst anziehend. Auch die homosexuellen Männer dieser Welt fanden mich attraktiv. Bereits nach kurzer Zeit kamen die ersten an den Tresen, gesellten sich zu mir und sprachen mich an.

„Hey Süßer, Lust auf Spaß?“, fragte einer.

Das hatte ich auch schon von Frauen gehört. Ich versuchte Symmetrie in seinem Gesicht zu finden, doch fiel es mir schwer. Alles schien mir falsch zu sein. Immerhin musste ich mir keine Gedanken um genetische Defekte machen, da eine Fortpflanzung ausschied.

„Hi! Ich bin Thorsten“, stellte sich ein anderer vor. Auch wenn das eine sehr normale Art der Gesprächsaufnahme war, war ich nicht im Stande zu antworten.

Meine rationale Weltsicht und meine Logik ließen sich nicht mit dem Gedanken an eine homosexuelle Lebensweise vereinen. Ich ordnete meine Prioritäten neu. Lieber wollte ich für immer ohne Gefühle leben, als schwul zu werden. Fluchtartig erhob ich mich von meinem Barhocker, warf ein paar Scheine auf den Tresen und rannte aus der Bar.

Erst Jahre später wurde mir bewusst, dass dies die bis dahin heftigste emotionale Reaktion meines Lebens gewesen war. Womöglich hätte ich der ganzen Sache doch eine Chance geben sollen. Wer weiß, was mir dann erspart geblieben wäre.

Es bringt bekanntlich nichts, in der Vergangenheit zu leben, weswegen ich mir darüber keine Gedanken mehr machte. Ich hakte diese Erfahrung ab und beschloss, nie wieder eine solche Unternehmung zu starten. Das Kapitel Homosexualität war für mich beendet. Nicht jedoch die Überzeugung, Liebe könnte doch in irgendeiner Weise mein inneres Eis schmelzen. Ich überlegte sehr lange, ganze Nächte lag ich wach auf der Suche nach einer Lösung. Irgendwie musste ich einen Weg finden, in die Beziehungen, die ich bislang hatte, noch eine zusätzliche emotionale Komponente zu bringen, die das Ganze weiter auflud.

Eines Tages kam mir die Erkenntnis. Sie war auf einmal da. Ich glaube nicht an Zufälle oder gar an Übersinnliches, muss jedoch gestehen, dass ich mir diesen Geistesblitz nicht erklären konnte. Meine Erkenntnisse beruhten meist auf einem Prozess des Nachdenkens, des Forschens, des Recherchierens und des Zuhörens. Plötzliche Eingebungen gehören da doch eher in die Ecke der Naiven, also derer, die zu Emotionen in der Lage sind.

Jeder andere hätte diese Eingebung womöglich als gutes Omen gesehen. Ich nicht. Ich akzeptierte sie ganz einfach. Sie war das Produkt von etwas, über das ich noch nicht Bescheid wusste und nicht etwa eine übersinnliche Fügung. Jedenfalls war mir nun klar, wie ich zu meinen Gefühlen finden konnte. Den Weg über die Liebe zu gehen, war schon einmal ganz richtig. Allerdings musste dies noch weiter aufgebauscht werden. Ich brauchte eine Frau – dass es mit einem Mann nicht klappen würde, hatte ich ja gesehen.

Bislang hatte ich immer nur Frauen gesucht, die der Perfektion nahekamen. Dabei war ich sehr erfolgreich. Meine Partnerinnen zeichneten sich stets durch herausragende körperliche und geistige Merkmale aus. Bis auf Jasmin waren sie zudem alle äußerst gesund. Fälle von Erbkrankheiten existierten nicht in der Vergangenheit.

Sie werden sich fragen, wie ich das wissen konnte. Ganz einfach, ich fragte sie einfach. Es war nicht etwa so, dass das so aussah, als würde ich versuchen, ihren Gesundheitszustand auszuhorchen. Vielmehr wirkte es, als würde ich mich um sie und ihre Familie sorgen. Das kam an und schien mich nur noch attraktiver für das andere Geschlecht zu machen. Meine Emotionen konnte ich jedoch nicht durch die einfache Liebe finden, auch das war mir klar. Eine perfekte Frau bot Liebe, aber sonst nichts. Es reichte nicht. Deswegen beschloss ich, eine Partnerin zu erwählen, die krank war. Auf diese Weise würde die starke Emotion der Liebe mit dem Gefühl der Angst und des Verlustes vereint werden. Dieser Kombination konnte mein innerer Eisblock wohl kaum widerstehen.

Am Anfang missfiel mir der Gedanke. Eine kranke Frau kam für mich bis dahin niemals in Frage. Letztlich dient eine Partnerschaft dem Erhalt der Art, und mit einer kranken Frau sollte man keine Kinder in die Welt setzen. Da ich aber nicht vorhatte, mit ihr Kinder zu zeugen, sprach nichts dagegen, mich auf eine solche Frau einzulassen. Ganz sicher würde sie mir meinen mangelnden Kinderwunsch niemals zum Vorwurf machen. Wer weiß, dass er bald stirbt, wird niemals ein Kind bekommen wollen. Das gilt für emotionale Menschen ebenso, wie es für mich gilt. Wenn auch die Beweggründe andere sein dürften.

Natürlich musste ich darauf achten, dass sie eine Krankheit hatte, die nicht ansteckend war. Das Risiko einer Ansteckung wollte ich dann doch nicht eingehen. Nun könnte man meinen, es wäre schwer, eine solche Frau zu finden. Immerhin trägt niemand ein Schild um den Hals, auf dem steht: „Ich bin unheilbar krank."

In Wahrheit war es ganz einfach. Das Internet machte es möglich. Fast die Hälfte aller Paare lernen sich mittlerweile im Internet kennen. Wussten sie das? Aus diesem Grund gibt es eine Vielzahl verschiedenster Partnerbörsen. Für jeden ist das passende dabei. Der Vorteil besteht darin, dass man Anfangshürden einfach überspringen kann. Genau das galt auch für die Dating-Plattform www.noch-nicht-tot.com. Hier trafen sich Menschen, die an einer unheilbaren Krankheit litten, um noch einige schöne Momente im Leben zu genießen. Niemand, der dort angemeldet war, wollte sich mit einem gesunden Menschen treffen. Das geschah aus Rücksicht vor diesem Menschen. Den Betroffenen war klar, dass sie bald sterben würden. Diesen Verlust wollten sie keinem Menschen antun, der wohl noch mehrere Jahrzehnte zu leben hatte.

Eine kluge Geschäftsidee, die eigentlich ganz meiner Lebenseinstellung entsprach. Manch einer hätte es vielleicht als unmoralisch betrachtet, sich an dem Leid anderer zu bereichern. Ich hingegen kannte keine solchen Skrupel. Alles war ein Wirtschaftsgut. Man konnte schließlich nicht auf alles und jeden Rücksicht nehmen. Auf jeden Fall meldete ich mich in dem Forum an. Da ich keine allzu komplizierte Geschichte erfinden wollte, schrieb ich einfach auf mein Profil, dass ich unter einer unheilbaren Erbkrankheit litt, die irgendwann wie aus dem Nichts auftauchen und mich innerhalb kürzester Zeit dahinraffen würde.

Hätte ich mir etwas anderes einfallen lassen, hätte ich womöglich Krankheitssymptome vorheucheln müssen. Das hätte mir mein Schauspiel deutlich erschwert. So blieb mir all das erspart. Ich stöberte von Beginn an durch die Profile. Die meisten Frauen verwarf ich sofort. Meiner Vorliebe für möglichst perfektes Aussehen wollte ich gerecht werden. Es war schlimm genug, dass die Frau unheilbar krank sein würde.

Es war recht schwer, mit meinen Ansprüchen eine geeignete Frau zu finden. Krankheiten zehren sehr an einem Menschen, weswegen das Aussehen sehr oft darunter leidet. Diese Erfahrung musste ich sehr schnell machen. Ich wollte keine Frau, die an Krebs litt und durch Bestrahlungstherapien ihre Haare verloren hatte. Ich wollte auch keine Frau, die bereits nicht mehr gehen oder sich kaum noch eigenständig bewegen konnte.

Was ich suchte, war eine Frau, die eine ähnliche Krankheit hatte wie meine vorgespielte. So würde ich nicht all die unschönen Nebenwirkungen ertragen müssen. Nach einigen Tagen intensiver Suche fand ich sie. Sie hieß Janette, war hübsch anzusehen – wenn auch nicht so symmetrisch wie viele meiner früheren Partnerinnen -, groß, blond, grüne Augen; alles in allem eine sehr runde Sache. Niemand hätte vermutet, dass sie nicht mehr lange zu leben hatte.

Janette litt unter einer äußerst seltenen Erbkrankheit, die nur die weiblichen Familienmitglieder betraf. Dort jedoch waren tatsächlich alle erkrankt. Das Leiden brach ganz plötzlich und ohne Grund aus. Die Medizin wusste kaum etwas über die Krankheit. Dafür war sie einerseits zu selten, andererseits starben die Betroffenen innerhalb weniger Tage nach Ausbruch. Der Tod lauerte in ihnen und konnte jeden Moment ausbrechen. Normalerweise brach die Krankheit zwischen dem fünfundzwanzigsten und dreißigsten Lebensjahr aus. Janette hatte vier Schwestern. Sie alle waren bereits tot. Auch ihre Mutter sowie deren drei Schwestern waren an der Krankheit gestorben. Sie machte keine Ausnahme und würde auch Janette erwischen.

Diese war bereits über dreißig. Das hieß, es würde nicht mehr lange dauern, bis ihr Leben zu Ende war. Beinahe schade, dachte ich. Immerhin hätte diese Frau jede Menge Perfektion an die nächste Generation weitergeben können, wenn da nicht dieses sonderbare Leiden gewesen wäre. Ich schrieb sie an. Ich erzählte ihr von meiner fiktiven Krankheit, das ähnlich dem ihren war. Ich sagte, dass ich nicht über die Krankheit reden wolle, weil ich die Zeit, die mir noch blieb, dadurch nicht kaputt machen wollte. Sie glaubte mir. Ihr selbst ging es ähnlich. Verblüffend, wie einfach das alles war.

Ich erzählte ihr außerdem, dass ich durch das Leid und die Sorgen in meinem Leben oftmals etwas kühl wirkte. Auch das konnte sie verstehen. So verhinderte ich bereits im vornherein, dass mich Janette wegen meiner unemotionalen Art verurteilen und mich vor ihrem Tod verlassen würde. Es lief alles rund. Nach nur drei Tagen trafen wir uns. Todgeweihte Menschen verschwendeten keine Zeit. Sie lachte viel und ich tat so, als würde ich es auch tun. Durch meine vielen Partnerschaften hatte ich gelernt, wie man mit Frauen umgehen musste, was man ihnen zu erzählen hatte und was sie gerne hörten. Die wenigen Fehler, die ich beging, waren leicht auf meine angekündigte unemotionale Art zu schieben.

Es war nicht zu übersehen, dass sich Janette in mich verliebte. Nach zwei Wochen sagte sie das erste Mal die drei Worte, auf die ich zu Beginn meiner Karriere als Frauenmagnet so falsch reagiert hatte.

„Ich liebe dich auch!“, versprach ich. Ich lächelte dabei. Ich weiß nicht, ob sie es mir wirklich glaubte oder ob sie es einfach nur glauben wollte. Jedenfalls blieb sie bei mir.

Von Tag zu Tag wurde deutlicher, wie tief die Gefühle, die sie für mich hegte, waren. Auch dieses Mal sprangen die Gefühle nicht auf mich über. Es war wie all die vorangegangenen Male, es wollten sich einfach keine Emotionen einstellen. Ich fühlte nichts. Damit hatte ich allerdings auch gar nicht gerechnet. Deswegen hatte ich mir ja eine kranke Frau ausgesucht. Das Leid, das irgendwann ausbrechen würde, würde den inneren Schalter in mir umlegen.

Nach sieben Monaten war es so weit. Es war kurz nach ihrem zweiunddreißigsten Geburtstag. Diesen hatten wir noch bei einem gemeinsamen Urlaub in Tansania verbracht. Ich hatte sie mit einer Safari überrascht. Der Trip dauerte zwei Wochen. Es war nicht einfach für mich, so lange Zeit am Stück Gefühle vorzutäuschen, die ich nicht hatte. Irgendwie war es mir gelungen. Sie liebte mich mehr als denn je. Ich wusste das, weil sie mich ununterbrochen berührte, mich küsste und mehrmals am Tag mit mir schlafen wollte. Sie war unersättlich. Kurz nach unserer Rückkehr nach Hause - wir saßen gerade zusammen - sagte sie:

„Ich fürchte, ich muss dich bald verlassen." Sie blickte mich dabei traurig an. Tränen standen in ihren Augen.

„Ich will dich nicht verlassen. Das erste Mal in meinem Leben liebe ich jemanden von ganzem Herzen", gestand sie mir.

Ich wusste nicht so recht, was ich darauf antworten sollte. Ich hatte ein solches Gespräch nicht wirklich eingeplant. Dabei war genau dieser Moment eigentlich abzusehen gewesen. Ich hätte mich besser vorbereiten müssen. Mein Fehler. Improvisation war gefragt. Etwas, in dem ich nicht besonders gut war. Ich erinnerte mich jedoch daran, dass manchmal Worte scheinbar gar nicht nötig waren. Also machte ich einfach:

„Pschttt", und ergänzte mit „alles wird gut!" Das genügte.

Sie fiel in meine Arme und brach in Tränen aus, die sicher Flecken auf meinem Hemd hinterlassen würden. Das war nicht so schlimm. Mir war es gelungen, das Gespräch abzuwenden, das möglicherweise zum Ende der Beziehung geführt hätte. Sie weinte immer stärker. All ihr Leid, ihre Liebe – eben das, was ich gesucht hatte – brachen aus ihr heraus. Zweifellos war dies der emotionalste Moment, bei dem ich bis zu diesem Tag je Zeuge gewesen war. Ich spürte nichts. Absolut nichts. Nur die Kälte in mir. Irgendwie war sie angenehm.

Ein paar Tage später kam sie abends zu mir. Es war ihr am Morgen nicht gutgegangen, weswegen sie sofort ihren Arzt aufgesucht hatte. Ihre Krankheit war ausgebrochen. Die Prognose gab ihr nur noch wenige Tage. *Würde ich endlich etwas empfinden?*, fragte ich mich, als sie sich zitternd an mich schmiegte.

Es ging tatsächlich sehr schnell. Noch in derselben Woche brach sie zusammen. Ihre Muskelfunktionen versagten. Warum dem so war, wusste niemand. Ich trug sie ins Bett. Daneben stellte ich einen Stuhl, auf dem ich Tag und Nacht wachte. Ich wollte sie in dieser Phase nicht verlassen. Zu groß war die Gefahr, den Augenblick der größten Emotionen zu verpassen. Für sie war ich der Mann ihres Lebens, der an ihrem Sterbebett wachte, um ihr Kraft für die letzte Reise zu geben. Ich ließ sie in diesem Glauben. Immerhin war es in meinem eigenen Interesse.

Drei weitere Tage später versagten ihre Lungen. Sie hatte verfügt, die letzten Tage ihres Lebens nicht in einer Klinik verbringen zu wollen. Deswegen wurde alles, was sie benötigte, zu ihr nach Hause gebracht. Ihr Arzt besuchte sie drei Mal täglich. Er hätte sich dies auch sparen können. Wir wussten alle, dass er nichts mehr tun konnte. Aus reiner Höflichkeit und Verbundenheit zu dieser Frau, die er all die Jahre betreut hatte, kam er wieder und wieder. Jedes Mal, wenn er ging, standen ihm die Tränen in den Augen. Ich spürte nichts. Kein Mitleid, keine Angst, kein Mitgefühl. Nur Leere.

Mittlerweile unterstützte eine Maschine, die die Luft, die sie atmete, mit Sauerstoff anreicherte, ihre Lungen, die allmählich vollends den Dienst versagten. Beinahe vierundzwanzig Stunden hielt ich täglich ihre Hand. Ich spürte, wie ihr Griff immer schwächer wurde. Nach zwei Wochen war es dann soweit. Sie richtete sich ein letztes Mal auf. Ich half ihr dabei, denn aus eigenen Kräften war es ihr nicht mehr möglich. Sie teilte mir per Handzeichen mit, dass ich ihr die Sauerstoffmaske, die sie mittlerweile ununterbrochen tragen musste, abnehmen solle. Ich tat es. Tränen verschleierten ihre Sicht.

„Ich will nicht gehen“, sagte sie.

„Halt mich jetzt im Hier“, forderte sie mich auf. Es war ein verzweifeltes Flehen.

Ich spürte nichts.

„Warum sagst du nichts?“, verlangte sie von mir zu wissen?

„Warum weine ich, doch du vergießt keine Träne?“, hakte sie nach.

Ich überlegte. Was sollte ich ihr darauf antworten? Wieder eine Situation, die Improvisation erforderte. Mit ein paar beruhigenden Lauten war es diesmal allerdings nicht getan. Ich tat das einzige, was ich konnte. Ich sagte die Wahrheit.

„Ich habe dich nie geliebt.“

Etwas brach in ihr. Es war klar ersichtlich. Das Licht, das sonst immer aus ihrem inneren durch die Augen zu strahlen schien, erlosch. Janette würde mir nicht dabei helfen, zu einem echten Menschen zu werden. Sie sollte nicht mit einer Lüge sterben.

„Nein“, flüsterte sie. Ihre Stimme war schwach und brüchig.

Es machte keinen Sinn mehr zu bleiben. Ich spürte nichts. Ich wusste, dass ich auch nichts spüren würde. Auch dieser Weg würde mich meinen Gefühlen nicht näherbringen. Ich löste ihre Hand von der meinen. Das war nicht schwer, denn sie besaß kaum noch Kraft. Ich erhob mich. Ihr Kopf sank kraftlos zurück ins Kissen. Sie starrte mich an, ihre Brust bebte. Dann ging ich. Sie starb alleine.

Als ich die Tür hinter mir schloss, spürte ich etwas. Nicht etwa Trauer. Auch nicht Liebe. Es war auch nicht Mitleid. Es war Ekel. Ekel vor mir selbst. Ekel vor meinem kalten Verhalten. Ich war kein Mensch. Nie zuvor war mir dies deutlicher bewusst als in diesem Augenblick.

Ehrgeiz

Das Leben ist voller Fehlschläge. Das wusste ich schon immer, aber es war mir nie bewusster als in dem Augenblick, als ich Janette alleine zum Sterben zurückließ. Es hätte kein Problem dargestellt, sie noch ein wenig länger anzulügen. Ihr Leben hätte kaum noch mehr als ein paar Minuten gedauert, da hätte ich die Maske ruhig aufbehalten können. Doch war ich nicht grausam, ich war rational. Ich spürte nichts. Warum sollte ich bei einem sterbenden Menschen bleiben, für den ich nichts empfand?

Mir fiel kein Grund ein. Das kurze Gefühl des Selbstekels war ebenfalls nach wenigen Minuten wieder verschwunden. Bereits kurze Zeit später kam es mir vor, als wäre dies nie passiert. Fast so, als wäre es einfach nur eine Szene in einem Buch oder einem Film gewesen, an den ich mich vage erinnerte. Mehr nicht. War das das Äußerste, wozu ich in der Lage war? Schlummerten nicht mehr Gefühle in mir?

Wäre ich ein Mensch wie jeder andere, dann hätte ich das wohl so gesehen. Ich hätte resigniert und mich meinem Schicksal ergeben. Ich hätte die Tatsache angenommen, mein ganzes Leben ohne Gefühle verbringen zu müssen. Möglicherweise wäre das sogar einfacher gewesen. Einfach aufhören und nicht weitersuchen zu müssen. Sitzen statt immer nur weiterzugehen. Möglicherweise hätte mir dies vieles erspart.

Gefühlsbetonte Menschen ertragen immer nur eine gewisse Anzahl an Fehlschlägen. Irgendwann wird es ihnen einfach zu viel. Sie sind gebrochen und das für immer. Diese Beobachtung konnte ich bei Janette machen. So hoffnungsvoll sie ihr gesamtes Leben gewesen war, so schnell brach alles, was sie sich mühsam erbaut hatte, in der Sekunde zusammen, als ich ihr sagte, sie niemals geliebt zu haben.

Ich war ihr letzter Fehlschlag. Genau genommen dürfte ich damit wohl ihr gesamtes Leben zerstört haben. Doch seien wir einmal ehrlich, ein echtes Leben hatte sie nie besessen.

Ein Leben in der Gewissheit, zu einer bestimmten Zeit gehen zu müssen, konnte doch gar kein richtiges Leben sein. So wie ich ihr letzter Fehlschlag gewesen bin, so war auch sie ein Fehlschlag für mich. Wenn auch nicht der letzte. Ich hatte so viele Hoffnungen darauf gesetzt, durch sie meinen Gefühlen ein Stück näherzukommen, doch hatte sich auch dieser Versuch als Misserfolg erwiesen. Daran konnte auch der kurze Moment des Ekels nichts ändern.

Ich war noch immer das, was ich mein ganzes Leben gewesen war: ein Wesen ohne Gefühle. Mir fehlte das, was zum Mensch-Sein nötig war. Im Gegensatz zu normalen Menschen würde ich jedoch niemals aufgeben. Computer geben niemals auf. Sie probieren es wieder und wieder, bis es funktioniert. Es ist wie das Defragmentierungsprogramm auf ihrem PC. Wenn es auf einen unlösbaren Fehler stößt, startet es von neuem. Wieder und wieder. Wenn es sein muss bis in die Ewigkeit. Oder bis irgendwer den Stecker zieht.

An meinem Stecker machte sich niemand zu schaffen. Ich war also dazu verdammt, es wieder und wieder zu versuchen. Allerdings musste ich meine Strategie anpassen. Es machte keinen Sinn, es weiterhin über Liebe zu versuchen. Diese Option war ganz eindeutig gescheitert. Durch Grausamkeit und Mord Mitleid zu erzeugen, hatte nicht funktioniert, und auch alles andere, das ich bisher versucht habe, war nicht dazu in der Lage, mich zum Menschen zu machen. Es war Zeit für etwas Neues. Nur was?

Auch wenn es mir das letzte Mal fast ein wenig unangenehm gewesen war, einen Geistesblitz zu erhalten, da dieser so gänzlich unerklärbar war, wäre dieser in meiner damaligen Situation sehr willkommen gewesen. Diesmal blieb er allerdings aus. Deswegen ging ich rational an die Sache heran.

Ich überlegte, welche Art Gefühle für gewöhnlich Menschen bewegten. Ich saß auf einer Parkbank, als ich erkannte, worin mein nächster Versuch bestehen würde.

Es war um die Mittagszeit. Im Park waren zahllose Männer und Frauen in Anzügen und grauen Kostümen unterwegs. Arbeiter, die gerade ihre Mittagspause hatten. Ich lauschte ihren Gesprächen. In diesen ging es meist um die Arbeit. Wer wurde gefeuert, wer verdiente wieviel und wer sollte befördert werden. Alles drehte sich um die Arbeit und um die Frage, wie man schneller und erfolgreicher sein konnte als alle anderen.

Das war es. Welches menschliche Gefühl könnte stärker sein als der Geiz? Und nicht nur der Geiz selbst, sondern auch der Ehrgeiz. Die Skrupellosigkeit und die pure Gier, die dieser erforderte, konnte mein Schlüssel zur Entdeckung meiner Gefühle sein. Ich würde es versuchen. Alle Fehlschläge, die ich bis dahin erlitten hatte, zählten nichts. Es war Zeit, etwas Neues zu beginnen. Ein neuer Versuch. Neue Chancen. Diesmal würde es funktionieren. Noch am gleichen Tag begann ich mit der Umsetzung meines Plans. Ich spürte noch immer nichts, aber vielleicht würde sich das schon bald ändern.

An allen Ecken und Enden ist immer wieder die Rede von irgendwelchen Finanz-Heuschrecken. Menschen, die skrupellos und mit allen Mitteln Geld machen und dabei keinerlei soziale Aspekte berücksichtigen. Es könnte fast der Eindruck entstehen, in früheren Zeiten wäre dies anders gewesen. Nun - ich als vollkommen neutraler Beobachter - kann ihnen sagen, wie unsinnig diese Annahme ist. Wie kommen denn einzelne Personen darauf, früher könnte alles anders oder sogar besser gewesen sein?

Ich denke, dieser Denkweise liegt eine psychologische Komponente zu Grunde. Wissenschaftliche Studien haben sich einmal mit der „Früher war alles besser"-Denkweise auseinandergesetzt. Jene Studie bewies, dass diese Denkweise lediglich auf subjektiven Eindrücken und Gefühlen beruhte. Die Menschen erinnern sich an die guten Dinge. Die schlechten werden ganz einfach ausgeblendet. So ist es, und so war es schon immer.

Zu behaupten, Heuschrecken seien eine Erscheinung der heutigen Zeit, ist also schlichtweg erfunden. Früher gab es genauso skrupellos agierende Geschäftsleute. Auch früher haben einzelne

Personen mit ihrem Ehrgeiz immer größere Reichtümer angesammelt. Dabei zählten niemals andere Leben. Es ging einzig und alleine darum, möglichst viel Geld in kurzer Zeit und mit einem möglichst geringen Aufwand zu erwirtschaften. Wen interessierte es da schon, wenn andere zu Schaden kamen?

Diese Handlungsweise ist effizient. Deswegen sympathisierte ich sehr stark damit. Wobei sympathisieren wohl das falsche Wort für einen Mann ohne Emotionen ist. Jeder muss stets das Beste für sich herausholen. So ist das einfach einmal auf dieser Welt. Die Stärksten überleben, und dadurch überlebt die Art. Es fällt mir schwer, Verständnis für all diejenigen zu entwickeln, die daran etwas auszusetzen haben.

Früher war alles anders. Von wegen. Heute war es lediglich leichter seine Macht auszubauen. Die Möglichkeiten der modernen Kommunikation erlauben eine bessere Verwaltung und dadurch auch ein schnelleres Wachstum. Auch das ist effizient.

Der Nachteil der neuen Kommunikationsmöglichkeiten besteht jedoch darin, dass auch all die Querulanten ein Forum zur Verfügung haben. Auf diese Weise findet sich immer jemand, der gegen etwas ist. Ein einzelner Gegner kann einen Grad der Aufmerksamkeit erreichen, wie es früher nur große Volksmassen konnten. Es spielt heute keine Rolle mehr, ob eine Protestbewegung aus hunderttausend oder zehn Personen besteht. Es geht einzig und alleine darum, wie geschickt die jeweilige Gruppe die Massenmedien manipuliert.

In gewisser Weise machen sich diejenigen, die Heuschrecken kritisieren, die gleichen Mittel zu Nutze. Auch sie manipulieren und schrecken auch vor Lügen nicht zurück. Lediglich die Gründe, aus denen sich einzelne Personen jener Mittel bedienen, sind unterschiedlich.

Am Ende läuft es doch auf das Gleiche hinaus. Macht heißt das Zauberwort. Jedem geht es um Macht. Macht über Andere, Macht über die Massen, Macht über die Welt. Wer Macht besitzt, braucht kein Geld. Dem, der Macht hat, wird das Geld von alleine zufliegen. Natürlich sind bei all diesen Menschen viele Gefühle beteiligt. Jede Heuschrecke und auch jeder Aktivist ist emotionsgesteuert. Ich kam schnell zu dem Schluss, hier einen optimalen Nährboden für die Entdeckung meiner Emotionen zu finden.

Ist der Ehrgeiz nur groß genug, verschwinden alle Skrupel, und Menschen sind bereit, alles zu tun, um ihre Ziele zu erreichen. Es gibt keinen Bereich im Leben, in dem Ehrgeiz nicht den Ton angibt. In der Wirtschaft geht es den Leuten darum, einen möglichst guten Job mit der bestmöglichen Bezahlung zu erreichen. In der Politik versuchen einzelne Individuen, Posten an sich zu reißen, auf denen sie gesehen werden und von denen aus sie Einfluss ausüben können. Prominente wollen im Rampenlicht stehen und sich selbst zur Marke machen, um Ansehen und Anerkennung zu erhalten.

Selbst in Beziehungen regiert der Ehrgeiz. Sei es nun der Versuch, eine möglichst gute Beziehung zu führen, die besser ist als die Beziehung anderer oder auch in Teilaspekten. Der Ehrgeiz, die schönste Frau zu haben, am besten zu küssen, oder die längste Standfestigkeit beim Sex zu haben. Überall ist Ehrgeiz im Spiel. Eine Emotion, die so stark auf dieser Welt verhaftet ist, musste doch selbst mich in die Lage versetzen, etwas zu fühlen. Es war mir nicht vergönnt, den gleichen Ehrgeiz zu entwickeln wie alle anderen Menschen. Ich war folglich dazu gezwungen, Erfolg durch Rationalität zu haben, und musste davon ausgehen, irgendwann den eigenen Funken jenes Gefühls in mir zu zünden. Natürlich wollte ich mich nicht auf eine Emotion alleine verlassen. Auch wenn ich Ehrgeiz für eine extrem starke Emotion hielt, hatten mir meine bisherigen Erfahrungen gezeigt, dass das nicht reicht. Selbst die Liebe konnte nichts in mir wecken.

Die Lösung meines Problems bestand womöglich in der Verknüpfung möglichst vieler starker Emotionen. Deswegen beschloss ich, eine jener Heuschrecken zu werden. Ein Geschäftsmann, der ohne Skrupel agierte. Das sollte mir leichtfallen, denn

Skrupel kann nur derjenige haben, der über Gefühle verfügt. Sollte ich tatsächlich irgendwann einmal Skrupel verspüren, hätte ich mein Ziel erreicht.

Natürlich hatte ich auch andere Optionen ins Auge gefasst. Ich habe schon die Aktivisten erwähnt. Auch bei ihnen geht es um Ehrgeiz. Sicherlich hätten sich auch in der Arbeit als Aktivist viele Emotionen erleben lassen. Mit diesen Personen verband mich jedoch nichts. Nach meiner Ansicht verbrauchten Aktivisten lediglich Ressourcen, die an anderer Stelle besser aufgehoben wären. Was tut ein Aktivist schon? Er erwirtschaftet nichts. Da war mir eine Karriere in der Wirtschaft wesentlich angenehmer.

Beinahe hätte ich mich für einen anderen Weg entschieden. Mehr noch als in der Wirtschaft, als Heuschrecke oder als sinnloser Aktivist hätte ich im Bereich der Politik dem Ehrgeiz begegnen können. Wo wenn nicht in der Politik kamen all jene negativ aufgeladenen Emotionen zusammen. Neid, Missgunst, Machtstreben, Ehrgeiz, Skrupellosigkeit, Gier – all das hätte ich in der Politik finden können. Ich war kurz davor, hier nach meinen Gefühlen zu suchen. Dann jedoch sah ich einen Bericht auf einem Nachrichtensender, der mich umstimmte.

Ein führender Politiker dieses Landes war zu sehen, der ein Kinderheim besuchte. Es wirkte so, als würde er mit den Kindern reden, spielen, sich mit ihnen amüsieren. In Wahrheit war bekannt, dass er vor einigen Jahren einmal in einem unvorsichtigen Moment erwähnt hatte, er könne Kinder nicht ausstehen.

Sicher werden sie sich nun fragen, wie ein solcher Mensch ein führender Politiker sein konnte. Nun es kam ihm auch hier die Verdrängungsbereitschaft des menschlichen Geistes entgegen. Sie erinnern sich nur an die guten Dinge.

In seinem Fall bestanden die guten Dinge aus pompösen Parteitagen, auf denen er von tausenden Unterstützern gefeiert wurde. Sie bestanden aus Spendenübergaben, die großzügig wirkten, in Anbetracht des gewaltigen Vermögens, welches er durch ein Erbe erhalten hatte, jedoch lächerlich gering waren. Und nicht zuletzt bestanden die guten Erinnerungen an Besuchen, wie etwa dem im Kinderheim.

Als ich den Beitrag sah, wurde mir klar, warum ich mich nicht eignete, eine politische Laufbahn einzuschlagen: Ich konnte nicht gut lügen. Natürlich hatte ich mein Leben lang den Menschen vorgespielt, ich wäre wie sie. Aber so schwer war das nicht. Wer würde schon vermuten, jemanden in seiner Mitte zu haben, der keinerlei Gefühle besitzt?

Zum Politikerdasein gehörte allerdings mehr. Viel mehr. Als Politiker musste man bereit sein, in ein Heim voller Kinder zu gehen, zu tun, als würde man sie lieben, obwohl man sie in Wahrheit hasste.

Diese Brillanz und Vollkommenheit der Verlogenheit würde und konnte ich niemals erreichen. Die Gefahr zu scheitern war einfach viel zu groß. Ich hatte zahllose Frauen gehabt und es erst bei der letzten geschafft, dass sie meine Liebe glaubte. In der Politik würde ich nicht so viele Chancen erhalten.

„Sehr geehrter Herr Minister, wie stehen sie zu dem neuen Gesetz zur Unterstützung mittelloser Kinder?“, müsste da nur einmal ein Journalist fragen.

„Die sollen selbst sehen, wie sie klarkommen! Nur die Stärksten überleben!“, würde ich antworten, da ich einmal mehr nicht in der Lage sein würde zu improvisieren.

Ein einziger Zwischenfall wie dieser würde meine Karriere zerstören. Oder mich zumindest zu einer mehrjährigen Auszeit zwingen, bevor ich ein grandioses Comeback feiern könnte. So viel Zeit wollte ich nicht investieren.

Auch hier war es wieder eine simple Abwägung. Politiker oder Heuschrecke. Auch wenn der Weg eines Politikers unter Umständen noch mehr emotionales Potential barg, so war doch das Risiko, ohne messbares Ergebnis zu scheitern, deutlich höher als bei einer Karriere in der Wirtschaft. Ich wollte mich außerdem nur ungern in den Medien zeigen. Ich genoss meine Anonymität. Immerhin war ich eine Zeit lang Auftragskiller gewesen. Auch wenn die Gefahr, erkannt zu werden, äußerst gering war, so war es doch nicht auszuschließen.

Dann doch besser die Wirtschaft. In der Politik gab es schon genügend kaltherzige Menschen, die Parlamente waren voll davon, in der Wirtschaft hingegen war sicher noch Platz für einen weiteren.

Sie können es nicht wissen, aber ich habe studiert. Bislang habe ich nicht davon berichtet, denn sah ich keinen Sinn darin. Als Mörder oder Frauenschwarm ist es nicht besonders wichtig, ob man an einer Universität war oder nicht. Ich gebe Informationen immer nur dann preis, wenn sie wichtig zum Verständnis einer Situation sind. Sie halten mich für misstrauisch? Sie irren sich. Ich bin lediglich praktisch. Ich verschwende keine Zeit, indem ich überflüssige Details schildere. Sie sollten mir dankbar sein, denn letzten Endes schone ich dadurch auch ihre Zeit. Zeit ist Geld, sagt man in der Wirtschaft. Hätte ich mir in meinem Leben als Heuschrecke ein Kredo zugelegt, wäre es wohl dieses gewesen. Mit Lebensmottos ist es jedoch dasselbe wie mit überflüssigen Details – sie nutzen nichts. Deswegen habe ich niemals Zeit damit verschwendet, mir einen Leitsatz für mein Leben einfallen zu lassen.

Jedenfalls war ich nicht nur ein bisschen gebildet. Heute wird ja jedem Idioten ein Diplom hinterhergeworfen. Meistens reicht die Teilnahme, um für etwas ausgezeichnet zu werden. Viele schämen sich für gute Noten, da sie das von der Masse abhebt. Sich von der Masse abzuheben, ist nicht sonderlich beliebt in den heutigen Tagen. Es ist einfacher, in ihr zu verschwinden. Auf diese Weise erzeugt man keine Reibung. Wer keine Reibung erzeugt, kann ungestört leben. Das ist bequem. Eigentlich teile ich die Einstellung, dass es unklug ist, aus der Masse hervorzustechen. Auf diese Weise macht man auf sich aufmerksam. Anonymität ist immer besser. Allerdings muss man manchmal abwägen.

Jeder sollte seinen Möglichkeiten gerecht werden, finde ich. Wer hochbegabt ist, muss dieses Talent nutzen, um sich selbst und die

Welt voranzubringen. Es ist geradezu seine Bestimmung, das Potential zu nutzen! Das wäre einmal eine Forderung für einen Aktivisten. Ist es nicht die größte Form von Umweltverschmutzung, wenn ein Mensch mit einem I.Q. von einhundertsechzig als Hausmann lebt und dadurch auf lange Sicht nichts weiter tut, als das begrenzte Potential und die Ressourcen dieser Welt zu verbrauchen, ohne eine echte Gegenleistung zu erbringen?

Es gibt zahllose dieser Menschen, und wenn sie einmal genauer darüber nachdenken, wird Ihnen bewusst werden, dass diese Menschen zusammengenommen viel verheerendere Wirkung auf die Umwelt haben als alle Autos dieser Welt zusammen. Vielleicht hätte ich doch Aktivist werden sollen. Mit diesem Anliegen an die Öffentlichkeit zu treten, hätte mir ganz sicher zumindest eine extrem stark ausgeprägte Emotion eingebracht: Hass.

Nichts auf dieser Welt erntet so viel Hass wie eine unbequeme Wahrheit. Niemand will unbequeme Wahrheiten hören. Das Volk lässt sich lieber belügen, so lange es schöne Lügen sind, die den Pöbel in Sicherheit wiegen. Die Römer hatten das vor vielen Jahrhunderten richtig erkannt und lenkten den Pöbel durch Spektakel wie Wagenrennen und Gladiatorenkämpfe von den eigentlichen Problemen dieser Welt ab. So konnten sie sich all ihren grausamen Machtspielen widmen, ohne vom Volk gehasst zu werden. Es funktionierte. Zumindest eine Zeit lang. Wenn man es einmal genau betrachtet, tun die Politiker von heute genau das gleiche. Sie lenken mit Bagatellen von den eigentlichen Problemen ab. Sie suchen sich Minderheiten, die sie instrumentalisieren und denen sie die Schuld für unangenehme Dinge zuschieben können.

Sie feiern prachtvolle Paraden, bauen eindrucksvolle Kunstwerke und veranstalten Sportveranstaltungen, die eine unvorstellbare Menge an Geld verschlingen, mit dem sich so viel anderes machen ließe. Aber dafür müsste man die Wahrheit sagen. Nur wer die Wahrheit sagt, kann auch in die Wahrheit investieren. Unter Umständen würde so aus einer unbequemen Wahrheit eine angenehme Wahrheit werden. Aber das würde bedeuten, dass zumindest ein Politiker aus der Masse heraustreten müsste. Wie ich bereits festgestellt und ihnen mitgeteilt habe, ist es jedoch viel einfacher, in der Masse zu bleiben und das Geld auch weiterhin sinnlos zu verschleudern.

Nun werden sie mir allmählich vorwerfen, von meinem eigentlichen Thema abzuschweifen. Sie werden mir auch vorwerfen, als Verfechter der Einstellung, nie unnütze Details zu erzählen, gegen meine eigenen Prinzipien zu verstoßen. Sie irren sich erneut. Wie so oft. Alles, was ich hier erzähle, hat mit Wirtschaft zu tun. Mit Habgier und Ehrgeiz. Ich versuche, ihnen ein Muster aufzuzeigen und sie gleichzeitig an meinen Überlegungen teilhaben zu lassen, wie ich wohl am ehesten als Heuschrecke mit so starken Gefühlen konfrontiert werden könnte, dass sie auf mich überspringen.

Nun aber noch einmal zurück zu meiner Ausbildung. Wie sie sich sicher vorstellen können, war ich ein hervorragender Schüler. Das lag vor allem in der vollkommenen Abwesenheit von Gefühlen in unserem Schulsystem. Sowohl der Unterricht als auch Tests bauten auf bestimmten Normen auf. Abweichen sollte man von diesen Normen freilich nicht. Es ging darum, geradezu stupide die Richtlinien zu erfüllen. Mir kam das sehr zu Gute, denn Lernen und das Gelernte eins zu eins wiedergeben, lag mir. Mein Schulabschluss fiel dementsprechend gut aus.

Womöglich lag dies auch an dem größeren Raum innerhalb meines Gehirns, der für meinen Intellekt zur Verfügung stand. Dort, wo bei anderen die Emotionen sitzen, konnte sich bei mir nur noch mehr Intellekt ausbreiten. Dadurch hatte ich ein wesentlich größeres Potential. Natürlich ist das nur eine Theorie, die sich nur durch umfangreiche Tests beweisen ließe, in denen ich keinen echten Mehrwert sehe. Allerdings glaube ich, dass die Theorie doch sehr wahrscheinlich ist.

Ich habe niemals meinen I.Q. bestimmen lassen. Die Methoden, die diesen feststellen sollten, schienen mir zu willkürlich und unseriös. Außerdem bestand dabei die Gefahr aufzufallen. Was, wenn ein Ergebnis jenseits der zweihundert herauskäme? Sofort würde ich ins Scheinwerferlicht gezogen werden. Ich würde als Genie gefeiert und bewundert werden. Jeder würde mich kennen. Das war nicht gut. Es war zu riskant.

Also fand ich mich mit einer überdurchschnittlichen Lernfähigkeit ab. Da mir ein einziges Fach zu langweilig erschien, studierte ich mehrere. Neben Wirtschaftswissenschaften, Recht und Politologie wählte ich dabei auch Psychologie aus. Fachrichtungen wie Theologie oder Philosophie ließ ich bewusst aus. Auch das hatte zwei Gründe. Ich wollte nicht zu viel Aufmerksamkeit erregen. Eine Person, die gleich vier Fächer studierte, war schon ungewöhnlich genug. Zudem waren Fächer wie Theologie und Philosophie doch sehr stark emotional geprägt. Wie hätte ein Wesen ohne Gefühle da bestehen können?

Nach meinen Studienabschlüssen promovierte ich zeitgleich in allen vier Fächern. Danach gehörte ich zu einem exklusiven Kreis, denn allzu viele Menschen konnten dies ganz sicher nicht von sich behaupten. Im Gegensatz zu den meisten anderen Menschen promovierte ich nicht, um an Ansehen zu gewinnen, sondern um mich selbst weiterzubilden. Ich wollte alles wissen und lernen, was es zu lernen gab. Es war überraschend schwer, einen Job in einer Investmentabteilung einer Bank zu finden. Sie glauben gar nicht, wie viele Überprüfungen ich über mich ergehen lassen musste. Niemand wollte mir meine vier Doktortitel glauben.

Nach langem Prüfungsverfahren und der Gewissheit, dass meine Bewerbung rechtmäßig war, wurde ich dafür umso begeisterter eingestellt. Erst kürzlich hatte man sich von einem Großteil der Investmentbanker trennen müssen. Es gab da wohl die ein oder andere Ungereimtheit. Ich hatte natürlich davon in den Zeitungen gelesen. Es ging dabei um die Veruntreuung unglaublich hoher Summen. Es war beinahe bedauerlich, auf die Erfahrungen und Gefühle dieser Banker verzichten zu müssen. Vielleicht hätten diese Emotionen in mir hervorrufen können. Nun musste ich diesen Weg alleine gehen.

Auf der anderen Seite ergaben sich für mich große Chancen eines raschen Aufstiegs. Hilfreich für meinen Aufstieg waren natürlich auch meine Fähigkeiten und mein umfassendes Wissen und das Verständnis für die Finanzmärkte. Auch wenn es auf sie nicht so wirken mag, folgen die Finanzmärkte extrem einfachen Grundregeln. Wer diese beherrscht, kann innerhalb kürzester Zeit große Mengen an Reichtümern gewinnen.

Ich erkannte schnell, in welchen Bereichen man Geld investieren musste und wovon man besser die Finger ließ. Einen Großteil der Gewinne erzielte ich durch Investitionen in fossile Brennstoffe. Kaum eine Bank wagte es zu dieser Zeit, noch offen diese Art der Kapitalanlage zu wählen. Die Umweltbewegung war sehr stark und attackierte jeden Konzern, der sich nicht den alternativen Formen der Energiegewinnung anschloss. Das bot mir die perfekte Ausgangssituation.

Aus irgendeinem Grund hatte ich das Vertrauen meiner Vorgesetzten gewonnen. Zumindest in gewissem Rahmen. Die Millionen, die mir zur Verfügung gestellt wurden, reichten mir nicht. Deswegen nahm ich das Geld aus anderen Quellen.

Es ist recht einfach, sich Geld zu beschaffen, wenn man in einer Bank arbeitet. Die Sicherheitsmechanismen, die so etwas eigentlich verhindern sollten, sind mehr als nur lasch. Für einen Mann mit meinen Fähigkeiten war es kein Problem, diese zu überwinden. Und so wurden aus einigen Millionen mehrere Milliarden. Ich war davon überzeugt, dass der Vorstand nicht gegen mich vorgehen würde, wenn meine Investments Erfolg haben würden.

Es gab eigentlich nur eine Grundregel auf dieser Welt, sie hatte und hat ewige Gültigkeit. Erfolg gibt Recht. Und er gab auch mir Recht. Meine Investments schlugen ein wie eine Bombe. Die Gewinne schossen in die Höhe. Die Bank, die sich vor kurzem noch so schwer in Schieflage befand, war plötzlich einer der Topgewinner. Jeder trug sein Geld zu dieser Bank. Der Grund dafür war mein Renommee. Jeder wollte sein Geld von dem Experten anlegen lassen, der so unglaubliche Gewinne versprach.

Der Investmentbereich der Bank wuchs und wuchs. Man beförderte mich zum Abteilungsleiter. Niemals warf mir jemand vor, ich hätte Gelder der Bank veruntreut, was ich getan hatte. Die Bank verdiente an mir viel Geld. In den Blicken des Vorstandes erkannte ich ihren Geiz, ihre Begierde nach mehr und mehr Geld. Obwohl die Bank dank meiner Hilfe nie geahnte Höhenflüge erlebte, wurden mehrere Tausend Mitarbeiter entlassen. Die Bank musste sich nicht länger mit kleinen Kunden zufriedengeben, die kaum Geld brachten, und benötigte deswegen auch keine kleinen Privatkundenberater mehr.

Der Vorteil für den Vorstand lag auf der Hand. Durch die Neustrukturierung und die Freisetzung so vieler Mitarbeiter konnten sie ihre eigenen Löhne deutlich anheben. Die Reichen wurden noch reicher. Die anderen? Die interessierten mich nicht. Um genau zu sein, interessierten mich auch die Reichen nicht. Das einzige, was mich interessierte, war, mit dem Ehrgeiz in Kontakt zu kommen.

Ich sah, wie er alle um mich herum antrieb. Eine neue Generation Banker, die durch meine Hilfe aufstiegen und Vermögen verdienten. Zumindest manchen gelang das. Manche waren erfolgreicher im ehrgeizig und gierig sein als andere. Während es einigen gelang, sich zu etablieren, stürzten andere ab.

Als Abteilungsleiter gingen sämtliche Informationen über meinen Tisch. So auch die Nachricht über einen ehemaligen Investment-Banker meiner Abteilung, der kurz nach der Kündigung – er hatte zwar Geld verdient, aber es war zu wenig, um dem Schnitt, den ich eingeführt hatte, gerecht zu werden – aus dem vierundzwanzigsten Stock eines Gebäudes sprang. Für mich war das einzig Interessante daran die Wahl des Gebäudes, das er gewählt hatte. Er hatte sich extra die Mühe gemacht, ein anderes Gebäude zu wählen. Er hätte sich immerhin auch gleich hier in der Bankzentrale herunterstürzen können. Ich hatte nie viel von diesem Menschen gehalten, und in der Sekunde seines Todes hatte er bewiesen, dass ich Recht hatte. Er war ineffizient.

So sehr mein Verhalten den Ehrgeiz förderte und um mich herum immer mehr Emporkömmlinge an der Gier labten, so wenig verspürte ich ihn selbst. Mein Herz schlug nicht schneller, wenn ich die neusten Börsendaten in die Hand bekam, meine Hände waren niemals schweißnass, wenn ich dem Vorstand berichtete. Ich hatte mit meiner kühlen Berechnung Karriere gemacht, ohne dass dabei jemals ein einziges Gefühl involviert gewesen wäre.

Da es mit dem Ehrgeiz scheinbar nicht klappen wollte, versuchte ich, meine Gier anzuregen. Ich kaufte mir eine Villa, die mehr kostete, als ganze Dörfer im Jahr erwirtschaften. Sie befand sich direkt am Meer. Um jede Störung zu vermeiden, kaufte ich zudem 25 Hektar an Ländereien, die das Haus umgaben. Das alles in der teuersten Lage, die man sich überhaupt vorstellen konnte. Ich fuhr Autos, die eigene Raffinerien benötigten, ich kaufte Frauen, die das Geld nicht wert waren.

Auch wenn ich wusste, dass dies alles äußerst ineffiziente Taten waren, so sollte gerade diese Sinnlosigkeit und Dekadenz meine Gier erwecken. Ich nahm einen meiner Lamborghinis und trat das Gaspedal bis zum Anschlag durch. Normalerweise wäre das nicht vernünftig, aber in diesem Fall hatte das Ganze ein logisch durchdachtes Ziel. Ich wollte meine Gefühle provozieren, wollte sie locken, wollte, dass sie sich quasi gezwungen sehen auszubrechen. Die Gier nach noch mehr Geschwindigkeit, nach noch mehr Risiko, nach der puren Gefahr.

Während der Motor immer heißer lief und die Tachonadel am Ende angekommen war und dort unaufhörlich zuckte, verspürte ich nicht die leiseste Erregung. Alles war kalt wie immer. Ich ertappte mich dabei, wie ich den Spritverbrauch meines Wagens bei Tempo dreihundertvierzig berechnete. Welcher normale Mensch würde das schon in einer solchen Situation tun?

Innerhalb kürzester Zeit investierte ich so viel Geld, dass man erst auf den zweiten Blick alle Nullen erkennen konnte. Doch auch dies löste nichts im mir aus. Ein Privatjet sollte Abhilfe schaffen. Ich kaufte mir den neusten Learjet mit der modernsten Ausstattung, der auf dem Markt zu haben war. Nichts.

Ich trat sogar in Konkurrenz zu einem ähnlich erfolgreichen Investmentbanker. Innerhalb weniger Monate kaufte ich sechs Yachten. Immer in der Absicht, meinen Konkurrenten in Sachen Exklusivität zu übertreffen. Er konterte meine Versuche jedes Mal, bis wir beide sechs Yachten besaßen, von denen keines tatsächlich fahrbar war. Normale Fischerhäfen jedenfalls ließen sich mit Schiffen dieser Art nicht mehr anlaufen. Ein kleiner Wochenendausflug war vollkommen ausgeschlossen.

Während er es tatsächlich aus dem Ehrgeiz heraus tat, die größte und beste Yachr zu besitzen, tat ich es, um eben dieses Gefühl in mir zu wecken. Doch auch dieser Versuch blieb vergebens. Nichts, was ich mit den Unmengen an Geld tat, vermochte es, auch nur das kleinste Gefühl in mir hervorzurufen. Nach einiger Zeit beschloss ich, dieses Projekt als Fehlversuch abzutun. Wäre ich zu Enttäuschung in der Lage gewesen, wäre ich ganz sicher eben dies in jenem Moment gewesen.

Weder meine Karriere in der Wirtschaft, noch meine künstliche Verschwendungssucht, die mir das viele Geld erlaubte, konnten mein Innerstes bewegen. Am Ende stand ich mit zahllosen weltlichen Besitztümern da, für die ich absolut keine Verwendung hatte. Ich wollte mich mit diesen Dingen nicht belasten, deswegen beschloss ich, all das zu verkaufen. Da ich nicht lange warten wollte, verkaufte ich alles zu absoluten Schleuderpreisen. Nach kurzer Zeit waren die Verkäufe abgeschlossen. Was blieb, waren viele Millionen auf diversen Konten. Ich hatte keine Verwendung für das Geld. Auch hatte ich kein Interesse daran, es zu investieren. Die Zeit, die die Verwaltung meiner Investments gekostet hätte, war mir zu schade. Was sollte ich schließlich mit Reichtümern?

Ich brauchte nichts. Etwa zwanzig Prozent meines Vermögens investierte ich in Gold. Ich dachte, dass mir dann immer etwas davon bliebe. Für den Fall eines Zusammenbruchs aller bestehender Systeme wäre ich auf diese Weise abgesichert. Den Rest des Geldes legte ich auf ein einfaches Konto. Es war mir egal, wie gering der Zinssatz war. Inflationsausgleich spielte keine Rolle. Bei den Summen, um die es sich handelte, wäre es lächerlich gewesen, sich darüber Gedanken zu machen.

Ich hatte Wichtigeres zu tun. Ich musste mir neue Wege überlegen, wie ich meine Gefühle erkunden könnte. Einmal mehr war ich gescheitert. Mit jedem Scheitern wurde es schwerer, mir eine neue Möglichkeit einfallen zu lassen.

Glaube

Ich dachte nach. Meiner Erfahrung nach musste man nur lange genug überlegen, um auf eine Lösung zu stoßen. Es gab immer eine Lösung. So war die Welt aufgebaut. Jede Frage kennt eine Antwort. Nur manchmal sind wir einfach noch nicht weit genug entwickelt, um die Antwort zu kennen und zu wissen. Ich schloss mich dabei nicht aus. Scheinbar war auch ich nicht weit genug entwickelt. Ansonsten hätte ich die Frage, wie ich meine Gefühle finden könnte, wohl wesentlich schneller beantworten können. So jedoch erforderte es weitere Versuche und Experimente. Ich überlegte, welche Chancen ich in der Vergangenheit wohl ausgelassen hatte.

Mittlerweile tat ich dies übrigens von dem Haus aus, von dem aus ich einst meine Nachbarin dabei beobachtet hatte, wie sie das geliebte Auto ihres toten Mannes zerstörte. Es ließ sich gut denken in diesem Haus. Im Gegensatz zu der pompösen Villa war dieses Haus äußerst bescheiden. Statt 40 Zimmern gab es nur acht, die Aussicht ging nicht aufs Meer hinaus, und von meinem Arbeitszimmer aus konnte ich bestens die Nachbarn beobachten, ohne dass mir ein fünfundzwanzig Hektar großer Garten die Sicht erschwert hätte. Aber letzteres wissen sie ja bereits. Von meinen acht Räumen waren nicht alle eingerichtet. Es gab ein Schlafzimmer, ein Arbeitszimmer, einen Kraftraum, eine Küche und ein Wohnzimmer. Das heißt, nur etwa die Hälfte der Räume wurde genutzt.

Warum ich mir überhaupt ein so großes Haus angeschafft habe, wollen sie wissen? Nun, in einer Wohnung hätte ich mich beengt gefühlt. Ich wollte nicht ununterbrochen vom Lärm der Nachbarn belästigt werden. Außerdem bestand ich auf meine Privatsphäre. Bei all den Dingen, die ich tat, wäre es unklug gewesen, mich beobachten zu lassen. Die Gegend, in die ich gezogen war, eignete sich wunderbar, um nicht aufzufallen. Es war eine typische Siedlung des Mittelstandes. Eine Satellitensiedlung, in die viele nur zum Schlafen kamen. Der Kontakt zu den Nachbarn konnte auf diese Weise auf ein Mindestmaß reduziert werden.

Wie ich bereits früher in diesem Bericht erklärt habe, muss man immer darauf achten, nicht aufzufallen. Wer viel zu schnell fährt, macht daher einen Fehler, ebenso derjenige, der zu langsam fährt. Die goldene Mitte hingegen ist immer richtig. Mein Haus entsprach dieser Richtlinie. Deswegen fühlte ich mich dort wohl, so weit eben dies ohne Empfindungen überhaupt möglich war. Ich konnte in Ruhe nachdenken und mir neue Wege einfallen lassen, meine Gefühle zu entdecken.

Ich hatte lange Zeit über die Vergangenheit nachgedacht. Bei meinen Studien hatte ich absichtlich Fächer wie Philosophie und Religion außen vor gelassen. Ich dachte, dort keine Erfolge erringen zu können, da Gefühle die absolute Grundvoraussetzung waren. Dabei konnte doch genau diese Tatsache die Lösung meines Problems darstellen. Wenn ich lange genug über den Sinn des Lebens diskutierte, musste ich ihn doch schließlich verstehen und mit ihm meine Gefühle finden.

Dieser Plan musste funktionieren. Nicht etwa weil nach so vielen Fehlschlägen zumindest etwas einmal funktionieren musste, sondern vielmehr weil dieser Plan besser war als die anderen. Er war vollkommen logisch.

Nun hatte ich nicht vor, mich erneut an einer Hochschule einzuschreiben. Ich war mir sicher, dort zu sehr aufzufallen. Außerdem würde für einen so schweren Fall wie ich es war, die pure Theorie, die einem in irgendwelchen Vorlesungen vermittelt wurde, nicht genügen. Statt mich also mit Büchern zu beschäftigen, beschloss ich, einfach in die Kirche zu gehen. Natürlich wollte ich dabei nicht die nehmen, die direkt in meinem Wohngebiet lag. Den Kontakt zu meinen Nachbarn wollte ich schließlich unbedingt vermeiden. Also ging ich in eine Kirche in der Nachbarstadt. Dort kannte mich niemand, dort würde ich nicht auffallen, dort konnte ich mir – falls nötig – eine Scheinidentität aufbauen.

Nie zuvor in meinem Leben hatte ich eine Kirche von innen gesehen. Meine Eltern waren nicht besonders gläubig gewesen. Deswegen hatte ich weder die Taufe noch sonst irgendeine christliche Zeremonie miterlebt. Es gab auch keine Freunde, die mich auf ihre Hochzeit hätten einladen können und auch keine, nach deren Tod ich einer christlichen Trauerfeier hätte beiwohnen können. Auch bei dem Tod meiner Eltern gab es keinen Gedenkgottesdienst. Warum hätte ich so etwas auch veranlassen sollen? Immerhin waren sie niemals gläubig gewesen, da wäre eine solche Zeremonie vollkommen sinnlos gewesen.

Alles, was ich nun sah, war folglich Neuland für mich. Als ich also das erste Mal vor der Kirche stand, hielt ich kurz inne. Ich war beeindruckt von der aufwendigen Architektur des Gebäudes. Sie strahlte eine sonderbare Aura der Macht aus. Fast so wie ich es aus meiner Zeit als Heuschrecke kannte. Ein wenig erinnerte sie mich zudem an die Villa, die ich mir in meiner ehrgeizigen Phase gekauft hatte. Vielleicht handelte es sich ja um den gleichen Architekten? So viele Bauherren konnte es immerhin nicht geben, die hohe Türme in ein Bauwerk integrierten.

Ich hatte mich wie üblich in die Materie eingelesen und wusste, welchen Zweck diese Türme erfüllten: Sie sollten den Eindruck erwecken, näher am Himmel und damit bei Gott zu sein. Irritiert war ich jedoch von den bunten Fenstern der Kirche. Welchen Sinn machte es, ein Fenster zu bemalen? Immerhin dienten Fenster doch dazu, Licht in dunkle Räume zu lassen, um Energie zu sparen. Zumindest in der heutigen umweltschutzorientierten Zeit. Warum also die Fenster bemalen und die positiven Effekte eines Fensters zunichtemachen?

Ganz sicher würde dies nicht das einzige ungelöste Rätsel bleiben. Ganz gewiss war dies ein emotionaler Aspekt, der mich überforderte und den ich nicht verstehen konnte. Doch vielleicht waren es genau diese Aspekte, die mir helfen konnten. Bisher hatte ich mir ohnehin niemals Gedanken über Gebäude im allgemeinen und Kirchen im Besonderen gemacht. Für mich erfüllte ein Gebäude immer nur einen bestimmten pragmatischen Zweck. Ganz sicher war das bei Gotteshäusern genauso. Würden die Menschen ebenso zahlreich in Kirchen laufen, wenn diese einfach nur schlichte Lagerhallen wären? Würden sie die angebliche Größe ihres Gottes verstehen, wenn sie diese nicht in einer mit Beton manifestierten Anlaufstelle sehen konnten?

Ich machte mir ganz offensichtlich zu viele Gedanken. Es war ein Fehler, allzu sachlich an diese Sache heranzugehen, doch alles andere war mir unmöglich.

Als ich so dastand, zweifelte ich ernsthaft daran, ob mein Plan, über Glauben an meine Gefühle heranzukommen, realistisch war. Eigentlich schlossen sich Glaube und meine Lebensauffassung vollkommen aus. Andererseits galt dies auch für meine bisherigen Versuche. Liebe, Mordlust, Hass, Ehrgeiz – ich konnte nichts von alledem empfinden. Wie kam ich überhaupt darauf, es könne bei Religion anders sein?

Das Ganze war von vornherein zum Scheitern verurteilt. Gestand ich mir dies ein, waren allerdings auch alle anderen Versuche – vergangen oder zukünftig – vollkommen sinnlos und überflüssig. Sollten denn alle meine Mühen vergebens sein? Sollten all die Jahre, die ich bisher auf der Suche nach dem MenschSein gewesen war, verschwendet gewesen sein? Konnte ich so dumm gewesen sein? Gerade ich hätte es besser wissen müssen. Ich, der ich stets nur von der Logik geleitet wurde, hätte doch früher erkennen müssen, wie sinnlos meine Suche war. Sie war den Einsatz an Mühe und Material nicht wert gewesen.

Was aber sonst hätte ich tun können? Irgendeinen Auftrag, irgendeinen Sinn im Leben brauchte schließlich jedes Lebewesen. Auch ein Wesen wie ich, das eher einem Roboter als einem Menschen glich, benötigte einen Auftrag. Wahrscheinlich sogar noch mehr als ein fühlendes Geschöpf. Wie hätte ich sonst meine Zeit verbringen sollen? Einfach nur dasitzen und ins Leere starren?

War die Suche nach meinen Gefühlen vielleicht nur eine Notlösung gewesen, da sich mir keine andere Aufgabe stellte? Je mehr ich darüber nachdachte, desto mehr Sinn ergab dies für mich. Es wäre außerordentlich dumm gewesen, meine Energie und Kraft weiter in die sinnlose Suche nach meinen Gefühlen zu stecken. Ich sollte meine Zeit anders nutzen, andere Ziele anstreben.

Entschlossen drehte ich mich um. Ich ging die ersten Stufen vom Eingang der Kirche zur Straße hinab, als auf einmal die Glocken ertönten. Auch dieses Geräusch hatte ich bisher allenfalls als Belästigung wahrgenommen. Nun jedoch schienen sie mir etwas zuzuflüstern. Was das jedoch genau war, konnte ich nicht sagen. Ich verstand ihre Sprache nicht. Dennoch drehte ich mich, ohne einen weiteren Gedanken zu verlieren, auf der Treppe um und betrat die Kirche. Warum ich dies tat, begreife ich noch heute nicht. Logisch war diese Handlung in keinster Weise.

Die Kirche war leer. Damit meine ich leer von Menschen. Es befand sich nur eine Handvoll in dem Saal. Diese wenigen traurigen Gestalten saßen bereits auf den Bänken. Religion schien eine einsame Sache zu sein. Das war doch zumindest schon einmal in meinem Sinne. Ich mochte die Einsamkeit. Auch die Stille gefiel mir. Die wenigen Leute schwiegen. Nur gelegentlich war ein Räuspern zu vernehmen. Damit konnte ich leben. Stille war mir das liebste Geräusch. In der Stille konnte ich immer am besten nachdenken.

Von den wenigen Menschen abgesehen war die Kirche voll und überladen. Vollgestopft mit allerlei Prunk. Vergoldete Figuren, Kreuze, grausame Bilder – der große Raum schien förmlich überzuquellen von Prunk und Grausamkeit.

Völlig egal, wie dieses Experiment auch ausgehen würde, zum Nachdenken würde ich ganz sicher noch öfter in eine Kirche kommen. Während ich darüber nachdachte, hatte ich mich in einer der hinteren Reihen der Kirche niedergelassen. Ich bedurfte keines überflüssigen Komforts. Im Gegenteil, zu viel Komfort erachtete ich als ineffizient. Die harten Holzbänke jedoch waren als Sitzgelegenheit vollkommen inadäquat. Der Gesundheit konnte es nicht förderlich sein, allzu lange hier zu sitzen. Die Haltung, die man zwangsweise einnehmen musste, hätte wohl jeden Orthopäden schockiert. Ich fragte mich, ob wohl viele Orthopäden Christen waren. Ich wusste einen bequemen Sessel zu schätzen. Meiner Meinung nach arbeitete es sich auf einen solchen Sessel besser, weil es einfacher war nachzudenken, wenn man nicht ununterbrochen von unangenehmen Druckstellen abgelenkt wurde.

Auf so einer Kirchenbank war es demzufolge nahezu unmöglich, produktive Gedanken zu fassen. Vielleicht war das gerade die Absicht dahinter. Wer auch immer das Sagen in der Kirche hatte, wusste, wie kontraproduktiv eigene und zu viele Gedanken der Gläubigen waren.

Glaube funktionierte nur ohne Querdenker. Insofern war die Verwendung harter Bänke ein genialer Zug. Hätte ich gewusst, wer hinter dieser Erfindung stand, hätte ich mich gerne mit ihm unterhalten. Ich fand diese Idee faszinierend. Mir blieb leider wohl keine andere Wahl, als einfach nur durchzuhalten und zu hoffen, nicht zu lange auf dieser Bank sitzen zu müssen.

Der anfängliche Eindruck der Ruhe wurde plötzlich zerstört, als laute Musik ertönte. In meinen Ohren klang sie wenig harmonisch. Eher quietschig und unangenehm laut. Das musste wohl die Orgel sein. Ich verstand, wieso Orgeln nicht im Supermarkt verkauft wurden. Diesen Lärm wollte sicher niemand dauerhaft hören. Endgültig war es mit der Ruhe vorbei, als der Pfarrer in einem sonderbaren weiten Gewand und umgeben von mehreren jungen Menschen, die ebenfalls ein solches Gewand trugen, den Mittelgang entlangschritt und dabei eine sonderbare Würde ausstrahlte. Die Orgel spielte noch ein wenig lauter, und alle Anwesenden begannen ein traurig klingendes Lied anzustimmen. Glaube war ganz offensichtlich kein freudiges Erlebnis.

Außerdem erhoben sich alle von ihren Plätzen, für mich eine willkommene Möglichkeit, meine verspannte Rückenmuskulatur zu lockern. Die Bänke waren wirklich die Hölle.

Ich bewegte sogar meine Lippen, allerdings so, dass sie kein Laut verließ, um den Eindruck zu erwecken, ich würde mitsingen. Ich kannte weder den Tex, noch den Sinn dahinter und vor allem war ich mir meiner unzureichenden gesanglichen Fähigkeiten bewusst. Wer richtig singt, wird schnell vergessen, wer jedoch falsch singt, bleibt ewig im Gedächtnis.

Ich hing diesem letzten Gedanken noch einige Zeit nach. Die Zeremonie, welche sich da vorne am Altar abspielte, war nicht sonderlich interessant. Deswegen nutzte ich die Zeit, um darüber nachzudenken, woher man wissen konnte, dass man falsch sang oder nicht. Wahrscheinlich denkt jeder, er sei der begnadetste Sänger dieser Welt, bis ein anderer den Mut aufbringt, ihm zu sagen, welche Schmerzen sein Gesang auslöst. Doch wie erlangte man eine gute Gesangsstimme? War es Genetik, Talent, Glück? Traf letzteres zu, war wohl alles im Leben ein Glücksspiel. Jede Entscheidung, die man traf, war entweder falsch oder richtig und man konnte nur darauf hoffen, Glück zu haben.

Glück war hier in dieser Kirche ohnehin das Zauberwort. Interessanterweise begann der Pfarrer genau in diesem Moment damit, von Glück zu reden. Also schüttelte ich meine Gedanken ab und wandte mich seinen Ausführungen zu.

Vielleicht konnte ich etwas lernen. Etwas über das Glück und darüber, wie man es erreichen konnte. Vielleicht gab es ja auch einen Weg, ohne Gefühle das Glück zu finden. Es wäre mir sehr entgegengekommen. Leider musste ich feststellen, dass die Kirche ganz klar die Meinung vertrat, dass nur Gefühle zum Glück führen konnten.

In den Augen der Kirche bestand das größte Glück in der Liebe zu Gott. Ich war noch nicht einmal in der Lage, für einen anderen Menschen Liebe zu empfinden, wie sollte ich dann ein mythisches Wesen lieben? Ich fing erneut damit an, daran zu zweifeln, ob

Glaube den richtigen Weg für mich darstellte. Ich konnte mir nicht vorstellen, Liebe zu Gott zu entwickeln. Ich verstand die gesamte Zeremonie nicht. Das waren schlechte Voraussetzungen für die Liebe. Obwohl es ja immer heißt, Liebe sei nicht erklärbar. Für mich ist es unerklärbar, wie man etwas lieben kann, das man nicht versteht.

Ich schätze, genau an diesem Punkt setzen die Gefühle an. Dort, wo der Verstand endet, ersetzen Gefühle die Logik und schlagen eine Brücke, wo die Logik ausschließlich Mauern errichtet. Wenn die Logik Mauern errichtet, dann konnte ich wohl als so etwas wie ein Maurermeister gelten. Ob es mir jemals möglich sein würde, etwas über das Brückenbauen zu lernen? Konnte man dieses Handwerk überhaupt einfach so erlernen?

„Die Antworten, die ihr sucht, stehen in diesem Buch", sagte der Pfarrer in diesem Moment und hielt die Bibel hoch.

„Lest es und ihr werdet wissen", fuhr er fort. „In diesem Buch ist Gott, dieses Buch ist Gott", predigte er weiter. Ich verstand kein Wort. Alles, was ich heute an diesem Tag und an diesem Ort zu sehen bekam, verwirrte mich ungemein. Gott ist ein Buch und Gott ist Liebe? Welcher Mensch, der auch nur halbwegs bei Verstand war, konnte einem solchen Unsinn Glauben schenken?

„AMEN!", riefen alle Anwesenden wie aus einem Mund. Da hatte ich die Antwort: Diese Menschen schenkten dem Glauben. So wie es aussah, taten sie es sogar gerne und bereitwillig, ja sogar enthusiastisch. Waren die Bänke daran schuld?

Irgendwann war der Gottesdienst zu Ende. Nach und nach strömten die Gläubigen aus der Kirche. Ich blieb sitzen. Vielleicht hoffte ich in meinem tiefsten Innern auf so etwas wie ein Zeichen. Immerhin hatte der Pfarrer die ganze Zeit von Zeichen gesprochen. Er war nicht müde geworden zu behaupten, Gott sei in allem, und er würde ununterbrochen mit uns sprechen. Vielleicht würde er ja auch zu mir sprechen. Also lauschte ich. Ich war ganz still, um ja nichts zu überhören. Ich hielt sogar den Atem an, damit die Geräusche meines Atmens nicht die Worte Gottes übertönten. Nichts. Vielleicht sprach Gott zu den anderen, zu mir jedenfalls sprach er nicht. Wer weiß, vielleicht sprach Gott ja auch nur zu denen, die in der Lage waren zu fühlen. Nur zu denen, die über die Voraussetzung verfügten, ihn zu lieben. Da mir diese Fähigkeit ganz offensichtlich fehlte, hielt er es womöglich auch nicht für nötig, mit mir in Kontakt zu treten.

Hatte Gott etwa erkannt, dass ich mein ganzes Leben lang nur falsch gespielt hatte? Dass alles, was ich getan habe, stets nur meinem logischen Verstand entsprang und ich nie aus dem Gefühl heraus handelte? Hielt er mich womöglich für einen Fehler der Schöpfung? Wenn dem so war, dann musste er wissen, dass er an allem schuld war. Er hatte alles erschaffen, also hatte er auch mich erschaffen.

War ich etwa nicht mehr als ein Fehler der Schöpfung? Hatte Gott die Bausteine ausgerechnet bei mir falsch zusammengesetzt? Oder war vielleicht das Gegenteil der Fall? Vielleicht war ich gar keine Missgeburt, keine Laune der Natur, kein Fehler im System. Vielleicht war ich der nächste Schritt der Entwicklung. Nicht länger beeinträchtigt durch Gefühle, die mich unkluge Entscheidungen treffen ließen.

Vielleicht war ich so etwas wie der Mensch 2.0. Auf diesen Gedanken war ich bisher noch gar nicht gekommen. Ich bin immer davon ausgegangen, nicht ganz normal zu sein. Was, wenn es in Wahrheit eine Gabe war? War ich dazu auserkoren, die Menschheit in ein neues Zeitalter zu führen? War ich so etwas wie der moderne Jesus? War ich der Sohn Gottes?

Ich fürchte, die unbequemen Kirchenbänke machten sich allmählich bemerkbar. Ich schien kaum noch zu einem vernünftigen Gedanken in der Lage. So machte es wohl die Kirche. Erneut zollte ich dem Erfinder dieser Idee unbekannterweise meinen Respekt. Dass die Kirchenbank selbst auf jemanden wie mich wirkte, ein Wesen ohne Gefühle, das kaum mehr mit einem Menschen zu tun hatte als ein moderner Computer, glich einem Wunder. Insofern passte das alles ganz gut hierher. Glaube hatte viel mit Wundern zu tun. Wunder hatten im nächsten Schritt sehr viel mit Gefühlen zu tun. Gefühle wiederum waren menschlich.

Der Dreisatz Glaube - Wunder - Gefühle ergab am Ende Menschlichkeit. Ich glaubte weder an irgendetwas oder jemanden, war davon überzeugt, dass Logik und Wunder sich ausschlossen, und war nicht in der Lage zu fühlen.

Das MenschSein schien auf einmal fern wie nie. Ich war an diesen Ort gekommen, um meinen Glauben und damit meine Gefühle zu finden. Statt Antworten zu erhalten, taten sich jedoch immer neue Fragen auf, entfernte ich mich nur noch weiter von meinem Ziel, der Menschwerdung.

Niemals hatte ich etwas in meinem Leben bereut. Jedes Scheitern bedeutete Erfahrung. Nun jedoch kam mir alles wie ein großer Fehler vor. Ich hatte das Gegenteil von dem, was ich erreichen wollte, erreicht. Die Frage nach dem Sinn verschwamm mehr und mehr in einer dunklen Brühe, die sich ganz weit in der hintersten Ecke meines Bewusstseins ausdehnte.

Ich war gerade im Begriff, mich zu erheben, um diesen unglückseligen Ort zu verlassen und woanders nach meinen Gefühlen zu suchen, als ich abrupt aus meinen zugegebenermaßen etwas sonderbaren Gedanken gerissen wurde. Eine Hand hatte sich auf meiner Schulter gelegt. Als ich meinen Kopf drehte, erkannte ich den Pfarrer.

Erst jetzt nahm ich mir die Zeit, diesen genauer zu mustern. Zuvor hatte ich ihn kaum wahrgenommen. Und das obwohl ich normalerweise ein äußerst akribischer Beobachter war. Der Mann war alt. Er lief gebückt, was aber wohl keine Folge der jahrzehntelangen Sitzerei auf den Bänken gewesen sein dürfte. Auch seine Kutte war weit genug geschnitten, um nicht für diese Haltung verantwortlich zu sein. Ich erinnerte mich an die Feierlichkeiten zur Einführung des neuen Papstes. Dieser trug stets ein so enges

Gewand, dass es den Eindruck erweckte, seine immer stärker ausgeprägter Buckel sei die direkte Folge von der unvorteilhaften Kleidung.

Jedenfalls war bei diesem Mann tatsächlich das Alter für die schlechte Haltung verantwortlich. Möglicherweise in Verbindung mit der Last der Verantwortung, die auf seinen Schultern ruhte. Doch eigentlich wagte ich dies zu bezweifeln. Immerhin wurde hier jedem vergeben, welche Bedeutung kam da schon der Verantwortung zu?

Trotz meiner absurden Gedanken glaubte ich nicht an eine derartige Verkörperung der Macht. Sein faltiges Gesicht wurde von grauen Haaren umrahmt. Gute Gene, dachte ich mir. So volles Haar sah man bei Männern dieses Alters selten. Ansonsten war die ganze Gestalt eher unauffällig. Dennoch ging etwas Erhabenes von ihr aus. Ich hatte keine Erfahrung mit Gefühlen, weswegen ich diese Beobachtung bzw. dieses Empfinden nicht wirklich einordnen konnte. Auf jeden Fall veranlasste mich dieser Eindruck dazu, dem alten Mann zuzuhören und nicht, wie eigentlich geplant, so schnell wie möglich aus der Kirche zu stürmen.

„Kann ich dir helfen, mein Sohn?“, fragte er.

„Ich weiß nicht“, antwortete ich wahrheitsgemäß.

„Warum bist du hier? Ich habe dich noch nie gesehen“, stellte der Pfarrer fest.

„Ich weiß nicht“, antwortete ich erneut wahrheitsgemäß.

„Komm. Lass uns in den Beichtstuhl gehen. Dort kannst du mir von Deinen Sünden erzählen, und dir wird vergeben werden“, forderte mich der Pfarrer auf und ging auf eine Tür am anderen Ende der Kirche zu.

Ich war hier, um herauszufinden, ob der Glaube für mich den richtigen Weg darstellte. Das war meine Chance. Also erhob ich mich und folgte dem Mann. Zuvor jedoch musste ich mich strecken. Meine Gelenke knackten, jeder Muskel in meinem Körper war steif. Ich weiß nicht, ob es an der unbequemen Bank oder an meinen nicht weniger unbequemen Gedanken lag, vielleicht an beidem. Jedenfalls dauerte es einige Augenblicke, eh ich mich angemessen bewegen konnte. Der Pfarrer indes zeigte sich geduldig. Er wartete und lächelte selig vor sich hin. Dabei sah er mich zwar nicht direkt an, ich fühlte mich aber dennoch beobachtet. Dieser Ort kam mir mit jedem Augenblick sonderbarer vor.

Wollte ich nicht eigentlich so schnell wie möglich aus diesem Gebäude fliehen? Warum folgte ich nun stattdessen diesem Mann mit seinem albernen Kleidchen. Würde die Situation nicht mit jeder Sekunde, die ich länger hier verbrachte, schlimmer werden? Statt dem Gesetz der Logik zu folgen und einfach auf dem Absatz kehrt zu machen und zu gehen, folgte ich dem Pfarrer. Wie ein Lämmchen. Wer hatte noch einmal die Bänke erfunden? Ein wahrhaft perfekter Manipulator.

Auf dem Weg zu der kleinen Kammer, die wohl den Beichtstuhl darstellte, rief ich mir meine Gedanken in Erinnerung, die ich hatte, bevor mich der Pfarrer aus ihnen herausgerissen hatte. Ich hatte mich mit Jesus verglichen und sogar gleichgestellt. Wie kam ich auf diese absurde Idee?

War es der Weihrauch? Hatte dieser meinen Geist verwirrt. Oder war es die Atmosphäre des Gotteshauses? Hatte vielleicht sogar Gott persönlich mit mir gesprochen, ohne dass ich es bemerkt hatte? Hatte er mir diesen Gedanken eingepflanzt? Unmöglich. Es konnte nicht sein. Gott existierte nicht. Eben so wenig wie Jesus existiert hatte. Alleine deshalb konnte ich schon nicht der neue Jesus sein, der die Welt in ein neues Zeitalter führte. Im Gegensatz zu der Figur Jesus existierte ich sehr wohl. Ich war ein Wesen aus Fleisch und Blut, auch wenn mir die Gefühle fehlten.

Dann waren wir am Beichtstuhl angekommen. Der kleine Raum war zweigeteilt. Ein Vorhang trennte beide Seiten, so dass man sich verstehen, aber nicht sehen konnte. Welchen Zweck das Ganze erfüllen sollte, vermochte ich nicht zu sagen. Immerhin hatte mich der Pfarrer ja schon gesehen. Die Anonymität war ohnehin dahin. Ich beschloss dennoch mitzuspielen. Was hatte ich schon zu verlieren? Also trat ich in den Beichtstuhl und setzte mich.

Der Stuhl hier war mindestens ebenso unbequem, wie die Bank zuvor. Die Rückenlehne war in einem Winkel an der Sitzfläche angebracht, die es unmöglich machte, auch nur ansatzweise gerade zu sitzen. Welcher Pfuscher war hier am Werk gewesen? Oder war es nicht Pfusch, sondern Perfektion? War der Erbauer der Bank derselbe wie der Erbauer dieses Stuhls?

Ich hatte keine Gelegenheit, näher darüber nachzudenken, denn der Pfarrer, der mir gegenüber, nur von einem Vorhang getrennt, Platz genommen hatte, begann zu sprechen. Er schien ein kurzes Gebet vorzutragen. Dann wandte er sich mir zu.

„Was kann ich für dich tun, mein Sohn?“, fragte er.

„Ich weiß nicht“, antwortete ich nach kurzem Zögern.

Was wollte dieser Mensch von mir?

„Es wirkt, als hättest du viele Fragen“, es war mehr eine Feststellung als eine Frage.

„Das ist wohl wahr“, antwortete ich.

„Vielleicht kann ich dir helfen, die richtigen Antworten zu finden“, wieder war es mehr eine Feststellung denn eine Frage.

„Nun“, begann ich. „Ich verstehe den Glauben nicht“, sagte ich. „Was soll er bedeuten? Was gibt er? Warum glauben die Menschen überhaupt? Wie kann ich zum Glauben finden? Und was hat all das mit Gefühlen zu tun?“

Auf einmal sprudelten die Fragen aus mir heraus.

„Du machst dir viele Gedanken, wie ich sehe“, stellte der Pfarrer fest. „Ich werde versuchen, dir so gut zu helfen, wie ich kann“, versprach er.

„Es ist nicht immer ganz leicht zu glauben. Viele werden wegen ihres Glaubens belächelt, manche sogar bestraft und gejagt. Dennoch lohnt es sich, nach dem rechten Glauben zu suchen. Wenn du ihn findest, wird er dich mit ungeheurerem Glück erfüllen. Das ist der Lohn für den Glauben“, erklärte er.

Das war nicht wirklich viel Neues. Soweit war ich selbst schon gekommen.

„Hm“, machte ich. „Aber worin liegt das Geheimnis des Glaubens?“

„Das Geheimnis des Glaubens liegt darin, etwas für real zu halten, das du nicht greifen kannst. Etwas zu lieben, das du nicht berühren kannst. Etwas zu verehren, das du nicht sehen kannst“, erklärte der Pfarrer.

„Und woher weiß ich dann, dass er existiert?“, verlangte ich zu wissen.

„Du kannst ihn hören, den Herrn. Manchmal flüstert er nur leise, aber wenn du still genug bist, wirst du sein Flüstern vernehmen. Dann wirst du wissen, dass Gott existiert.“

„Was, wenn die Stimme nur Unsinn redet?“, bohrte ich vorsichtig nach.

Ich vernahm ein kurzes Lachen. Der Pfarrer schien amüsiert.

„Dir mag es vielleicht wie Unsinn vorkommen, mein Sohn. Oft erkennt man die Sinnhaftigkeit einer Sache nicht sofort. Manchmal dauert es Jahre, Jahrzehnte oder sogar ein ganzes Menschenleben zu verstehen. Darin liegt das besondere der Religion. Wir glauben an etwas, ohne es wirklich erklären zu können.“

„Ist das so?“, erwiderte ich stumpf. Ich war verwirrt.

„Hat er zu dir gesprochen, mein Sohn? Ist das der Grund, wieso du so lange alleine auf der unbequemen Bank ausgeharrt hast?“, fragte der Pfarrer.

Er war sich also des mangelnden Komforts seiner Sitzmöglichkeiten bewusst. Interessant. Er war wahrscheinlich nicht der Erbauer des Ganzen.

„Ich bin mir nicht sicher“, erwiderte ich. „Es war verwirrend, sinnlos, ohne jede Logik.“

„Glaube hat nichts mit Logik zu tun. Er ist stärker als die Wissenschaft, stärker als jede Logik.“

„Das kann ich nicht akzeptieren“, erwiderte ich. Es klang beinahe trotzig.

„Und doch ist es so“, sagte der Pfarrer ruhig.

„Lerne damit umzugehen, habe Geduld, dann wirst du zum Glauben finden. Doch zuerst musst du die Fesseln der alles bestimmenden Logik ablegen und dir bewusst werden, dass es Dinge gibt, die über unsere Vorstellungskraft hinausgehen.“

„Und wenn ich das nicht kann?“, fragte ich.

„Dann heißt das nur, dass du dich mehr bemühen musst.“ Es klang so einfach.

Mir fiel nichts Passendes dazu ein, weswegen ich einfach schwieg.

„Wenn du auf deine Gefühle hörst und deinem Herzen folgst, wird sich die Tür des Glaubens öffnen“, fügte er nach einiger Zeit hinzu.

So hatte ich mir das selbstverständlich nicht vorgestellt. Ich wollte über den Glauben meine Gefühle finden und nicht umgekehrt.

„Was, wenn ich nicht in der Lage bin zu fühlen?“, fragte ich direkt.

Diesmal zögerte der Pfarrer, ehe er antwortete. „Jeder kann fühlen. Unsere Gefühle machen uns erst zu Menschen.“

„Was, wenn jemand zwar aussieht wie ein Mensch, aber keine Gefühle hat?“, verlangte ich zu wissen.

Der Pfarrer sog scharf die Luft ein. Dann sagte er mit leiser, scharfer, beinahe wütender Stimme:

„So jemand wäre Teufelswerk. Auf die Erde gesandt, um zu zerstören. Um Zwietracht zu säen, um Leid zu verbreiten. Ein solches Wesen hätte nichts göttliches, ein solches Wesen wäre kein Mensch! Am Ende würde ein solches Wesen noch glauben, es wäre göttlichen Ursprungs oder gar die Reinkarnation Gottes. Nein! So ein Wesen wäre nur ein Werkzeug Satans!“

Die Stimme des Pfarrers war im Laufe seiner Ausführungen immer lauter geworden. Sie bebte hörbar. Irgendetwas schien ihn aufzuregen.

Schweigend saß ich auf meinem unbequemen Stuhl. War es nicht die Stimme Gottes, die ich vernommen hatte, sondern stattdessen die seines Widersachers? War ich kein Mensch? War ich nur ein Instrument des Bösen? Des Satans?

Ich dachte an die schlimmen Dinge, die ich in meinem Leben getan hatte. Der Sohn Gottes hätte das nicht getan. Kein Geschöpf auf dieser Welt, das auch nur ansatzweise menschlich war, hätte Dinge dieser Art getan. War das die Antwort? War ich kein Mensch? War ich nur ein Instrument? Wurde ich all die Jahre meines Lebens nur benutzt und manipuliert, um das Leid auf die Erde zu bringen? Mein Magen zog sich zusammen. Mir wurde schlecht, in meinem Kopf drehte es sich. Ich musste hier raus.

„Bist du noch da?", verlangte der Pfarrer zu wissen. Seine Stimme war durch eine extreme Schärfe gekennzeichnet. War die Stimme zuvor schon so tief gewesen? Sie klang fast wie ein Knurren.

„Kauft bequemere Sitzmöglichkeiten!", presste ich heraus, nur um im nächsten Moment aus dem Beichtstuhl zu hasten und den Kirchengang entlang zu rennen. Ich stieß die Tür auf, rannte einige Zeit, um nicht von diesem Diener irgendeines Gottes eingeholt zu werden.

Ich bildete mir ein, die raue Stimme lachen zu hören, während ich aus der Kirche hastete. Es war kein fröhliches Lachen. Eher eines jener Sorte, dass Filmkenner dem Horrorfilmgenre zuordnen würden. Und das in einer Kirche. Alles verschwamm vor meinen Augen. Einen klaren Gedanken zu fassen, schien auf einmal unmöglich. Wer war ich? Was war ich?

Mein Magen rebellierte immer heftiger. Irgendwann fiel ich einfach auf die Knie, die ich mir dabei aufschlug, ohne davon Kenntnis zu nehmen. Ich übergab mich. Wieder und wieder, bis alles aus mir heraus war. Dann stand ich auf, strich meine Kleider glatt und machte mich auf dem Heimweg. Gefühle. Ich hatte sie kurz gespürt. Doch nun waren sie wieder weg. Nicht der Glaube hatte sie hervorgebracht, sondern die Angst vor dem falschen Glauben.

Nun war es vorbei. Ich würde nie wieder ein Gotteshaus betreten. Dieser Weg war nichts für mich. So würde ich nicht ans Ziel gelangen. Ich wollte meine Menschlichkeit entdecken und nicht feststellen, kein Mensch zu sein.

Ich wurde manipuliert in diesem so genannten Haus Gottes. Auf einmal verspürte ich nicht länger den Drang, den Erfinder der Kirchenbank kennenzulernen. Ich fürchtete, dass ich ihm etwas antun könnte. In einem Anfall der Gefühle. Das wäre doch zumindest etwas. Zu Hause angekommen legte ich mich in mein Bett und schlief einen traumlosen Schlaf. Den Schlaf der Gerechten? Oder den der Ungerechten? Ein Heilschlaf Mephistos? Ich weiß es nicht. Am nächsten Morgen öffnete ich meinen Tresor, entnahm ihm eine größere Summe Bargeld und schickte sie per Post an die Kirche. Auf einem Blatt Papier vermerkte ich nur einen Satz:

„Für bequemere Bänke." Das Kapitel Glauben war für mich damit für immer abgeschlossen.

Wahnsinn

So sehr ich mich darum bemühte, die unangenehme Episode in der Kirche zu vergessen, so sehr verfolgten mich jene Ereignisse. Das war sonderbar und ein neues Erlebnis, denn normalerweise verfolgte mich sonst nie etwas. Ich traf Entscheidungen und lebte mit ihnen. Es gab weder richtig noch falsch, kein schwarz oder weiß, kein gut oder schlecht. Ich tat einfach das, was getan werden musste. Punkt.

Noch nie hatte ich deswegen schlecht geschlafen. Niemals zitterten meine Hände wegen einer Entscheidung, die mich verfolgte. Niemals zweifelte ich an einer getroffenen Entscheidung. Es bringt nichts, immer nur in der Vergangenheit zu leben und etwaigen Chancen nachzutrauern. Was wäre gewesen, wenn... Dieses Denken war mir ebenso fremd wie die Gefühle. Ein Computer bedauert niemals seine Entscheidungen. 0 oder 1 – danach kann es weitergehen.

So sah auch mein Leben aus. Nichts bedauern, nichts betrauern. Was ihnen möglicherweise gut vorkommen mag, war das Problem meines Lebens. Nichts wichtig nehmen und jede Entscheidung einfach so ohne Zweifel abhaken zu können, mag vielen wie etwas Positives vorkommen. In Wahrheit jedoch raubt einen diese Handlungsweise jede Menschlichkeit. Die Zweifel sind es – sowohl an uns selbst als auch an allem anderen - die uns zu fühlenden Wesen machen. Ich kannte keine Zweifel. Ich betrachtete die Fakten und handelte dementsprechend. Wäre ich Staatschef eines Landes, welches den Status einer Atommacht hält, gewesen, ich hätte mehrmals den roten Knopf gedrückt.

Wenn es keinen Frieden im Nahen Osten gab und sich die Konfliktparteien nicht einigen konnten oder wollten und stattdessen den Rest der Welt mit in den Abgrund zogen, war es einfach Zeit für einen chirurgischen Eingriff. Einfach das gesamte Krisengebiet dem Erdboden gleichmachen. Wenn niemand mehr da ist, um zu streiten, gibt es auch keinen Konflikt mehr. So einfach ist das. 0 oder 1. Die Menschenleben, die ein solches Vorgehen kosten würde, wären nicht von Bedeutung. Nur eines zählte: die Zukunft. Und diese wäre nun einmal aussichtsreicher ohne einen schwelenden Konflikt, der jederzeit aufs Neue ausbrechen konnte.

Diese Sichtweise mag sie schockieren, aber mein logischer Geist lässt keine andere zu. Helfen sie mir, die Dinge anders zu sehen. Bitte. Ich weiß, sie sind dazu nicht in der Lage. Sie besitzen ihn nicht, den Schlüssel zu meinen Gefühlen. Genauso wenig wie ich ihn selbst besitze. Und so muss ich einfach weitersuchen. Entscheidungen treffen. 0 oder 1. Irgendwann muss ich auf diese Weise eine Möglichkeit finden, meine Gefühle zu entdecken.

Entgegen meiner sonstigen Handlungsweisen, denen stets ein ausgeklügelter Plan zu Grunde liegt, ist dies eine eher mangelhafte Strategie. Allerdings sind die Mittel, die mir zur Verfügung stehen, recht eingeschränkt. Ich habe einfach nicht die Ressourcen, auf anderem Wege eine Lösung für mein Problem zu entwickeln. 0 oder 1. Bis in alle Ewigkeit. Bin ich unsterblich? Bis vor kurzem hätte ich diese Frage nicht einmal eines abschätzigen Blickes gewürdigt. Unsterblichkeit – so ein Unsinn. Nichts ist unsterblich. Das ist gegen die Naturgesetze.

Auf der anderen Seite war da die Stimme, die in der Kirche zu mir flüsterte. Die Stimme, die mich annehmen ließ, ich könnte der Sohn Gottes sein. Wäre so jemand nicht automatisch unsterblich? Musste so jemand nicht unsterblich sein? Warum sollte ein Wesen, das die Welt erschaffen hatte, selbst sterblich sein? Das ergab keinen Sinn. Logisch betrachtet war ich ganz sicher unsterblich – zumindest dann, wenn ich diese hervorgehobene Stellung einnahm.

Ganz sicher war ich jedoch nicht verrückt geworden, und so war mir bewusst, wie wenig wahrscheinlich es war, Sohn Gottes zu sein. Ich war eher das genaue Gegenteil all dessen, was so ein Wesen ausgezeichnet hätte.

Was war ich also? War ich tatsächlich ein Instrument des Teufels? Der Pfarrer hatte dies gesagt. Ein Wesen ohne Gefühle war Teufelswerk. Ich hatte mich nie als simples Werkzeug gesehen. Ich war immer davon überzeugt, etwas Besonderes, etwas Einzigartiges zu sein. Ich hatte es mir nicht ausgesucht, und wenn ich die Wahl hätte, würde ich mich sofort für ein Leben mit Gefühlen entscheiden.

Trotzdem musste für mich jede meiner Entscheidungen logisch begründbar und mein Leben eigenverantwortlich und selbstgelenkt sein. Sollte ich mich dahingehend etwa getäuscht haben? Gab es eine dunkle Macht, die mich mein Leben lang benutzt hatte? Eine Macht, die mir suggerierte, dunkle Aufgaben zu erfüllen, und ich tat dies im Glaube, mich selbst zu suchen?

Ich spürte etwas, das mir gänzlich unbekannt war. Ich spürte Zweifel. Ich zweifelte an mir selbst, an meiner Rolle in der Welt, an meiner Daseinsberechtigung und vor allem daran, eigene logisch begründbare Entscheidungen getroffen zu haben. Ein Spielball des Teufels – mehr war ich nicht. Ich hatte Unschuldige getötet.

Naja, ob die Menschen, die meine Opfer waren, tatsächlich unschuldig waren, wusste ich nicht. Aber zumindest waren sie mir gegenüber unschuldig. Nie hatten sie mir etwas angetan. Waren diese Leute vielleicht Diener Gottes gewesen? Engel? Krieger des Lichts? Waren sie deshalb zum Töten bestimmt gewesen? Ein paar tausend Scheine für einen Engel? War das der Preis für den Mord am Guten? Waren somit die Reichen dieser Welt in der Lage alles Gute auf Erden auszulöschen? Wie viele Engel konnte es schon geben. Wer reich genug war, konnte alles tun.

War der Vermittler womöglich Satan selbst gewesen? Hatte ich ihn nicht erkannt? Wie hätte ich ihn auch erkennen sollen? Gott, Teufel, Religion, Gut und Böse – an all das glaubte ich nicht, konnte ich nicht glauben. Sie passten nicht in das binäre Schema meines Lebens. 0 und 1. Gott und Teufel. Es passte doch.

Ich hatte immer auf Menschen herabgesehen, die nicht in der Lage waren, sich selbst zu behaupten. Bettler, Schnorrer, Sozialhilfeempfänger – für mich waren all diese Menschen entweder zu faul oder unfähig, eigene Entscheidungen zu treffen und auf diese Weise ihr Leben zu sichern.

Nun jedoch fragte ich mich, ob diese Leute nicht vielleicht einfach Pech gehabt und eben keine göttliche Macht in ihrem Rücken hatten, die sie stützte. Ich hingegen hatte Glück. Wenn ich auch feststellen musste, dass all mein Handeln womöglich keinem eigenen Willen zu Grunde lag, so war ich doch zumindest irgendjemandes Werkzeug.

Was war nur los mit mir? Auf einmal dachte ich in Kategorien wie Pech und Glück? Das entsprach mir doch nun wirklich nicht. Werkzeug des Bösen? So ein Unsinn! Nur ich alleine war für mein Leben verantwortlich. Das zumindest versuchte ich, mir einzureden.

Doch die Stimme, die ich in der Kirche vernommen hatte, wollte mir nicht mehr aus dem Kopf gehen. Sie verfolgte mich, ließ nicht einen Moment locker. Sie hielt mich in ihrer diabolischen Hand wie in einem Schraubstock. Wieder und wieder hörte ich sie. Sie war erbarmungslos wie eine Naturgewalt. Logisch. Naturgewalten wurden vom Teufel gesandt, die Stimme kam ebenfalls von ihm. Die gleiche Erbarmungslosigkeit.

Ich versuchte, mich zu entscheiden. Die alles beherrschende Stimme einfach abzustellen, doch es gelang mir nicht. Ich verlor die Kontrolle. Nicht mehr fähig zwischen 0 und 1 zu unterscheiden, verlor ich das wenige, das ich bis dahin besaß: meine Selbstachtung.

Die Tage vergingen. Ich ging davon aus, nur lange genug warten zu müssen, damit die Stimme irgendwann verstummte. Alles hat einmal ein Ende. So war das auf dieser Welt. Bei der Stimme schien es sich allerdings anders zu verhalten.

Sie flüsterte und flüsterte. Sie wurde niemals laut, und doch drängte sie mich. Wozu sie mich drängte, vermochte ich nicht zu sagen. Ich wünschte mir, sie würde mich anschreien. Mir einfach laut sagen, was sie von mir wollte. Doch diesen Gefallen schien mir die Stimme nicht tun zu wollen. Nie in meinem Leben hatte ich Schlafstörungen. Warum auch? Schlafstörungen hatten zumeist mit unverarbeiteten Emotionen zu tun, die einen vom Schlafen abhielten. Da ich weder verarbeitete noch unverarbeitete Emotionen besaß, gab es nichts, das mich vom Schlafen abhalten konnte.

Und dennoch war ich auf einmal nicht mehr in der Lage, zur Ruhe zu kommen. Zu Beginn stellte dies kein Problem dar. Ich verfügte über eine extrem starke Physis. Mein tägliches Training und gute Veranlagung machten mich zu einem starken Mann. Mit jeder schlaflosen Nacht spürte ich jedoch, wie meine Stärke bröckelte. Ich konnte mich nicht mehr konzentrieren, war nicht mehr in der Lage, mein volles Trainingsprogramm durchzuziehen, mir fielen nicht einmal neue logische Möglichkeiten ein, wie ich meine Gefühle entwickeln konnte.

Oft saß ich einfach da und blickte in die Dunkelheit. Ich machte mir nicht einmal die Mühe, mich ins Bett zu legen. Ich wusste, dass es nichts bringen würde. Deswegen setzte ich mich in einen bequemen Sessel und starrte ins Nichts. Währenddessen sprach die Stimme zu mir. Eines nachts geschah etwas Sonderbares. Ich saß da. Ich starrte. Dachte an nichts. Das Flüstern war allgegenwärtig. Doch ich wollte es nicht mehr hören, konnte es nicht länger ertragen. Ich musste etwas unternehmen, koste es, was es wolle.

Ich stand auf. So plötzlich und schwungvoll, dass der schwere Sessel umkippte. Ich beachtete ihn nicht. Anziehen brauchte ich mich nicht. Ich hatte mir am Abend nicht die Mühe gemacht, mich auszuziehen. Ein kurzer Blick auf die Uhr verriet mir, dass es halb drei war. Zeit spielte keine Rolle. Ich verließ das Haus, ging die Straße entlang. Ich wusste nicht, was ich suchte oder wohin mich mein Weg führte. Die Stimme wollte nicht aufhören. Auch hier draußen flüsterte sie auf mich ein. Es wird ihnen vielleicht komisch erscheinen, doch ich kann mich nicht erinnern, was sie flüsterte. Ich kann mich an ihre Eloquenz erinnern, an ihre süße Schärfe, an ihre Verführungskraft, an ihre Erbarmungslosigkeit – doch welche Worte sie verwendete? Ich weiß es einfach nicht mehr.

Ich blieb stehen, ohne zu wissen warum. Ich besaß keine Kontrolle mehr über meinen eigenen Körper und meine Handlungen. Warum wusste ich nicht. Ich konnte mich noch nicht einmal erinnern, wann ich aufgehört hatte zu laufen. Die Dunkelheit in meinem Gehirn schien mehr und mehr die Oberhand gewinnen. Als ich aufblickte, erkannte ich, dass ich vor einer Bar stand. Es war einer jener Orte, die niemals geschlossen hatten.

Ich trat ein. Auf einmal umfing mich eine Leere, die ich nie zuvor erlebt hatte. Die Stimme hatte nun vollends die Kontrolle übernommen.

Ich weiß nicht, ob all das jemals wirklich passiert war oder die Stimme es mich nur glauben lassen wollte. Ich sollte es nie erfahren. Ich versuchte mich zu wehren, einfach wieder gehen, doch es gelang mir nicht.

Alt, schmuddelig, verraucht – so stellte sich der Gesamteindruck der Bar dar. Ergänzt wurden diese Eindrücke von dem Geruch nach Schimmel, abgestandenem Bier und solchem, das bereits getrunken und verdaut den Körper der vielen Trinker, die hier regelmäßig zusammenkamen, wieder verlassen hatte. Wer auf der Suche nach einem fröhlichen Ort war und zudem gerne den Geräuschen lachender Menschen lauschte, war an diesem Ort definitiv am weitesten von seinen Traumvorstellungen entfernt.

Trinker, Arbeitslose und arbeitslose Trinker – so ließ sich wohl am besten das Klientel dieser Bar zusammenfassen. Die Besucher, die regelmäßig zum Trinken kamen, wurden der Bar selbst mit der Zeit immer ähnlicher. Woher ich das wusste? Keine Ahnung. Es schien, als wüsste ich auf einmal viele Dinge, die ich vorher nicht gewusst hatte.

Nicht nur, dass die Gäste alt, schmuddelig und verraucht wirkten, sie assimilierten auch gleich den unangenehmen Geruch der Bar. Und das traf nicht nur auf die heruntergekommene Garderobe der Gäste zu, sondern schien viel tiefer in die Hautschichten einzudringen, als es die moderne Wissenschaft jemals erklären könnte. Gelegentlich verirrten sich Menschen in die Bar, die noch nicht zur Gänze vom Leben gebrochen und von Alkohol durchtränkt waren. Menschen, wie ich einer war. Jedoch ist es noch nie passiert, dass eine solche Person mehr als einen Schritt in diesen dunklen Ort hineingetan hat. Sofort drehte sich jeder auf der Türschwelle um, um so schnell wie möglich zu verschwinden.

Daran war nicht nur das Erscheinungsbild der Bar schuld. Vielmehr schien es, als würde eine gefährliche Aura diesen Ort umgeben und damit drohen, jeden zu verschlingen, der ihm zu nahekam. Sicherlich hätte ich die Gäste fragen können, was sie an einen solchen Ort verschlug, ob sie jedoch noch in der Lage gewesen wären, auf diese Frage zu antworten, wagte ich zu bezweifeln. Schuld an der Unfähigkeit, Fragen dieser Art zu beantworten, dürfte aller Wahrscheinlichkeit nach wohl am allerwenigsten der Alkohol gewesen sein. Aus unerfindlichen Gründen machte ich nicht bereits auf dem Absatz kehrt. Vielmehr drang ich zielstrebig und ruhigen Schrittes tiefer in die Bar vor, die eher an eine alte Bärenhöhle als an alles andere erinnerte.

Ich nahm an der schmuddeligen Theke Platz, die aussah, als wäre sie noch nie gereinigt worden. Sofort hatte ich ein Glas Bier vor mir stehen, auch wenn ich mich nicht an den Prozess des Füllens und vor mir Abstellens erinnern konnte. Auch das Glas war schmutzig. Eine Vielzahl an Lippenstiftfarben verunzierte den Rand. Das passte. Eigentlich wäre es beinahe eine Enttäuschung gewesen, an einem so schmutzigen Ort ein sauberes Glas zu bekommen.

Ich trank niemals Alkohol. Es vertrug sich nicht mit meiner logischen Weltsicht und meiner Lebensweise. Nun jedoch nahm ich einen Schluck. Der Lippenstift dürfte dabei wohl schädlicher gewesen sein als das Gebräu selbst. Es schmeckte schal. Neben mir trat ein Mann an die Theke. Ich hatte nicht bemerkt, wie er eingetreten war. Er trug einen langen Mantel und einen Hut. Viel war nicht von ihm zu erkennen. Er hatte einen stark ausgeprägten Buckel und eine einzelne graue Haarsträhne hing aus dem Hut hervor. Der Mann kam mir bekannt vor. Ich sah mich vorsichtig um. Jeder Besucher der Bar starrte den buckeligen Mann an. Allerdings taten sie es alle verstohlen, als hätten sie Angst, dabei ertappt zu werden.

Auch wenn wohl niemand der Besucher etwas zu verlieren hatte, fürchteten sich alle. Das Unheil, das dieser Mann ausstrahlte, schien die Aura des Bösen der Bar noch um ein Vielfaches zu übersteigen. Der Barkeeper erwartete den Mann bereits. Er schien ihn zu kennen, denn ohne ein Wort zu sagen, stellt er ihm ein Glas mit einer braunen Flüssigkeit hin. Ich dachte, dass es sich dabei um Cola handelte. Ein Strohhalm steckte darin. Ich war wie gelähmt. Wie gebannt starrte ich den Mann an, unfähig, mich zu bewegen. Er schien es nicht zu bemerken.

Ohne aufzublicken, schlürfte der Bucklige seine Cola durch den Strohhalm. Als er fertig war und sich seine Lippen um den Strohhalm wieder öffneten, machte es leise „plopp". Dieses unscheinbare, kaum wahrnehmbare Geräusch ließ mehrere Gäste ihre Totenstarre vergessen. Sie zuckten zusammen und gaben nervöse Zischlaute von sich, als sie scharf die Luft einsogen und sie dann anhielten. Dennoch verließ keiner die Höhle. Ich vermute, die meisten wollten einfach wissen, wie es weiterging. Der Rest blieb wohl schlicht und ergreifend deshalb, weil sie nach all der Zeit, die sie bereits in der Bar verweilten, längst vergessen hatten, wo sich der Ausgang befand. Oder es ging ihnen wie mir, gezwungen dazu, dem Geschehen zu folgen und unfähig, sich zu bewegen.

Die Hand des Barkeepers begann merklich zu zittern, als der Blick des Mannes den seinen traf. Der Mann begann zu sprechen. Von meiner Position aus konnte ich die Worte nicht verstehen, doch ich erkannte die Stimme, die da flüsterte. Es war die Stimme aus meinem Kopf. Die Absurdität der Szene wurde mir nicht bewusst. Mein logisches Denkvermögen hatte sich vollkommen verabschiedet. Vielleicht war mein Schlafmangel dafür verantwortlich, vielleicht war ich auch wieder das Instrument einer höheren Macht. Der Barkeeper begann zu schwitzen. Unter seinen Achseln breiteten sich braune Flecken aus. Auf seiner Stirn bildeten sich große Tropfen, die auf den Tresen herabfielen.

Nach einer Weile begann der Barkeeper zu weinen. Währenddessen wurden die Gäste in der Bar immer unruhiger. Als der Barkeeper begann, panisch mit den Armen zu rudern, griff der Bucklige blitzschnell nach ihm und packte ihn mit einer Kraft, die ich ihm nicht zugetraut hätte, an dem fettig-schmutzigen Kragen. Ich wusste, ich hätte etwas unternehmen müssen. Etwas sagen, eingreifen, irgendetwas. Doch ich konnte nicht. Ich war wie gelähmt. Ich war nicht länger Herr meiner Selbst. Vielmehr war ich lediglich Besucher in einer Welt, die ich nicht verstand und die allem widersprach, von dem ich bis dahin überzeugt gewesen war.

Schließlich ließ der Mann vom Barkeeper ab, der in sich selbst versunken schien und die panikgeweiteten Augen schloss. Ein Autist, ein Opfer der Stimme. Würde es mir auch so ergehen? Ich hatte keine Zeit, intensiver darüber nachzudenken, denn das nervöse Geklimper von Eiswürfeln, die in den leeren Gläsern der Gäste aneinanderstoßen, lenkte mich ab. Niemand brachte den Mut auf, sich zu erheben, um Nachschub zu beschaffen. Der langsam sinkende Alkoholpegel trug spürbar zur Verschärfung der angespannten Situation bei. Ich blickte auf mein eigenes Glas. Es war noch fast voll. Ich trank, schluckte, wollte so viel wie möglich von dem schalen Getränk in mich aufnehmen. Vielleicht würde mich meine volle Blase zum Aufwachen zwingen. Welch absurder Gedanke. Logik, wo bist du hin?

Der bucklige Mann trank seelenruhig seine Cola aus. Dann erhob er sich und ging ohne aufzublicken zum Ausgang. In der Tür stehend drehte er sich noch einmal um. Ich erkannte sein graues Haar. Mondlicht fiel auf Metall. Er trug ein Kreuz um den Hals. Einen Augenblick später war er verschwunden.

Erst mehrere Minuten, nachdem der Bucklige die Bar verlassen hatte, waren die ersten leisen Stimmen der Gäste zu vernehmen. Nach und nach stellte sich Normalität ein. Es war, als ob es nicht das erste Mal gewesen wäre. Auch ich war auf einmal wieder in der Lage, mich zu bewegen. Was war da gerade geschehen? Eigentlich wollte ich es gar nicht wissen. Die Szene war so absurd, dass ich sie nicht begreifen konnte. Nicht ohne Gefühle.

Ich wandte mich meinem Bier zu. Es war leer. Ich wollte ein zweites. Ich hatte noch nie ein Bier geschweige denn zwei davon getrunken. Ich winkte dem Barkeeper zu, doch der lag zusammengesunken auf dem schmutzigen Tresen. Ich erhob mich. Meine Beine fühlten sich wackelig an. Ich ging die wenigen Schritte auf den Barkeeper zu, bestellte ein Bier. Er reagierte nicht. Ich stieß ihn an. Der Mann fühlte sich kalt an. Kein Puls. Der Barkeeper war tot.

Meine Beine gaben unter mir nach. Was war hier geschehen? Im nächsten Augenblick wurde mir schwarz vor Augen. Ich brach zusammen.

Wahrheit oder Illusion

Ich erwachte. Zumindest hoffte ich, mich nun wieder in der Realität zu befinden. Hatte ich gerade etwas geträumt? Ich hatte noch nie geträumt. Ich dachte immer, ich wäre dazu nicht in der Lage. Ohne Gefühle keine Träume. So einfach war das. Wenn das Ganze aber kein Traum gewesen war, was dann?

Erst jetzt wurde ich mir meines dröhnenden Schädels bewusst. Ein unangenehmer Geruch drang an meine Nase und drohte, dort meine Geruchsknospen zu vernichten. Ich war erschrocken, als ich feststellte, dass der Geruch von mir ausging. Erschrocken nicht auf emotionaler Ebene. Vielmehr traf das alles auf Unverständnis.

In was für einer Situation befand ich mich hier und wie war ich hineingeraten? Ich fuhr mit meiner Bestandsaufnahme fort. Als ich den Blick senkte, erkannte ich, wie schmutzig mein Hemd war. Als weiß ging es nur noch mit viel Phantasie durch. Es war in einer Vielzahl unterschiedlichster Farbtöne gefärbt, welche sich wohl alle der Obergruppe „Schmutz“ zuordnen ließen.

Einer meiner Schuhe fehlte. Wie um alles in der Welt konnte man einen Schuh verlieren? Dort wo mein linkes Hosenbein sein sollte, war der Blick frei auf ein durchtrainiertes Bein. Es gehörte zu mir. Ich legte großen Wert auf ein sauberes Erscheinungsbild. Ich fand es wichtig, nach außen hin die absolute Kontrolle über sich selbst zu zeigen. Gepflegt zu sein, stellte hierfür die Grundlage dar.

Wie man es auch drehte und wendete, in diesem Moment war ich vieles, aber ganz sicher nicht gepflegt. Ich hatte die Kontrolle verloren. Das war mir noch nie passiert. Aus alledem konnte ich diesmal nicht einmal etwas lernen, denn ich konnte mich lediglich an verschwommene Bilder erinnern.

Vor kurzem noch war ich in einer Welt des Surrealen gefangen, nun schien es, als wäre ich es in einer Welt des Schmutzes. Ich musste mir eingestehen, mit meinem aktuellen Erscheinungsbild hervorragend dort hinzupassen. Ich richtete mich etwas auf. Mein Rücken lehnte gegen eine Hauswand, die – wie ich jetzt erkannte - zu einem verfallenen Gebäude gehörte. Wenn dieses Haus irgendwann einmal verputzt gewesen war, dann war davon nicht mehr viel zu erkennen. Kalte Ziegelsteine mit fauligem Mörtel dazwischen. Ein Mahnmal der Hässlichkeit und der Vergänglichkeit. Letzteres hob meine Laune wieder etwas. Alles war vergänglich. Zumindest war dies in einer von der Logik bestimmten Welt so. Gut. Zumindest die Logik war nun wieder greifbar.

Ein kleiner Fluss, der von einer ekligen, braunen und zähen Flüssigkeit gefüllt war, verlief zu meinen Füßen und bildete überall dort, wo sich Schlaglöcher fanden, kleine Seen. Das war fast überall. Ich passte auf, nicht mit meinem schuhlosen Fuß mit der Flüssigkeit in Kontakt zu geraten. Wer wusste schon, ob diese Plörre nicht gefährlich war.

Das Gebäude mir gegenüber war ebenso verfallen wie das, an dem ich lehnte. Überhaupt war hier alles verfallen. Ich musste mich wohl in einem jener Stadtteile aufhalten, von denen man zwar wusste, deren Existenz man jedoch konsequent verdrängte.

Menschen neigen dazu, alles zu verdrängen, was unangenehm sein könnte. Auf mich traf dies freilich nicht zu. Für mich machte es kaum einen Unterschied, ob ein Gebäude neu oder heruntergekommen war. Zumindest nicht auf emotionaler Ebene.

Natürlich galt für Bauwerke der gleiche Grundsatz wie für mich selbst. Ein gepflegtes Gebäude strahlte Kontrolle aus. Ein erneuter Blick auf meine zerschlissene Kleidung zeigte mir, wie sehr ich gerade in diese Umgebung frei jeder Kontrolle passte. Ich schien nach wie vor sehr gut darin zu sein, mich meiner Umgebung anzupassen. Gelernt ist eben gelernt. War das gerade Ironie? Es musste wohl Ironie sein. Doch seit wann war ich dazu fähig? Ich kam nicht dazu, weiter darüber nachzudenken, denn in diesem Moment wurde ich grob getreten. Ein junger Mann stand vor mir. Ich schätzte ihn auf siebzehn oder achtzehn Jahre. Keinesfalls älter.

Er trug eine Baseballmütze, deren Schirm nach hinten gedreht war, eine viel zu weite Hose, deren Bund mehr oder weniger in der Kniekehle saß und ein T-Shirt das ebenso verwaschen wie weit war. In der Hand hielt er ein Klappmesser. „Her mit der Kohle, du Sack!“, schrie er mich an und fuchtelte dabei wie wild mit seinem Messer. Unter normalen Umständen wäre es mir ein Leichtes gewesen, den Typen zu entwaffnen. Im Moment jedoch fühlte sich alles an mir schwer an. Ich bezweifelte, mich auch nur einen Zentimeter bewegen, geschweige denn den Räuber überwältigen zu können. Ich beschloss, ihm einfach mein Geld zu geben. Ich hatte ohnehin genug. Es war die Mühe nicht wert und schon gar nicht den Tod. Bevor ich starb, wollte ich doch zumindest wissen, ob ich in der Lage war, wirklich etwas zu empfinden.

Mühsam griff ich also in meine Hosentasche, in der sich meine Geldbörse befand. Noch bevor meine Hand das glatte Leder meiner Börse berühren konnte, ergriff der junge Mann erneut das Wort:

„Oh Mann! Du stinkst vielleicht! Und so wie du aussiehst, gibt's bei dir nichts zu holen! Dir geht's echt dreckig! Wasch dich mal!“, rief er mir zu und warf mir dabei ein paar Münzen ins Gesicht. Dann verschwand er in einer Seitengasse.

Ich stöhnte leise. Sollten denn die Absurditäten niemals enden? Ich bemerkte, wie ich unbewusst die Münzen aufsammelte. Nur nichts verschwenden. Ein logischer Gedanke. Als ich die Münzen alle in den Händen hielt, wollte ich diese in meinen Geldbeutel stecken. Eigentlich hätte ich damit rechnen müssen. So wie ich aussah, war klar, dass ich meinen Geldbeutel nicht mehr besaß. Wahrscheinlich war vor dem Typen mit dem Messer schon ein anderer Halbstarker vorbeigekommen und hatte mich ausgeraubt. Ich steckte die Münzen in meine Hosentasche. Zuvor jedoch überprüfte ich, ob sich dort nicht ein Loch befand. Schließlich wollte ich das Geld nicht verlieren.

Mühsam erhob ich mich. Mein Körper wollte protestieren, doch diesmal war ich stärker. Ich gewann meine Kontrolle wieder zurück. 1 und 0. Wieder ein Puzzleteil in Richtung Logik. Diese Erkenntnis ließ meine Kopfschmerzen etwas schwächer werden. Allerdings wurden diese bereits im nächsten Moment wieder stärker.

In meiner Hand hielt ich eine leere Flasche, in der sich offensichtlich einmal Alkohol befunden hatte. Das Etikett war verschwunden. Zwar erklärte die Flasche meine Kopfschmerzen und zumindest in gewisser Weise meinen heruntergekommenen Zustand, dem gegenüber stand allerdings die Frage, wie die Flasche in meine Hand gekommen war.

Damit meinte ich nicht, wie die Flasche in meinen Besitz gelangt war. Ich schätzte, ich hatte sie ganz einfach gekauft. Vielleicht nachdem ich die Bar verlassen hatte. Oder ich hatte sie dort geklaut. Der Barkeeper war tot und konnte nicht mehr auf seinen Schnaps aufpassen. War ich wirklich in der Bar gewesen? War das nicht alles nur ein Traum?

Es sprach einiges dafür, dass es sich nicht nur um einen Traum handelte. Mein Zustand war einer der Gründe, ein anderer die Schnapsflasche. Ich schüttelte den Gedanken ab. Zur Analyse der Vergangenheit würde später noch genügend Zeit sein. Was ich mir nicht erklären konnte, war, wie die Flasche jetzt in diesem Moment in meine Hand gelangt war. Kurz zuvor hatte ich doch noch die Münzen eingesammelt. Das konnte ich doch unmöglich mit der Flasche in der Hand getan haben. Ich war verwirrt. Was war hier los? Was war los mit mir?

Ich warf die Flasche von mir. So fest ich konnte, schleuderte ich sie gegen die Hauswand. Sie zerbarst in tausend Teile. Diese Flasche würde nie wieder in meiner Hand landen. Zumindest nicht, wenn die Logik auch nur noch den geringsten Einfluss auf diese Welt hätte. Dann lief ich los. Ich musste nach Hause. Mich duschen, die Kleider wegwerfen und durch saubere ersetzen. Die Kontrolle über mein Leben zurückgewinnen. Anfangs schwankte ich bedenklich. Mein Mund fühlte sich an, als hätte ich einen Sack voller Sand gegessen.

Die Auswirkungen des Alkohols. Dennoch fühlte ich mich überraschend gut. Irgendetwas fehlte. Etwas, das mich belastet hatte. Plötzlich kam es mir. Die Stimme. Das Flüstern. Es war weg. Keine Befehle mehr, die mir zugeraunt wurden, kein magisches Wispern, das mein Handeln kontrollierte. Ich war also doch nicht wahnsinnig. Ich war beruhigt. Die Kontrolle kehrte tatsächlich zurück. Ich fühlte alte Stärke.

Alles um mich herum war fremd. Ich kannte diesen Teil der Stadt nicht. In meinem Zustand war es auch nicht möglich, jemanden nach dem Weg zu fragen. Jeder, der mich bereits von weitem sah, wechselte rasch die Straßenseite. Alle blickten weg. Der säuerliche Geruch, der von mir ausging, verbesserte meine Situation sicher nicht.

Für sie war ich nur ein Penner. Einer jener Versager, wie es sie heutzutage in rauen Mengen gab. Sie wussten, wie sie mit solchen Gestalten umzugehen hatten. Sie ignorierten sie. Sie ignorierten mich. Ich war ein Aussätziger, ein Fremder. Eigentlich so wie immer und doch irgendwie anders.

Ich konnte diesen Menschen keinen Vorwurf machen. Wahrscheinlich hätte ich mich auch selbst ignoriert. Das war immerhin das Beste, was man tun konnte. Ich lief durch die Straßen. Vielleicht würde ich ein Taxi finden. Die Frage war, ob ich dem Fahrer glaubhaft machen konnte, dass ich ihn nicht überfallen wollte. Würde mir irgendwer glauben, dass ich Geld zu Hause hatte und ihn bezahlen würde, sobald er mich daheim abgesetzt hatte? Taxifahrer waren nicht dumm. Sie hatten Erfahrung mit Pennern und zwielichtigen Gestalten. Niemand würde mich mitnehmen.

Ich beschloss, einfach weiterzulaufen. Ich erinnerte mich einmal mehr daran, dass man immer nur geradeaus gehen musste, um irgendwann das gewünschte Ziel zu erreichen. Die Vernunft gab mir Kraft. Die Logik war mein Verbündeter.

Die Stimme nicht mehr in meinem Kopf zu haben, motivierte mich. Erst jetzt bemerkte ich, wie groß der Einfluss des Flüsterns gewesen war. Ich war mir sicher, dass mich dieses Flüstern entweder in die Bar gezwungen hatte oder mir nur eingeredet hatte, dass ich all das erlebt hätte. Als ich so darüber nachdachte, erschien mir die erste Option besser.

Der Gedanke, irgendetwas könnte meinen Geist so sehr beeinflussen, dass ich mir Dinge einbildete, die niemals geschehen waren, behagte mir nicht. Ich erinnerte mich an ein Zitat, das ich einmal in einem Buch von Nietzsche gelesen hatte. Nichts ist wahr, alles ist erlaubt. Der pure Nihilismus. Nichts für ein Wesen wie mich. Nihilismus war etwas für empfindsame, für fühlende Wesen.

Im Moment wollte ich keines dieser Wesen, nein, ich wollte nicht einmal ein Mensch sein. Wenn ich in der Lage gewesen wäre, mich nach etwas zu sehnen, hätte ich mich in meinen gefühllosen Zustand zurückgewünscht. Ich kam nicht dazu, weiter darüber nachzudenken, denn in diesem Moment hielt ein Polizeiauto neben mir am Straßenrand. Die Tür öffnete sich, ein Mann stieg aus. Er trug eine Uniform. Darunter war deutlich ein Buckel zu erkennen. Statt einer Dienstmarke trug er ein Kreuz.

„Hey, sie da! Sie sind verhaftet!", rief er mir zu und nahm die Handschellen von seinem Gürtel.

Ich wusste nicht, wie ich reagieren sollte. Ich war von der Situation ganz und gar überfordert. Das konnte doch nicht wahr sein. Das war nicht logisch. Wenige Augenblicke später hatte mir der Polizist, wenn er denn einer war, die Handschellen angelegt. Er öffnete die hintere Türe des Streifenwagens. Als ich einstieg, hielt er mir den Kopf, damit ich ihn mir nicht am Türrahmen anstoßen konnte. In meinem Hinterkopf hörte ich die Stimme leise lachen.

Während ich im Streifenwagen auf der Rücksitzbank saß, fühlte ich mich beobachtet. Ständig sah ich die Augen des Fahrers im Rückspiegel. Von hinten betrachtet waren seine Haare jedoch gar nicht so grau. Eher schwarz. Auch von dem Buckel war nichts mehr zu erkennen. Ob er nun eine ordentliche Polizeimarke trug, konnte ich nicht beurteilen, immerhin saß er mit dem Rücken zu mir.

Hatte ich mir das alles nur eingebildet? Was war nur los mit mir? Welcher logische Geist bildet sich so etwas ein? Ich jedenfalls nicht. Zumindest hatte ich bisher noch nie derlei Anwandlungen erlebt. Wenn ich es nicht besser wüsste, würde ich sagen, ich war panisch. Die Ereignisse der letzten Stunden schienen mich übermannt zu haben.

Alles war zu schnell gegangen, als dass mein analytischer Geist dem hätte folgen können. Natürlich fuhr nicht dieser sonderbar bucklige Geistliche den Streifenwagen. Es gab einen ganz rationalen Grund, warum ich hier saß. Ich sah aus wie ein Penner und lungerte auf der Straße herum. Ich hätte mich selbst auch festgenommen.

„Hören sie“, begann ich deswegen. „Es ist nicht so wie sie denken.“

„Das ist es nie“, antwortete der Beamte lapidar.

„Ich bin kein Obdachloser. Ich hatte einfach nur…“, ich überlegte einen Augenblick, bevor ich fortfuhr. „Ich hatte einfach nur eine schlechte Nacht.“

„Das sagen alle“, erwiderte der Polizist gelangweilt.

„Ich habe Geld. Ich habe ein Haus, und ich habe ein Auto“, sagte ich. Wieso ich es für wichtig hielt, ihn über meine Besitzverhältnisse zu informieren, wusste ich nicht. Es war mir einfach so herausgerutscht.

Mein Gehirn schien noch immer nicht ganz einwandfrei zu funktionieren. Ich brauchte Schlaf. Mehr als alles andere. Nach acht Stunden Ruhe würde alles wieder so sein wie zuvor. Ich wäre wieder der unfehlbare Computer, der keine Fehler machte.

„Hören sie“, versuchte ich es erneut. „Ich brauche einfach etwas Ruhe. Ich habe niemandem etwas getan“, versicherte ich dem Beamten.

„Auch das sagen sie alle“, sagte der Polizist.

Er war wirklich ein harter Brocken.
„Und nun seien sie still. Ich nehme sie mit aufs Revier. Dort können sie ihre Geschichte erzählen. Die Kollegen entscheiden dann, was mit ihnen passiert."
Ich musste mich für den Moment geschlagen geben. Ich wusste, dass ich diesen Mann nicht davon überzeugen konnte, mich gehen zu lassen. Auf eine sonderbare Art und Weise strahlte er zudem noch immer eine gewisse Bedrohung aus, obwohl ich mir sicher war, es mit einem ganz normalen Polizeibeamten zu tun zu haben. Fast zumindest. Das gleichmäßige Brummen des Motors schläferte mich ein. Es gab keinen Grund wach zu bleiben, weswegen ich dem Drang meines Körpers nachgab und die Augen schloss. War da etwa gerade wieder das leise Kichern gewesen?

Ein metallisches Scheppern riss mich aus dem Schlaf. Die Autotür war geöffnet worden. Wie lange ich geschlafen hatte, wusste ich nicht. Meine Uhr musste ich irgendwann im Laufe der letzten Stunden verloren haben. Selbst wenn ich sie noch gehabt hätte, hätten mich meine auf dem Rücken zusammengeketteten Hände daran gehindert, die Zeit abzulesen. Es war Tag. Soviel konnte ich sagen. Die Sonne schien mir ins Gesicht. Es machte meine Kopfschmerzen nicht unbedingt besser.
„Los, steigen sie aus!", wies mich der Beamte mit sachlicher Stimme an. Er hatte tatsächlich keine grauen Haare. Ein Kreuz trug er ebenfalls nicht. Seine Dienstmarke funkelte im Sonnenlicht. Die Gewissheit beruhigte mich ein wenig.
Gleichzeitig war ich jedoch zutiefst beunruhigt. Mein Leben lang war mein oberster Grundsatz gewesen, bloß nicht aufzufallen. Wer aus der Masse heraussticht, ist verloren. Bislang war mir das sehr gut gelungen. Jetzt jedoch war ich ein Häftling. Man würde mein Leben durchleuchten. Das war nicht unbedingt meine Traumvorstellung von Anonymität. Besonders in Anbetracht des toten Mannes von letzter Nacht.

Der Barkeeper. War das alles wirklich geschehen? Wenn ja, wie konnte so etwas sein? Wenn nein, was hatte ich dann in der vergangenen Nacht getrieben? Ich konnte mich nicht entscheiden, bei welcher Option es sich um die schlimmere handelte.

Um die Situation nicht noch weiter zu verschärfen, leistete ich dem Beamten Folge. Was hätte ich auch sonst tun sollen. Dieser legte erneut seine Hand auf meinen Kopf, so dass ich mich nicht am Türrahmen stoßen konnte. Ein gut ausgebildeter Mann, dachte ich anerkennend.

Ich beschloss, mich kooperativ zu verhalten. Auf diese Weise konnte ich meine Unbescholtenheit am besten demonstrieren. Ich war kein hirnloser Säufer, sondern ein kultivierter Denker, der auf Grund ungünstiger Umstände hierhergekommen war. Wirklich glaubwürdig klang das nicht, musste ich mir eingestehen. Das war nun einmal ein Nachteil, den ich gegenüber den anderen, den richtigen Menschen hatte: Ich konnte mich nicht selbst belügen.

„Und nun?", wollte ich wissen.

„Jetzt erhalten sie die Möglichkeit, ihre Geschichte zu erzählen", antwortete er.

„Na toll", grummelte ich. Seit wann grummelte ich? Ich war wirklich nicht ganz auf der Höhe.

„Nicht frech werden, mein Freund!", zischte der Beamte gereizt. Seine Stimmung kippte. Ich musste vorsichtig sein.

Ich konnte es ihm nicht verdenken. Mit einem stinkenden Penner auf dem Rücksitz unterwegs zu sein, war sicher nicht die angenehmste Tätigkeit.

„Schon gut, schon gut", beschwichtigte ich ihn.

Er quittierte das Ganze mit einem bösen Blick, sagte aber kein Wort mehr. Wir betraten die Polizeistation. Ich ging vor. Der Beamte wollte scheinbar kein Risiko eingehen. Klug von ihm. Immerhin hatte er es mit einem ehemaligen Auftragskiller zu tun. Aber natürlich konnte er das nicht wissen. Das alles lag ja schon weit zurück. In der Polizeistation herrschte zurückhaltende Betriebsamkeit. Alles schien seine Ordnung zu haben. Ich sah mehrere Uniformierte. Manche führten mit Handschellen gefesselte Männer und Frauen durch die Gänge, andere trugen lediglich Papierstapel.

Mir fiel die überraschend große Zahl an Frauen auf, die sich hier befanden. Verbrechen war für mich immer etwas sehr männliches gewesen. Nicht etwa, weil ich Frauen so etwas nicht zutraute – im Gegenteil, alle Menschen sind gleich – sondern viel mehr, weil ich die Beobachtung gemacht hatte, Frauen würden immer mit allem davonkommen. Männer empfinden grundsätzlich Mitleid mit Frauen, egal, was sie getan haben.

Zum Teil mag das evolutionäre Gründe haben. Entscheidender dürften wohl auch hier Gefühle sein. Auf den zweiten Blick erkannte ich die große Zahl der weiblichen Uniformierten. Das war des Rätsels Lösung. Frauen hatten generell kein Mitleid mit anderen Frauen. Mein Geist schien sich zu klären, und meine analytischen Fähigkeiten kehrten zurück. Ich begann wieder damit, in logischen Bahnen zu denken.

Wenn es mir gelang, mich daran zu halten, würde ich diese Situation unbeschadet überstehen. Wie sich schon bald zeigen sollte, war das jedoch ein Irrtum. Der Beamte führte mich in ein kleines Büro. Dort nahm er mir die Handschellen ab. Ich rieb mir die Handgelenke, die leicht gerötet waren.

„Setzen sie sich. Es wird gleich jemand kommen und ihre Aussage aufnehmen“, wies er mich an und deutete dabei auf einen unbequem aussehenden Metallstuhl, der vor einem kleinen Tisch gleicher Bauart stand.

„Auf Wiedersehen“, sagte er und ging. Ich glaubte ihm nicht. Dieser Mann war sicher froh, wenn er mich nie wiedersehen musste. Die Ironie in seiner Stimme war meinem überreizten Gehirn entgangen.

Ich setzte mich. Der Stuhl war extrem hart, die Rückenlehne stand in einem zu steilen Winkel. Er erinnerte mich an die Kirchenbank. Ich wollte mich nicht daran erinnern. Mit dem Besuch der Kirche hatte das alles hier angefangen. Ich musterte den Raum. Lange dauerte dies jedoch nicht. Außer meinem Stuhl und dem Tisch befand sich nur noch ein zweiter Stuhl, der tatsächlich gepolstert war, in dem Raum. Einen Computer oder eine Schreibmaschine gab es nicht. Wie man hier meine Aussage aufnehmen wollte, war mir schleierhaft.

Bilder hingen keine an den grauen Wänden, der Linoleum-Fußboden sah aus, als wäre er ein Relikt der siebziger Jahre. Wahrscheinlich war er es. Immerhin war er sauber. So wie ich aussah und wie ich mich fühlte, war mir jedes bisschen Ordnung willkommen. Auf der anderen Seite wurde so mein Erscheinungsbild, das sich nicht gerade als salonfähig bezeichnen ließ, nur umso deutlicher.

Die Tür ging auf. Ich drehte meinen Kopf. Eine weibliche Beamtin. Romantische Gefühle kamen in mir dennoch nicht auf. Einerseits lag das an meinem noch immer dröhnenden Schädel, zum anderen an meinem unangenehmen Körpergeruch, zum dritten an meiner Unfähigkeit, überhaupt so etwas wie romantische Gefühle zu empfinden.

Trotzdem war es mir unangenehm, von einer Frau vernommen zu werden. Frauen achteten stärker auf Äußerlichkeiten. Somit waren meine zerrissene Hose, mein fleckiges Hemd sowie mein fehlender Schuh definitiv Minuspunkte.

„Guten Tag“, grüßte sie mich förmlich und nahm sich dabei ihre Mütze ab.

„Guten Tag“, erwiderte ich ebenso schlicht.

Die Hand gab sie mir nicht. Kein Wunder. Ich hätte mir selbst auch nicht die Hand gegeben. Die Beamtin war sehr schön. Bis vor kurzem gab es Uniformhosen nur in Einheitsgrößen. Zwischen den Geschlechtern wurde nicht getrennt. Durch die Änderung wurde die athletische Figur der Beamtin deutlich. Anders als die Polizisten, die man sonst gewohnt war und die sich vor allem durch dicke Bäuche und Bluthochdruck auszeichneten, befand sich diese Frau in hervorragender körperlicher Verfassung.

Auch ihr Gesicht war überaus symmetrisch. Die blonden langen Haare waren streng zu einem Zopf nach hinten gebunden. Anders hätte sie wohl kaum die Mütze aufsetzen können. Blaue Augen strahlten aus gleichmäßigen und großen Augenhöhlen. Wäre ich auf der Suche nach einer Fortpflanzungspartnerin gewesen, hätte diese Frau bislang alle Anforderungen erfüllt.

Ich war allerdings nicht auf der Suche und hegte den Verdacht, dass sie ihrerseits eher Ekel und Abneigung für mich empfand.

Die Beamtin setzte sich mir gegenüber und klappte ein Laptop auf, das sie mitgebracht hatte. So wurden also die Aussagen festgehalten. Außerdem nahm sie ein kleines Aufnahmegerät aus ihrer Hosentasche, drückte einen Knopf und stellte es in die Mitte des Tisches.

„So, dann legen wir mal los", sagte sie. Sie lächelte nicht, doch ihre Stimme klang in Anbetracht der Umstände sehr freundlich und wohlwollend.

„Mein Name ist Claudia Wiesing. Ich werde ihre Vernehmung durchführen", klärte sie mich auf.

Ich nickte und nannte ihr im Gegenzug meinen Namen. Wie ich bereits zu Beginn erwähnte, möchte ich nicht, dass sie meinen Namen kennen.

„Wo wohnen sie?", verlangte sie zu wissen.

Ich nannte ihr meine Adresse. Sie tippte etwas auf dem Laptop. Ich nahm an, dass sie protokollierte.

„Wissen sie, wieso sie hier sind?", fragte sie.

„Nicht wirklich", antwortete ich.

„Haben sie eine Vermutung?", fragte sie weiter nach.

Ich blickte ostentativ an mir herab. „Naja, schauen Sie mich an", sagte ich.

„Nun ja. Ganz frisch sehen sie nicht aus", meinte die Beamtin.

„Sie können mir glauben, normalerweise bin ich sehr gepflegt", versicherte ich ihr.

Sie wirkte nachdenklich, nickte aber.

„Sie hatten keine Ausweispapiere bei sich, als wir sie aufgegriffen haben“, stellte sie fest.

„Das habe ich auch schon bemerkt.“

„Haben sie ihre Geldbörse verloren?“, wollte sie wissen.

„Ich weiß es nicht. Wahrscheinlich. Als ich heute auf der Straße aufgewacht bin, war sie nicht mehr da“, berichtete ich. Die Episode mit dem Dieb, der Mitleid mit mir hatte, ließ ich aus. Ich hatte bereits genug zu erklären.

„Sie sind auf der Straße aufgewacht?“ Sie hob ihre Augenbraue misstrauisch an. Es brachte die Perfektion ihrer Augen noch deutlicher zur Geltung.

„Ich fürchte ja“, gestand ich. „Es war das erste Mal. So etwas ist mir noch nie passiert. Gestern Abend ging ich aus, war in einer Bar und heute Morgen bin ich so, wie ich jetzt aussehe, aufgewacht. Mit einem Kater.“

Aus irgendeinem Grund erzählte ich dieser Frau mehr, als ich sollte. Ich war wohl tatsächlich noch nicht wieder ganz auf der Höhe.

„Sie waren in einer Bar? Wie hieß sie?“ Sie war auf einmal etwas aufgeregt.

Es war kaum wahrnehmbar, aber die Beamtin wollte ganz offensichtlich auf etwas Bestimmtes hinaus.

Ich überlegte, doch wollte mir der Name der Bar nicht einfallen. „Ich kann mich nicht erinnern.“

„Wo befindet sich diese Bar?“, drängte sie.

Daran konnte ich mich ungefähr erinnern. Ich verriet es ihr.

„Sie wissen, dass es dort heute Nacht einen Mord gegeben hat?“ Es hörte sich nicht wie eine Frage an.

Mit dieser Direktheit hatte ich nicht gerechnet, weswegen mir nur ein „äh“ herausrutschte.

„Sie wissen also davon“, stellte die schöne Beamtin fest.

„Nicht wirklich. Alles ist so verschwommen. Ich erinnere mich, dort gewesen zu sein, als ein sonderbarer Mann die Bar betrat. Ich glaube, es war ein Pfarrer…“

Sie unterbrach mich. „Wie bitte? Ein Pfarrer?“ Ihre Stimme wurde lauter. Sie klang ungläubig.

Wieso hatte ich das gesagt? Ich wusste selbst, wie verrückt sich das anhörte. Ich wusste ja nicht einmal, ob all das wirklich geschehen war. Wieder fragte ich mich, was mit mir los war.

„Äh ja, ich glaube schon. Ich habe den Mann schon einmal vorher gesehen. In der Kirche.“ Warum sollte ich jetzt noch etwas zurückhalten? Ich hatte ohnehin schon die Hosen heruntergelassen, wie man so schön sagte.

Die Polizistin rang merklich um Fassung. Sie blickte mich forschend an, schwieg. Schließlich fuhr sie mit ruhiger Stimme fort.

„Na gut. Können sie mir sagen, wo sich diese Kirche befand?“

Ich sagte es ihr. Sie schrieb etwas auf einen Zettel, den sie aus ihrer Tasche zog. Dann entschuldigte sie sich kurz, schaltete den Rekorder ab und verließ den Raum. Ich redete mich um Kopf und Kragen. Alleine die Aussage „Ich kann mich nicht erinnern“ weckte doch automatisch Misstrauen. Normalerweise wären mir solche Fehler sicher nicht unterlaufen. Normalerweise hätte ich eine plausible, bis ins letzte Detail durchdachte Geschichte parat gehabt, die meine Unschuld bewiesen hätte.

Aus irgendeinem Grund war ich jedoch dazu verdammt, die Wahrheit zu sagen. Damit musste ich nun fortfahren, alles andere würde nicht mehr funktionieren. Ich war mir jedoch alles andere als sicher, worin die Wahrheit bestand.

Die Geschichte, von der Bar, dem Pfarrer, den ich zufälligerweise auch noch kannte, und einem toten Barkeeper konnte unmöglich wahr sein. War ich verrückt? Möglich. Nein, eigentlich nicht. Wie konnte jemand, der keine Gefühle hatte, dem Wahnsinn anheimfallen? Entsprang der Wahnsinn nicht immer mangelhaft aufgearbeiteten Gefühlen? Ich wusste nicht mehr, was ich glauben sollte. Ich sehnte mich nach der Sicherheit meiner vier Wände. Ich brauchte Ruhe, Schlaf, Zeit, wieder zu mir selbst zu finden. All das würde ich wohl so bald nicht bekommen. Meine unvorsichtige Aussage machte dies quasi unmöglich.

Die Beamtin trat erneut in den Raum. Schaltete das Aufnahmegerät wieder ein. Sie setzte sich. Blickte mich für einige Augenblicke an. Dann räusperte sie sich.

„Nun, ich habe gerade die Adresse der Kirche überprüft." Sie hielt inne.

Wartete sie etwa darauf, dass ich das kommentierte? Was wusste sie, was ich nicht wusste?

„Und?", fragte ich.

„Die Kirche existiert nicht. Eben so wenig wie der Pfarrer", stellte sie kühl fest.

„Das kann nicht sein", murmelte ich. „Ich verstehe das alles nicht." Ich konnte mir das alles doch nicht eingebildet haben?

Es lag nun schon einige Tage zurück, dass ich die Kirche betreten hatte. Seit wann hatte ich schon keine Kontrolle mehr über das, was um mich herum passierte? Wann hatte ich die Verbindung zur Realität verloren?

„Sie sind verwirrt", stellte sie fest.

„Ich fürchte, sie haben Recht", antwortete ich.

Auf einmal schaltete sie das Aufnahmegerät ab.

„Ich sage ihnen nun, was passiert ist", kündigte sie an.

Wollte ich es wirklich wissen? Ich hatte keine Wahl. Es war nur logisch, herausfinden zu wollen, was sich zugetragen hatte. Dennoch hätte ich es lieber nicht gehört.

„Wir haben jede Menge Zeugen, Gäste in der Bar. Die meisten davon Säufer. Einzeln genommen, zählen ihre Aussagen nicht viel, doch da alle eine übereinstimmende Geschichte erzählt haben, gehen wir davon aus, dass es sich so zugetragen hat."

„Ok?!", sagte ich vorsichtig.

„Wir haben ein Bild von ihnen herumgezeigt. Sie bestätigten uns, dass sie in der Bar waren, aber nichts mit dem Mord zu tun hatten." Eigentlich sollte mich das beruhigen, tat es aber nicht.

Sie fuhr fort. „Ein junger Mann kam in die Bar. Etwa achtzehn, weite Hose, verwaschenes T-Shirt. Sagt ihnen das etwas?"

Der Typ, der mich ausrauben wollte. „Nein", log ich.

„Na gut. Der junge Mann setzte sich an die Theke, bestellte sich eine Cola und trank. Auf jeden Fall wollte er anschließend die Kasse plündern. Als sich der Barkeeper geweigert hat, zog der Mann ein Klappmesser und schnitt dem Barkeeper die Kehle durch", berichtete die Polizistin.

Es war tatsächlich der Junge. Doch ich konnte mich nicht erinnern, ihn in der Bar gesehen zu haben. Es war der Pfarrer gewesen, nicht der Junge!

„Und dann?", fragte ich vorsichtig nach.

„Dann verschwand er."

„Das war's?", wollte ich wissen.

„Die Gäste berichteten, dass sie zum Barkeeper wankten, noch etwas zu trinken bestellten, als wüssten sie nicht, dass er tot sei, und schließlich die Bar verließen, als sie nichts mehr bekamen."

Auch daran konnte ich mich nicht erinnern. Es war doch alles ganz anders gewesen. Oder?

Sie sah mich erwartungsvoll an.

„Ich weiß nicht, was ich sagen soll. Alles ist so verschwommen", gestand ich.

Sie nickte. „Das merke ich." Ihre Stimme klang mitleidig.

„Wir haben auch sie überprüft", sagte sie. „Wohlhabend, wirtschaftlich erfolgreich, keine Familie, ein Einzelgänger. Stimmt das soweit?"

„Ja", antwortete ich. Es stimmte.

„Noch nie mit dem Gesetz in Konflikt geraten. Eine völlig reine Weste", fuhr sie fort.

„Ja", antwortete ich wieder. Zumindest war ich nie eines Verbrechens überführt worden.

„Was ist mit ihnen passiert? Wir wissen, dass sie mit dem Mord nichts zu tun haben, aber was verschlägt einen wohlhabenden und erfolgreichen Mann wie sie in eine heruntergekommene Kneipe? Was ist passiert, dass sie am nächsten Morgen völlig zerstört in der Gosse aufgewacht sind?"

Ich konnte nur den Kopf schütteln. Ich wusste es nicht.

Warum hatte sie den Rekorder ausgeschaltet? Wollte sie nicht, dass jemand mitbekam, wie persönlich sie mit mir sprach? War es nur ein Trick? Was war hier los? War etwa auch diese Episode nur eine Einbildung? Existierte Claudia Wiesing ebenso wenig wie der Pfarrer und die Kirche?

„Was geschieht jetzt?“, wollte ich wissen. „Ich würde mich gerne frisch machen. Ich bin es nicht gewohnt zu stinken und wie ein Penner auszusehen. Normalerweise habe ich auch zwei Schuhe an und nicht nur einen.“

Sie lächelte mich an. Es sah ehrlich aus. „Ich glaube ihnen“, sagte sie. „Sie sind kein Verdächtiger. Vielleicht brauchen wir sie noch als Zeugen, doch in Anbetracht der Tatsache, dass wir eine ganze Bar voll davon haben und sie sich nicht klar erinnern können, brauchen wir sie wahrscheinlich nicht einmal dafür.“

„Also kann ich nach Hause?“, fragte ich.

Ihr Lächeln wich einem traurigen Gesichtsausdruck als sie sagte: „Wenn es nach mir ginge, ja. Ich denke, dass sie nur einen kleinen Aussetzer hatten. Das kann jedem einmal passieren.“

„Aber?“, bohrte ich nach.

„Ich habe das nicht zu entscheiden. Meine Vorgesetzten sind der Meinung, dass sie Hilfe benötigen. Zumindest vorrübergehend.“, erklärte sie.

Mir schwante nichts Gutes. „Das heißt?“

„Sie werden von hier aus direkt in die städtische Psychiatrie gebracht. Dort sollen sie sich erholen“, sagte sie.

Ich hatte zwei Möglichkeiten. Mich beschweren, auf den Putz hauen und drohen wäre die erste Variante. Doch was hätte das geändert? Wahrscheinlich hätte dies meine Lage nur noch schlimmer gemacht. Das konnte ich nicht riskieren.

Möglichkeit zwei bestand darin, es zu akzeptieren. Wie schlimm konnte es schon werden. Und vielleicht fand ich zumindest in dem Krankenhaus ein wenig Ruhe.

„Ich verstehe“, sagte ich deshalb ruhig.

Wir schwiegen. Als ich zu ihr aufblickte, lächelte sie mich aufmunternd an. „Kommen sie, ich bringe sie in die Waschräume. Dort können sie sich frisch machen. Ein paar neue Kleider finden wir sicher auch für sie. Danach sieht die Welt schon anders aus."

Ganz sicher würde die Welt danach auch nicht viel anders aussehen. Dennoch stand ich auf und folgte ihr. Vielleicht war ich in einer Psychiatrie wirklich gut aufgehoben. Nach allem was geschehen war, konnte ich mir meiner selbst nicht mehr sicher sein. Vielleicht war ich wirklich wahnsinnig. Ich versuchte ihr Lächeln zu erwidern. Ich hatte mein Leben lang daran gearbeitet, ein künstliches Lächeln aufzusetzen, das die Menschen überzeugte. Es war perfekt. Claudia Wiesings Miene hellte sich auf, als sie mich lächeln sah.

„Danke", sagte ich und blickte ihr dabei in die Augen.

Geisteskrank

Ich versuchte, meine Situation sachlich zu bewerten. Außer der Vernunft und der Logik war mir nichts geblieben. Und selbst was das anging, war ich mir nicht mehr ganz sicher. Wie immer versuchte ich mich an einer Analyse der Lage.

Ich befand mich in einer geschlossenen Anstalt. Wenn ich darüber nachdachte, was in der letzten Zeit alles geschehen war, musste ich zugeben, mich dort wohl zu Recht zu befinden. Ich vertrat immer die Meinung, Ordnung musste sein, wollte man auf zivilisierte Weise zusammenleben. Damit sieben Milliarden Menschen nebeneinander existieren konnten, war Ordnung unerlässlich.

Deswegen hatte ich auch nie etwas für so genannte Messies – man machte aus Unordentlichkeit doch tatsächlich eine Krankheit –, Penner und Obdachlose übrig. Meiner Meinung nach versuchten all diese Menschen, ihren heruntergekommenen Zustand auf die äußeren Umstände zu schieben. Ich hielt all das für Ausreden.

Jeder konnte ein wenig Ordnung an den Tag legen. Vollkommen egal, wie viel Geld er besaß oder unter welchen Krankheiten er litt. Alle, die dies nicht schafften, gehörten weggesperrt. Es kam mir wie Ironie des Schicksals vor, nun selbst von alledem betroffen zu sein. So wie mich die Polizei auf der Straße aufgelesen hatte, war ich zu Recht in dieser Einrichtung.

Hinzu kam meine wirre Geschichte, die zum Teil wahr, zum anderen Teil jedoch der puren Phantasie entsprungen zu sein schien. Da half mir auch die Polizeibeamtin und ihre Überzeugung, ich sei ganz normal und hatte nur einen Aussetzer, nicht. Ich selbst hielt mich nicht für gesund. Etwas stimmte nicht mit mir. Noch immer war ich mir sicher, nicht geisteskrank sein zu können. Ohne Gefühle ging das nun einmal nicht. Wie sich allerdings all das Geschehene erklären ließ, dafür hatte ich ebenfalls keine Antwort. Vielleicht war ich doch krank? Ein Gehirntumor kam mir in den Sinn. Ich artikulierte meine Befürchtung bei dem Aufnahmegespräch mit dem betreuenden Arzt.

„Ich fürchte, dass ich unter einem Tumor leiden könnte", ließ ich ihn wissen.

„Wie kommen sie darauf?", fragte er.

„Sehen sie mich an", forderte ich ihn auf. Zwar hatte ich es der fürsorglichen Ader der Polizeibeamtin zu verdanken, dass ich mich vor meinem Abtransport aus dem Polizeirevier frisch machen konnte, eine wirkliche Verbesserung war jedoch nicht zu erkennen. Ich war nach wie vor von oben bis unten verdreckt.

Wie sich außerdem herausstellen sollte, war es doch nicht so einfach gewesen, neue Kleider für mich aufzutreiben, weswegen ich nach wie vor in meinen zerschlissenen herumlaufen musste. Lediglich das Problem mit dem fehlenden Schuh konnte auf dem Revier geklärt werden. Nach langem Zureden seitens der Polizistin hatte einer ihrer Kollegen eingewilligt, mir seine Badeschuhe zu geben.

Auf diese Weise musste ich nicht mehr mit nur einem Schuh herumlaufen. Ob die billigen Badeschuhe jedoch eine wirkliche Steigerung zu meinem teuren, nun im wahrsten Sinne des Wortes einzigartigen, italienischen Halbschuh darstellte, wagte ich zu bezweifeln. Dennoch tat ich so, als wäre ich der Polizistin dankbar und nahm die Badeschuhe an. Ich versprach ihr, mich zu revanchieren. Sie winkte lächelnd ab.

„Schon in Ordnung", versicherte sie mir. Warum war sie so nett zu mir? Ich verstand auch das nicht wirklich.

Sie musste tagtäglich mit Pennern zu tun haben. Eigentlich müsste sie doch da eher abweisend sein. Warum war das jedoch nicht der Fall? Ich fragte mich zudem, ob sie gegenüber allen Menschen diese Freundlichkeit an den Tag legte oder ob dies nur bei mir der Fall war. Stellen sie sich vor, als ich dem verantwortlichen Polizisten zum Transport in die psychiatrische Einrichtung übergeben werden sollte, winkte die Polizistin sogar ab und bestand darauf, mich persönlich dorthin zu bringen. Die zwischenzeitlich wieder angelegten Handschellen nahm sie mir im Streifenwagen ab.

„Die brauchen sie doch sicher nicht", meinte sie.

Sie schien mir allen Ernstes zu vertrauen. Dass ich selbst nicht verrückt sein konnte, war mir klar. Was jedoch den Geisteszustand der Polizistin betraf, war ich mir diesbezüglich alles andere als sicher. Ihr Verhalten war definitiv nicht logisch. Sie hatte keinen Grund, so nett zu mir zu sein, und noch weniger Grund, mir auch nur im Ansatz zu vertrauen. Dennoch tat sie es.

Auch das war sicher wieder so eine Gefühlssache. Gefühle schienen unglaublich stark zu sein. Normalerweise wäre ich neugierig zu erfahren, wie sich so etwas anfühlte. Im Moment allerdings konnte ich auf Gefühle verzichten. Ich wollte nur wieder aus dieser Einrichtung heraus, nie wieder skurrile Einbildungen haben und in mein altes, kaltes Leben zurückkehren. So schnell würde das jedoch nicht geschehen. Das wurde mir bewusst, als ich mit dem Psychiater sprach.

„Sie sehen nicht krank aus", meinte er zu mir. „Erschöpft sicher, aber keineswegs krank."

„Sind sie blind?", herrschte ich ihn an. Schon wieder verlor ich die Kontrolle.

„Nein, im Gegenteil. Was ich sehe, ist ein Mann überaus sportlicher Figur. Aus ihren Akten entnehme ich, dass sie niemals wirklich krank waren oder es zumindest keine Hinweise darauf gibt. Außerdem haben mir die Kollegen der Polizei verraten, dass sie ein überaus erfolgreicher Geschäftsmann sind."

„Und deswegen kann ich keinen Tumor haben?", fragte ich diesmal mit weniger scharfer Stimme.

„Wissen sie, die Art Halluzinationen, unter denen sie zu leiden scheinen, sind sicher nicht das Produkt einer Krankheit im klassischen Sinne", erkläre er mir.

„Sondern?", fragte ich.

„Nun ja, um das herauszufinden, sind sie hier."

„Und wenn sie nichts finden?“ Ich wusste, dass man nichts finden würde. Ich war nicht psychisch krank, konnte es nicht sein.

„Dann sehen wir weiter“, sagte der Arzt.

Ich hatte den Eindruck, die Zweifel in der Stimme des Mannes zu hören. Der Arzt meinte es nicht ehrlich mit mir. Er glaubte wohl selbst nicht daran, mein Problem lösen zu können. Auf den Block vor sich schrieb er wahrscheinlich in diesem Moment den Medikamentenmix zusammen, den er mir den Rest meines Lebens verabreichen wollte, um mich ruhig zu stellen. Oder er malte ein Bild. Man konnte nie wissen.

Natürlich würde und konnte ich eine lebenslange Sicherungsverwahrung niemals zulassen. Ich musste mein Leben wieder in die eigenen Hände nehmen. Keine Verrücktheiten mehr.

„So, und jetzt schlage ich vor, dass sie ein Pfleger ins Bad begleitet. Dort können sie sich waschen. Danach sieht doch alles schon wieder anders aus“, meinte der Arzt.

Ich nickte stumm. Warum glaubte alle, die Welt würde durch einen Besuch im Badezimmer anders aussehen? Unter „begleiten“ verstand der Arzt wohl eher eskortieren. Der weißgekleidete Pfleger wich mir nicht von der Seite. Als ich meine zerschlissenen Kleider ablegte, um zu duschen, war er anwesend.

Es war mir nicht erlaubt, den Duschvorhang zuzuziehen. Der Pfleger betrachtete alles mit strenger Miene. Hätte ich über Gefühle verfügt, wäre mir das Ganze womöglich unangenehm gewesen. Vielleicht wäre ich sogar errötet. So jedoch war es mir eigentlich egal. Ich hatte nichts zu verbergen. Im Gegenteil - ich war sicherlich ansehnlicher und besser ausgestattet als die Mehrheit der Menschen. Insofern sollte er ruhig dabei sein. Vielleicht war der Pfleger sogar neidisch. Ich konnte seinen deutlichen Bauchansatz unter dem weißen T-Shirt allzu deutlich erkennen.

Während ich mich duschte, kam ein anderer Pfleger und brachte Kleidung. Ich bildete mir ein, einen eindeutig neidischen Blick gesehen zu haben, den er mir zuwarf. Der zweite Pfleger war nicht nur etwas, sondern sogar sehr dick. Zwar war auch er in weiß gekleidet, jedoch entdeckte ich auf seinem T-Shirt zahlreiche Flecken. *Wahrscheinlich hat es in der Kantine Nudeln gegeben,* dachte ich.

Die Kleider waren nicht besonders ansehnlich. Ein weißer Pullover, der auf der Haut kratzte und nicht dem Qualitätsstandard entsprach, den ich sonst trug, eine Hose aus demselben Stoff, die am Bund zu eng, dafür aber an den Beinen zu kurz war, und leichte Schlappen, die hinten offen waren und keine Schnürsenkel besaßen. Scheinbar hatte man wirklich Angst, ich könnte mir etwas antun.

Als ich mir die Zähne geputzt, die Haare getrocknet und mich rasiert hatte – dieser Vorgang wurde besonders gründlich von dem Pfleger beobachtet, obwohl die stumpfe Klinge, die man mir zur Rasur gab, wohl kaum meine Haut hätte durchdringen können – brachte er mich in mein Zimmer.

Hatte ich das Vernehmungszimmer auf dem Polizeirevier bereits für trostlos gehalten, so wurde es von diesem Zimmer noch vom Thron gestoßen. Alles war weiß, der Boden weich gepolstert, ebenso wie die Wände. Es gab kein Bett, keine Einrichtung, nichts. Ein leerer weißer Raum mit gepolsterten Wänden. Wofür hielt man mich hier?

Immerhin legte mir niemand eine Zwangsjacke an. Als ich das Zimmer betreten hatte, schlug der Pfleger hinter mir die Tür zu. Er war wohl kein großer Redner, denn er sagte dabei kein Wort. Ich konnte mich nicht erinnern, überhaupt schon einmal einen Laut von ihm gehört zu haben. Er war wohl eher der stille Typ. Oder zu faul zu sprechen. Viel gab es nicht zu tun.

Mit der Analyse meiner Umgebung war ich bereits nach zehn Sekunden fertig. Zu sehen gab es nichts. Also ging ich in die hinterste Ecke des Würfels, legte mich auf den weichen Boden, verwendete die Hände als Kissen und schloss die Augen.

Ich war Pragmatist, und mein Verstand sagte mir, wie dringend nötig ich Schlaf hatte. Wenn ich nur wieder frisch und ausgeruht war, würde ich auch wieder klar denken können. Dann sollte es ein Leichtes sein, wieder aus dieser Anstalt zu verschwinden. Ich schlief schnell ein. Danach sah die Welt ganz sicher wieder anders aus. Das sagten zumindest alle.

Ein Stich weckte mich. Als ich aufsah, stand dort der Pfleger.

„Ganz ruhig", grummelte er, war dabei kaum zu verstehen. Immerhin wusste ich jetzt, dass er reden konnte. Doch nicht stumm.

„Ich nehme nur etwas Blut ab", erklärte er weiter.

„Warum?", verlangte ich zu wissen.

Er zuckte mit den Schultern. Ich wartete, doch eine Antwort kam nicht mehr. Das Schulterzucken war wohl seine Antwort gewesen.

Dann ging er wieder. Ich schlief erneut ein.

Als ich erwachte, war ich alleine in dem hellen Raum. Es schien hier immer das Licht zu brennen, auch wenn ich natürlich nicht die Lichtquelle ausmachen konnte. Scheinbar lag sie irgendwo geschützt hinter einem Wandpaneel. Nach einiger Zeit öffnete sich die Tür. Ich hatte keine Ahnung, wie lange ich schon hier war. Ich selbst hatte nichts außer dem Pullover, der Hose und den Schlappen, und es war nicht weiter verwunderlich, dass in dem Zimmer keine Uhr hing. Wobei ich noch nie von einem uhrenbedingten Suizid gehört hatte. Diesmal trat der zweite Pfleger ein. Zwischenzeitlich musste er sich umgezogen haben, denn das neue T-Shirt, das er trug, war beinahe sauber.

„Der Doktor erwartet sie", sagte er gelangweilt.

Ich stand auf. Der Pfleger bestand darauf, mir zu folgen. Er führte mich in ein kleines Zimmer. Hier gab es wenigstens einen Tisch und zwei Stühle. An der Wand hingen Bilder von Winterlandschaften. Nicht sehr stilvoll, aber immerhin besser als nur weiße Wände. Der Dicke blieb so lange bei mir, bis der Arzt eintrat und ihm bedeutete zu gehen.

„Wie geht es ihnen heute?", erkundigte er sich.

„Gut. Ich habe nur etwas Schlaf gebraucht."

„Das freut mich zu hören. Glauben sie immer noch, dass sie unter einem Tumor leiden?", fragte er.

„Ich weiß es nicht. Wenn ich hier raus bin, werde ich es prüfen lassen", kündigte ich an.

„Nun, das könnte noch eine Weile dauern", sagte der Arzt vorsichtig.

„Was soll das heißen?", verlangte ich zu erfahren.

„Schauen wir erst einmal, wie es ihnen geht. Erzählen Sie mir doch noch einmal, was genau vorgefallen ist. Alles, was ihnen einfällt."

Ich erzählte ihm also von der Kirche, von der Bar und davon, wie ich auf der Straße wieder aufgewacht war. Ich erzählte es so, wie ich es in Erinnerung hatte. Ich wusste nicht genau über den tatsächlichen Ablauf der Ereignisse Bescheid, weswegen Lügen wenig Aussicht auf Erfolg hatten.

„Hm", machte der Arzt, als ich mit meinen Ausführungen am Ende war.

„Und sie sind davon überzeugt, dass der Pfarrer der gleiche Mann war wie der mutmaßliche Mörder?", hakte er nach.

„Für mich sah es so aus", erwiderte ich.

„Was ist mit dem Jungen mit dem Messer? Haben sie den gesehen?"

„Nein." Ich hatte bei der Polizei gelogen und war mir ziemlich sicher, dass der Psychiater die Berichte vorliegen hatte. Ich beschloss, bei meiner ursprünglichen Geschichte zu bleiben. Ich hatte mich bereits in genügend Widersprüche verstrickt.

„Hören sie Stimmen?", fragte der Arzt auf einmal.

Stimmen? Woher wusste der Mann davon? Ich hatte der Polizei nichts davon gesagt und auch in dem ersten Gespräch mit dem Psychiater kein Wort darüber verloren.

Der Arzt schien mein Zögern zu bemerken. „Das fasse ich einmal als „Ja" auf."

Ich schwieg. Fassungslos.

„Wie hört sich die Stimme an? Was sagt sie?“, fragte er.

„Sie lacht“, antwortete ich. Es machte keinen Sinn mehr auszuweichen.

„Sie lacht?“

„Ja.“

„Mehr nicht?“

„Nein.“

„Ich verstehe“, sagte der Arzt nachdenklich. „Hören sie die Stimme auch jetzt gerade?“

„Nein. Ich habe sie seit ich hier bin, nicht mehr gehört. Sie war bestimmt nur eine Folge meiner Ermüdung. Jetzt bin ich ausgeschlafen. Es geht mir gut. Lassen sie mich nach Hause“, forderte ich.

„Das geht nicht“, erwiderte der Arzt. „Sie haben zugegeben, Stimmen zu hören, und ihre Version von den Ereignissen in der Bar hat nicht viel mit der Realität gemein. Außerdem sind sie davon überzeugt, in einer Kirche gewesen zu sein, die nicht existiert, und mit einem Pfarrer Kontakt gehabt zu haben, der nicht auffindbar ist. Finden sie, dass das normal klingt?“

„Nein“, musste ich zugeben. „Aber ich bin nicht wahnsinnig“, beharrte ich.

„Nein, ganz sicher nicht. Aber krank.“

„Ich bin auch nicht krank.“ Ich beschloss, alles auf eine Karte zu setzen. Schlimmer konnte es kaum werden.

„Was glauben sie, ist die Vorrausetzung dafür, verrückt zu sein?“, wollte ich von ihm wissen.

„Sie sind nicht verrückt, sie sind krank“, der Mann drehte mir die Worte im Munde um.

„Sie wissen, was ich meine“, beharrte ich.

„Nun ja, die meisten meiner Patienten haben ein überaus intensives Gefühlsleben“, erklärte er.

Genau. Gefühle. Das, was ich nicht hatte.

„Unterliegen sie der Schweigepflicht?“, fragte ich den Psychiater.

„Natürlich“, bestätigte er.

„Na gut. Ich kann nicht wahnsinnig, irre, verrückt oder krank sein. Ich habe keine Gefühle. Ich bin kein empfindungsfähiges Wesen. In meinem Leben herrscht nur der Verstand - sonst nichts. Ich suche zwar nach meinen Gefühlen und möchte sie finden, doch bislang war ich damit nicht erfolgreich. Sie sehen also, da ich keine Gefühle habe, kann ich auch nicht verrückt sein“, ich beendete meine Ausführungen und wartete auf seine Reaktion.

Nie zuvor hatte ich über meine fehlenden Gefühle gesprochen. Nicht einmal mit meinen Eltern. Nur meine ehemalige Gefährtin wusste davon, und die war tot. Ich empfand keine Trauer, als ich an sie und ihren Tod dachte. Ich war noch immer der Alte. Kalt.

„Hm“, machte der Arzt. „Sie behaupten also, keine Gefühle zu haben?“, fragte er nach.

„Ja“, antwortete ich ruhig.

„Wie erklären sie sich dann ihre Halluzinationen, wenn wir es einmal so nennen wollen? Wie erklären sie sich, dass sie einen Menschen und sogar ein Gebäude gesehen haben, welche nicht existieren? Wie erklären sie sich, dass sie verwahrlost in der Gosse aufwachen und nicht wissen, wo sie sind?“

Darüber musste ich nachdenken. All das waren gute Fragen. Ich hatte keine Erklärung dafür. Doch ich wusste, dass ich etwas antworten musste.

„Alkohol“, sagte ich.

„Alkohol?“ Er sah mich ungläubig an.

„Genau“, bestätigte ich ihm. „Ich habe zu viel getrunken. Bis vor kurzem habe ich überhaupt keine alkoholischen Getränke zu mir genommen. Scheinbar war mein Körper nicht auf die Wirkung vorbereitet. Deswegen habe ich mir wohl Dinge eingebildet, die nie stattgefunden haben.“

„Und die Stimme?“

„Ist weg, seitdem mein Blut frei vom Alkohol ist“, erklärte ich.

„Sie behaupten also keine Gefühle zu haben, und dass nur der Alkohol schuld an ihrer derzeitigen Situation sei?", er ließ nicht locker.

„Ganz genau", bekräftigte ich. Ich fand, dass meine Geschichte plausibel klang.

„Es tut mir leid, aber ich befürchte, wir müssen sie noch länger hier behalten", sagte der Arzt nach einer Minute des Schweigens. Seine Stimme klang nicht wirklich bedauernd. Ich glaubte nicht, dass es ihm wirklich leidtat.

„Warum?", fragte ich fassungslos. „Ich habe ihnen doch alles erklärt! Es gibt keinen Grund, mich hierzubehalten!"

Der Arzt drückte auf einen roten Knopf, der im Tisch eingebaut war und einen starken Kontrast zu dem ansonsten vorherrschenden weiß bildete.

Sekunden später öffnete sich die Tür. Diesmal kam nicht nur ein Pfleger herein, sondern gleich zwei. Der Stille und der Dicke. Jeder von ihnen nahm einen meiner Arme. Sie zerrten mich hoch und schoben mich aus dem Raum.

„Ich bin gesund!", rief ich in den Raum. Ich wollte mich nicht einfach geschlagen geben. Vielleicht wirkte mein Verhalten uneinsichtig.

Die Pfleger warfen mich regelrecht in mein Zimmer. Dann schlugen sie die Tür zu. Ich war müde, erschöpft. Scheinbar war ich nicht in der Lage, die Kontrolle zurückzuerobern. Ich zog mich in meine Schlafecke zurück.

Auf einmal hörte ich wieder die Stimme. Sie lachte.

Wie schnell sich doch ein Leben verändern kann. In einem Moment war ich noch frei, wenn auch vollkommen frei jeden Gefühls. Nur einen Wimpernschlag später war ich gefangen, wegen Gefühlen, die zu spüren ich nicht in der Lage war. Ich befand mich nun schon seit einiger Zeit in der Anstalt. Wie lange genau, das vermochte ich nicht zu sagen. Ich hatte eben so wenig Zugang zu einem Kalender, wie ich Zugang zu einer Uhr hatte. Für mich existierte weder Tag noch Nacht. Wochentage? Was bedeuteten sie schon.

Ich war gefangen in meinem Plüschwürfel. Meine einzigen Ausflüge bestanden in unregelmäßigen Gesprächen mit dem Arzt. Ich wusste nicht einmal seinen Namen. Er hatte ihn mir am ersten Tag genannt, doch da hatte er mich nicht interessiert.

Damals war ich davon ausgegangen, innerhalb kürzester Zeit wieder von diesem Ort zu verschwinden. Als ich erkannte, dass dem nicht so sein würde, war es zu spät. Ihn jetzt noch einmal nach seinem Namen zu fragen, würde für ihn ein weiteres Indiz für meinen verwirrten Geist darstellen. Ich konnte mir nicht vorstellen, dass das meine Situation noch verschlimmern konnte, aber ich wollte kein Risiko eingehen.

Zumindest die Zwangsjacke sowie eine Elektroschocktherapie waren mir bislang erspart geblieben, und ich hatte nicht vor, ihr Kennenlernen zu provozieren. Neben dem namenlosen Arzt kamen abwechselnd der Dicke und der Stille in meine Zelle. Der Dicke brachte das Essen. Ich glaube, er selbst aß jedes Mal einen Teil davon, weswegen die Portionen sehr klein ausfielen. Beschweren konnte ich mich darüber freilich nicht. Wem würde man wohl eher Glauben schenken? Einem anerkannten Pfleger oder einem Verrückten?

Um der Wahrheit die Ehre zu geben, wusste ich nicht einmal, bei wem ich mich überhaupt beschweren sollte. Ich hatte keinen Kontakt zur Verwaltung. Diejenigen, die ihn hätten herstellen können, waren der Dicke, den ich anklagen wollte, der Stille, der kaum in der Lage war zu sprechen, und der Namenlose, der mich für verrückt hielt. Keine besonders verlässlichen Verbündeten, wie ich zugeben musste.

Eigentlich war es auch nicht so wichtig. Als schmackhaft konnte man das Essen ohnehin nicht bezeichnen und das wenige, was sich noch auf meinem Teller befand, reichte sicherlich zum Überleben. Vielleicht würde das Ganze eine andere positive Entwicklung nehmen.

Der Bauch des Dicken wurde immer größer. Wenn er nur lange genug von meinem Teller naschte, würde er sicherlich irgendwann einem Herzanfall erliegen. Vielleicht würde sein Nachfolger zuvorkommender sein. So wie der Dicke für die Essensverteilung zuständig war, so war es die Aufgabe des Stillen, mir irgendwelche Psychopharmaka zu verabreichen. Diese sollten meine Gefühle kontrollieren. Auf mich hatten diese natürlich nicht die geringste Wirkung. Welche Gefühle hätten sie schon kontrollieren können?

Bei jedem Treffen mit dem Arzt schaute dieser in seine Unterlagen und murmelte dann: „Hm, da müssen wir die Dosis wohl noch etwas erhöhen." Und das tat er dann auch. Ohne Wirkung.

Für mich war meine Immunität gegen diese Mittel ein deutliches Zeichen dafür, wirklich keine Gefühle zu besitzen. Und das trotz meiner Eskapade in der Bar und der Stimme, die ich immer wieder hörte. Diese schwieg übrigens seit einiger Zeit.

Ich war meinem Ziel noch immer nicht näher gekommen. Ich war kein Mensch. Die Stimme hörte ich übrigens tatsächlich nicht mehr. Ich wertete dies als ein gutes Zeichen. Natürlich änderte das nichts an meinem Problem. Ich war noch immer hier gefangen. Ich hatte keine Ahnung, wie ich aus der Anstalt herauskommen sollte.

Der Ablauf eines jeden Treffens mit dem namenlosen Arzt verlief gleich. Ich erzählte meine Geschichte, und er bestand darauf, mich als krank zu bezeichnen. Dann schaute er in seine Unterlagen, erhöhte die Dosis, und ich wurde in meine Zelle zurückgebracht. Für gewöhnlich war ich ein sehr geduldiger Mensch, doch das alles war eine furchtbare Zeitverschwendung. Immerhin gab es wichtigere Dinge zu tun, als in einer wattierten Zelle zu sitzen und weiße Wände anzustarren.

Eines Tages schließlich war die Zeit des Wartens überraschend vorbei. Die Zellentür ging auf. Ich rechnete mit dem Stillen, denn war meine Injektion lange überfällig. Auch der Dicke war es nicht – war er etwa schon tot?

Es war die Polizistin! Claudia Wiesing. Lächelnd trat sie ein. Die Tür hinter ihr blieb offen. Hinter ihr war weder der Dicke noch der Stille. Nur der leere Gang.

„Hallo“, sagte sie freundlich.

„Hallo?“, erwiderte ich vorsichtig.

„Erinnern sie sich noch an mich?“, wollte sie wissen.

„Natürlich Frau Kommissar“, antwortete ich. Ich wusste, dass Amtspersonen gerne mit ihren Titeln angesprochen wurden. Ich dachte mir, es könne nicht schaden, ihr ein wenig zu Schmeicheln.

„Schauen sie nicht so ungläubig, ich bin es wirklich!“, versicherte sie mir.

Ihr Lächeln wurde noch ein wenig breiter. „Nennen sie mich Claudia.“

„Ok, Claudia“, ich bot ihr ebenfalls den Vornamen an. Wir blieben beim „Sie“. Etwas Förmlichkeit musste sein. Ihnen verrate ich meinen Vornamen übrigens auch jetzt nicht. Sie wissen ja, wie ich dazu stehe.

„Verzeihen sie meine Frage, aber was machen sie hier?“, fragte ich.

Ihr Lächeln wurde noch strahlender. Es gab nicht viele Frauen, bei denen die Symmetrie des Gesichtes beim Lachen erhalten blieb. Bei den meisten sah es aus wie eine widerliche Fratze, wenn sie lachten. Deswegen mochte ich keine lachenden Frauen. Bis heute. Bei Claudia änderte selbst das breiteste Lachen nichts an ihren ebenmäßigen Gesichtszügen.

„Ich bin hier, um sie herauszuholen“, sagte sie.

„Wie bitte?“, fragte ich ungläubig.

„Sie sind entlassen! Oder fühlen sie sich hier so wohl, dass Sie bleiben möchten? Ich könnte es verstehen. Sieht sehr gemütlich aus hier. Hell und weich, wer mag das nicht.“ Sie lachte. Zum Glück war es nicht das Lachen des Pfarrers.

„Nein, nein“, beeilte ich mich zu versichern. „Ich will raus hier! Ich bin nicht verrückt. Ich habe hier nichts zu suchen!“

„Da stimme ich ihnen zu“, sagte Claudia.

„Wenn die Frage erlaubt ist, wieso werde ich auf einmal entlassen?“, wollte ich wissen. Der namenlose Arzt hatte wohl kaum seine Meinung geändert.

Claudias Lächeln wurde auf einmal etwas kleiner. Sie berichtete mir, dass er gestorben sei. Dr. Mayerhofer – so hieß er also – litt an einem Gehirntumor. Er war gestern gestorben. Und ich hatte mich schon gewundert, wieso ich so lange keinen Termin mehr mit ihm hatte.

Ironie des Schicksals. Der Mann, der behauptete, an mir erkennen zu können, ob ich einen Tumor hatte oder nicht, konnte es bei sich selbst nicht erkennen. Claudia berichtete weiterhin von der Überprüfung aller Fälle, die die Klinikleitung vorgenommen hatte. Dabei wurde ich anhand meiner Unterlagen für vollkommen gesund erklärt.

„Einfach so?“, fragte ich ungläubig.

„Naja“, gab sie mit einem verschmitzten Lächeln zu. „Vielleicht habe ich etwas nachgeholfen."

„Warum?“, wollte ich wissen.

„Weil ich sie mag“, antwortete Claudia.

Diese Antwort erstaunte mich. Wie konnte sie mich mögen? Sie kannte mich gar nicht. Das wenige, was sie von mir wusste, war eine sonderbare Geschichte und meine stinkenden Kleider. Das konnte doch in niemandes Augen sympathisch sein. Gefühle – ich verstand sie einfach nicht. Dennoch setzte ich mein nettestes Lächeln auf. Es fiel mir ein wenig schwer. Ich hatte lange nicht geübt. Es gab einfach schon seit einer ganzen Weile keinen Grund mehr zu lächeln.

„Ich mag sie auch, Claudia!“, versicherte ich ihr.

Es schien sie zu freuen, denn ihr Lachen war erneut strahlend.

„Ach ja“, sagte sie. „Ich dachte, sie würden gerne andere Kleider tragen. Bei der Durchsuchung ihres Hauses habe ich einfach etwas für sie mitgenommen. Ich hoffe, sie sind mir deshalb nicht böse?“

„Nein, natürlich nicht. Ich danke ihnen!“

Sie hatten mein Haus durchsucht? Warum? Was hatten sie geglaubt, dort zu finden? Es gefiel mir nicht, dass sie das getan hatten. Böse war ich dennoch nicht. Ich konnte niemals böse sein. In diesem Moment kam mir das sehr zu Gute.

Sie gab mir eine Tüte. „Ich warte draußen, dann können sie sich in Ruhe umziehen." Sie verließ mein Zimmer und lehnte die Tür an.

In Filmen, wie ich sie mir nie ansehen würde, wäre jetzt wohl wieder das teuflische Lachen ertönt und die Tür für immer ins Schloss gefallen. Es geschah jedoch nichts dergleichen. Ich zog mich aus. Mein Körper war nach wie vor in hervorragender Form. Ein leerer Raum hat nicht viele Vorteile. Einer davon war jedoch, viel Platz für Kraftübungen zu haben. So war es mir möglich, zumindest nicht zu verweichlichen. Komisch, dass mich niemand davonabgehalten hatte. Natürlich dürfte meine Ausdauer dahin sein. Ich musste daran arbeiten.

Dann zog ich die neuen Kleider an. Ein bequemes Hemd, das nicht kratzte, eine locker sitzende Hose, da ich abgenommen hatte – daran war der Dicke schuld –, Unterwäsche und ein Schuh. Nur einer? Wo war der zweite? Die Tüte war leer. Ich ging zur Tür, öffnete sie vollends. Claudia stand dort, drehte sich zu mir um und kicherte.

„Suchen sie den zweiten Schuh? Ich dachte, sie tragen immer nur einen!" Sie prustete laut los. Ich setzte ein Höflichkeitslächeln auf.

„Sie sind sehr lustig!", versicherte ich ihr. Sie schien zufrieden.

Dann zauberte sie hinter ihrem Rücken den zweiten Schuh hervor. Rasch zog ich ihn an.

Sie musterte mich von oben bis unten. „Gut sehen sie aus!", befand sie schließlich. „Können wir?"

„Ja", antwortete ich. Ich wollte hier nun endlich raus.

Wir gingen den Gang entlang. Die Formalitäten waren scheinbar alle erledigt. Ich musste nichts unterschreiben, mich mit niemandem unterhalten. An der Tür warteten der Stille und der Dicke.

Ein Abschiedskomitee. Beide sahen mich düster an. Der Dicke würde wohl in Zukunft von einem anderen seine Extraportion klauen müssen. Ich erinnerte mich an meinen ersten Tag. Der Dicke hatte die Kleider in den Duschraum gebracht und mich dabei neidvoll angestarrt. Für seine Unfreundlichkeit und dafür, dass er mir das Essen weggegessen hatte, war eine Strafe von Nöten.

Als wir vorbeigingen, blieb ich nahe bei dem Dicken stehen, beugte mich zu ihm und flüsterte ihm ins Ohr: „Meiner ist größer, Fettsack!"

Ich sagte dies vollkommen frei von Emotionen. Ich sah, wie dem Dicken Tränen in die Augen liefen. Der Stille hingegen grinste. Er musste gehört haben, was ich zum Dicken gesagt hatte. Was für ein Kamerad. Dann verließ ich die Klinik. Ich fürchtete bereits, die Stimme wieder zu hören, doch sie schwieg. Ich sollte sie lange nicht mehr hören. Es war gut so. Die Sonne schien, aber es war bitterkalt. Ein leichter Schneeteppich bedeckte den Rasen. Scheinbar war Winter geworden. Ich war im August in die Anstalt gekommen. Waren etwa so viele Monate vergangen?

„Welchen Tag haben wir?", fragte ich an Claudia gewandt.

„Es ist der 5. Dezember", antwortete sie.

„So lange war ich da drin?"

„Unglaublich, ich weiß", sagte sie traurig. Ich war nicht traurig. Konnte es nicht sein.

„Schon gut", sagte ich, um sie zu beruhigen. „Jetzt ist es ja vorbei!"

Ihr Gesicht hellte sich auf. „Gute Einstellung!" Mit diesen Worten schlug sie mir auf die Schulter. „Kommen sie, ich fahre sie nach Hause."

Es dauerte nicht lange, bis ich mich wieder zu Hause eingewöhnt hatte. Alles war wie immer. Mit einer Ausnahme: Claudia kam nun öfter vorbei. An dem Tag, als sie mich aus der Anstalt nach Hause gebracht hatte, war sie, ohne zu fragen, mit zu mir gekommen. Ich hatte keine Einwände erhoben, immerhin hatte mich diese Frau gerade aus einer unschönen Lage befreit. Es war mir nicht unangenehm, einer fremden Frau nach so langer Zeit mein Haus zu zeigen.

Sie kannte es schon von der Durchsuchung, weswegen etwaige Staubschichten nicht auf mich als Hausmann zurückfallen würden. Sicher wusste sie, wie schnell sich im Laufe der Zeit Staub ansammelte.

Sie schob mich direkt in mein Schlafzimmer. Sie schien sich gemerkt zu haben, wo sich dieses befand.

„Hier brauchst du gar keine Schuhe", flüsterte sie mir zu. Ihr Atem ging auf einmal schnell.

Anscheinend brauchte ich auch sonst keine Kleider, denn Claudia zog mich aus. Dann machte sie bei sich weiter. Sie mochte es, Dinge auszuziehen. Ihr Körper war ebenso schön wie ihr Gesicht. Makellos, symmetrisch, vollkommen. Ich benutze ungern das Wort *Perfektion*, doch in diesem Fall war es tatsächlich angebracht. Claudia war perfekt. Vom Scheitel bis zu den Zehen. Selbst diese waren gerade. So wie sie ein antiker Bildhauer geschaffen hätte, hätte er die schönste aller Amazonen ablichten wollen. Im Gegensatz zu jenen mythischen Gestalten, besaß Claudia jedoch zwei Brüste, was mir sehr entgegen kam. Auch ihre Brüste waren perfekt.

Während ich ihre Schönheit ausgiebig bewunderte, stieß sie mich rückwärts aufs Bett. „Was starrst du mich so an, du Lustmolch!", sagte sie mit gespielter Ernsthaftigkeit.

„Du bist perfekt", sagte ich. Es stimmte.

Sie sprang zu mir ins Bett, küsste mich, ließ ihre Zunge über meinen ganzen Körper gleiten. Wir schliefen miteinander. Und anschließend noch einmal. Insgesamt sechs Mal. Als wir fertig waren - schweißgebadet und erschöpft – ich musste wirklich an meiner Kondition arbeiten – dachte ich darüber nach, was soeben geschehen war.

Gefühle? Keineswegs. Es gab keinen rationalen Grund, wieso ich nicht mit Claudia hätte schlafen sollen. Sie wollte es so. Außerdem war sie perfekt. Wenn ich mich schon mit einer Frau einließ, dann musste es zumindest eine perfekte Frau sein.

Von diesem Tag an kam Claudia sehr oft zu Besuch. Wir hatten viel Sex. Allerdings verbrachten wir auch darüber hinaus viel Zeit miteinander. Die meiste Zeit sprach sie. Sie schien zu akzeptieren, dass ich eher der stille Typ war. Männer reden generell nicht viel über ihre Gefühle, weswegen sie keinen Verdacht schöpfte. Meine Erektionen schienen ihr Gefühlsregung genug zu sein.

Außerdem war ich ein guter Koch. Alles, was ich tat, tat ich gewissenhaft. Als ich als junger Mann mit dem Kochen anfing, dauerte es daher nicht lange, bis ich mich zu einem wahren Meister des Fachs entwickelt hatte. Es gab nur eine Sache, die meinen Gerichten fehlte: das Gefühl. Ich konnte nicht von einem Rezept abweichen. Dafür fehlte mir die Kreativität. Einfach einmal ein zusätzliches Gewürz zu verwenden, kam für mich nicht in Frage. Mein Denken war dazu einfach nicht in der Lage. Claudia schien das nicht zu stören. Ihr schmeckte alles, was ich zubereitete.

Auch den täglichen Sport absolvierten wir gemeinsam. Ausdauertraining, in meinem privaten Kraftraum und danach Sex – das war eine gute Kombination. Es vergingen mehrere Monate. Ich tat nicht viel. Ich kochte, machte Sport und hatte Sex. Ich drückte mich förmlich davor, neue Wege zu suchen, meine Gefühle zu entdecken. Zu frisch waren die Erinnerungen an die unheimliche Stimme, die ich mir noch immer nicht erklären konnte.

Eines Tages fragte mich Claudia beim Essen, was ich jetzt mit meinem Leben anfangen wollte. Sie kannte meine finanziellen

Verhältnisse. Immerhin hatte sie mich komplett durchleuchtet. Sie wusste, wie reich ich war und dass ich nie wieder arbeiten musste. Ich war für immer abgesichert.

„Ich weiß es nicht“, antwortete ich wahrheitsgemäß. Ich wusste es wirklich nicht. Das Leben war in Ordnung so, wie es war. Ich hatte die Kontrolle zurück, nur genießen konnte ich es nicht. Wie hätte ich es auch genießen können?

Claudias Frage führte mir meine Aufgabe und in gewisser Weise auch mein Versagen vor Augen. Die Suche nach dem MenschSein war stets mein höchstes Ziel gewesen. Ich hatte aufgegeben, danach zu streben. Noch nie in meinem Leben hatte ich etwas aufgegeben. Es war wie mit dem Kochen. Wenn ich etwas begann, dann zog ich es auch durch. Ich konnte alles schaffen.

Bis jetzt. Ich verstand nicht, wieso das so war, wohl aber, dass eine Aufgabe eigentlich keine Option darstellte. Gab ich auf, verriet ich mich selbst und alles, was ich war. Ich wollte die Kontrolle über mein Leben behalten und sah gleichzeitig die Gefahr, eben jene Kontrolle zu verlieren, wenn ich mich zu weit vorwage. Es war paradox wie so vieles andere in meinem Leben.

Natürlich konnte ich mich vor nichts fürchten. Mir fällt jedoch gerade kein anderes Wort ein, weswegen sie es mir nachsehen mögen, was ich jetzt sage:

Ich fürchtete mich davor, die Stimme wieder zu hören. Diese stellte für mich den Inbegriff der Kontrolllosigkeit dar. Würde sie sich wieder einstellen, wenn ich damit anfing, meine Gefühle zu suchen? Würde sie mich wieder in den Wahnsinn treiben? Würde ich dann wieder in der Anstalt landen, beim Stillen und beim Dicken?

Nach meiner Beleidigung war der Dicke sicher nicht gut auf mich zu sprechen. Wahrscheinlich würde er beim nächsten Mal nicht nur ein bisschen, sondern gleich alles von meinem Essen in sich hineinstopfen, und ich würde langsam verhungern.

„Warum tust du nicht etwas Soziales?“, fragte mich Claudia.

„Wie meinst du das?“

„Naja etwas Gutes, etwas Caritatives. Ich will nicht unverschämt sein, aber du hast so viel Geld, du könntest den Menschen helfen“, meinte Claudia.

Ich dachte einige Augenblicke darüber nach. Die Idee war gut. Auf diese Weise konnte ich mich wieder meiner Suche annähern. Ich würde mit vielen Menschen in Kontakt geraten und konnte das Tempo selbst steuern.

„Gute Idee!“, bekundete ich.

Begeistert umarmte sie mich. Sie küsste mich. Dann schliefen wir miteinander. Das Essen war vergessen. Sie war beinahe schlimmer als der Dicke.

Nach einigen Überlegungen hatte mich für ein ganz besonderes Projekt entschieden. Ich überlegte einige Zeit, bei welcher sozialen Tätigkeit ich wohl mit den stärksten Gefühlen konfrontiert sein würde. Durch meine Erfahrungen als Mörder war ich mit den Ängsten in Kontakt gekommen, die die Menschen vor dem Tod hatten. Diese waren sehr intensiv gewesen. Womöglich waren es diese Gefühle wert, Ihnen einen zweiten Versuch zu schenken. Diesmal wollte ich allerdings einen anderen Ansatz ausprobieren.

Ich entschied mich dafür, Geld bereitzustellen, um ein Sterbehospiz für Bedürftige zu errichten. Claudia fand die Idee großartig, wenn auch aus anderen Gründen als ich. Wenige Monate später stand das Hospiz. Der Bürgermeister kam zur Eröffnung. In seiner Rede schwärmte er von der Bedeutung von Wohltätigkeit.

Er wurde nicht müde, meine Person in den Himmel zu heben, und in jedem Beisatz tauchte auch sein eigener Name auf. Dabei kannte mich der Mensch gar nicht, und ganz sicher hatte er keinen Beitrag geleistet. Dann war ich an der Reihe, eine Rede zu halten. Ich trat ans Podium. Viele Menschen waren gekommen. Mein Projekt hatte für großes Aufsehen gesorgt.

„Meine sehr geehrten Damen und Herren“, begann ich. Die Menschen beobachteten mich gespannt.

„Es gibt nichts Wichtigeres als Gefühle. Mögen in diesem Haus die Gefühle den Ton angeben und nicht der Verstand! Ich danke ihnen!“ Über diese Worte hatte ich lange nachgedacht. Es ist schwer, ein karitatives Projekt ohne Gefühle zu eröffnen.

Damit war meine Rede beendet. Eine Zeitlang geschah gar nichts. Dann brandete tosender Applaus auf. Die Menschen erhoben sich von ihren Stühlen. Claudia, die in der ersten Reihe stand, strahlte mich an. Ich schien den Nagel auf den Kopf getroffen zu haben. Der Bürgermeister trat an meine Seite und nahm mich in den Arm. Darauf hätte ich verzichten können, doch ich spielte mit. Ich musste den Schein wahren. Das gehörte nun einmal dazu.

Mein Lächeln war perfekt. Das Hospiz war perfekt (immerhin hatte ich Unmengen an Geld hineingesteckt). Die Menschen, die hier arbeiteten, waren perfekt (die besten auf dem Markt – es war nicht schwer, gutes Personal abzuwerben bei den miserablen Zuständen in den staatlichen Einrichtungen).

Was jedoch am wichtigsten war: Das gesamte Umfeld war perfekt. Perfekt geeignet, um meine Gefühle zu finden. Mein Hospiz nahm jeden auf, der kurz vor dem Tod stand. Egal, ob kleines Kind oder neunzigjähriger Greis. Bei mir gab es Platz für jeden.

Natürlich lief ich Gefahr, gegen einen meiner eigenen Grundsätze zu verstoßen. Ich wollte immer anonym bleiben. Auffallen hieß, aus der Masse herauszustechen. Menschen, die im Rampenlicht standen, wurden beobachtet. Irgendwelche findigen Journalisten schnüffelten diesen Menschen hinterher. Meistens fanden sie etwas.

Würden sie auch bei mir etwas finden? Etwas über meine blutige Vergangenheit oder darüber, dass ich einige Monate in einer geschlossenen Anstalt verbracht hatte? Würde vielleicht sogar irgendein Hobbypsychologe meine Mimik, meine Gestik, mein gesamtes Verhalten analysieren und mich und meine Falschheit enttarnen? Was, wenn herauskäme, dass ich das Hospiz nicht aus Nächstenliebe, sondern aus Eigennutz errichtet hatte?

Das Volk würde mir ganz gewiss nicht gewogen sein. Dennoch war mein Projekt das Risiko wert. Ich musste etwas tun, und wo sonst hätte ich mehr Leid erleben, mehr ungefilterte Emotionen sehen können. Es war einfach der perfekte Nährboden für meine eigenen, bislang nicht existenten Emotionen. Diesmal musste es funktionieren.

Ich verfolgte das Ziel der Menschwerdung bereits so lange. Irgendwann musste die Wahrscheinlichkeit meinen Erfolg garantieren. Das anzunehmen war logisch. Ich war zuversichtlich. Vom ersten Tag an verbrachte ich viel Zeit in dem Hospiz. Ich half dort mit. Natürlich übernahm ich keine aktiven Aufgaben, wie die Kranken zu waschen, ihre Betten zu machen oder sonstige Tätigkeiten, bei denen ich mit unappetitlichen Dingen konfrontiert worden wäre.

Ich wollte vorsichtig sein. Wenn man in einem Hospiz mit Menschen ist, die alle sterben werden, besteht die ständige Gefahr einer Ansteckung. Diese wollte ich auf alle Fälle minimieren. Bei niederen Tätigkeiten zu helfen, hätte ein zu großes Risiko dargestellt.

Meine Hilfe bestand in meiner Anwesenheit. Ich setzte mich zu den Kranken, ließ sie erzählen und leistete ihnen Gesellschaft. Nun war ich nicht unbedingt der beste Gesellschafter, den diese Welt jemals gesehen hatte. Rationalismus ist selten unterhaltsam. Die Todgeweihten schien dies jedoch nicht zu stören. Sie waren einfach froh, ein offenes Ohr zu finden und einer neutralen Person alles das erzählen zu können, was sie ihren Liebsten nicht sagen konnten. Die meisten fürchteten, ihre Familien zu sehr zu belasten. Natürlich konnte ich nichts von alledem wirklich nachvollziehen, doch war das auch gar nicht nötig.

„Ich habe Angst zu sterben. Ich glaube, dass dann alles endet. Wir werden uns nie wiedersehen, uns nie wieder berühren, nie wieder zusammen sein."

Aussagen dieser Art konnte man einem geliebten Menschen nicht sagen. Mir jedoch schon. Ich war außenstehend. Außerdem war ich so etwas wie der gute Samariter.

Viele Menschen finden kurz vor ihrem Tod zum Glauben. Sie suchen einen Anker, die Hoffnung, irgendein Licht am Ende des Tunnels. Etwas, das sie im Glauben eines Lebens nach dem Leben bestärkt. Meiner Erfahrung im Hospiz nach war all das eine Lüge. Die meisten spielten nur vor, den Glauben gefunden zu haben. Damit wollten sie es ihren Angehörigen leichter machen.

„Auch wenn ich sterbe, werden wir uns im Himmel wiedersehen." Solche Sätze beruhigten die Angehörigen. Sie glaubten daran, hielten sich an diesem Strohhalm fest.

Nicht so die Betroffenen selbst. Meistens verloren sie jeden Glauben. Diejenigen, die den Glauben nicht verloren, gaben Gott die Schuld an ihrem Zustand. Niemals würden sie davon ausgehen, dass es nach ihrem Tod besser werden würde. Sie wollten leben und nicht sterben – so einfach war das. Ihr Weg zum Glauben war somit eine Maske, die der meinen ganz ähnlich war. Während die Kranken ihren Angehörigen vorlogen, an Gott zu glauben, um sie nicht zu verletzen und dem Tod seinen Schrecken zu nehmen, log ich der Welt vor, ein menschliches und damit emotionales Wesen zu sein. Ich tat dies aus Eigennutz, die Todgeweihten, um ihre Liebsten zu schützen. Das Ergebnis war dasselbe.

Eines Tages saß ich am Bett eines kleinen Jungen. Er litt an Krebs im Endstadium. Es war nicht wirklich zu sagen, wo der Krebs angefangen hatte. Er war überall. All seine Organe waren befallen. Ein vollkommen hoffnungsloser Fall.

Der Junge war neun Jahre alt. Er hieß Tobias. Er litt bereits seit mehr als zwei Jahren. Diese Zeit war ein einziger Kampf gewesen. Der unvermeidliche Ausgang seines Kampfes war von Beginn an klar gewesen. Der Krebs war schon bei seiner Entdeckung zu weit fortgeschritten, um an Heilung auch nur zu denken. Alle sprachen stets von Vorsorgeuntersuchungen, doch wer dachte bei einem so jungen Menschen schon an Vorsorge?

Der Junge hatte es von Beginn an gewusst. Tobias war sehr reif für sein Alter. Er machte sich Gedanken, die sich andere Kinder nicht machten. Zumindest ging ich davon aus. Viel Kontakt mit Kindern hatte ich schließlich nie gehabt. Er hatte mir in einem unserer Gespräche verraten, dass er nie für sich selbst gekämpft hatte. Sein ganzer Kampf, all seine Bemühungen galten seinen Eltern. Tobias spürte, wie sehr sie darunter litten, und sich insgeheim selbst die Schuld an seiner Krankheit gaben. Sein Aufbäumen gegen die Krankheit erleichterte es seinen Eltern, mit der Situation umzugehen.

„Ich werde sterben. Ich will sterben. Doch ich darf nicht sterben", sagte er mir.

„Warum?", fragte ich ihn.

„Weil es meinen Eltern wehtun würde", stellte er fest.

„Ich verstehe", erwiderte ich. „Aber wenn der Tag gekommen ist, an dem es sich nicht länger herausschieben lässt?"

Mit Tobias konnte man offen über den Tod reden. Überhaupt konnte man mit allen Todgeweihten ziemlich offen über das reden, was kommen würde. Sie wollten sich gar keine Illusionen über ihre Zukunft - die sie in Wahrheit nicht besaßen - machen. Todgeweihte waren Realisten. Das gefiel mir.

„Dann werde ich ihnen sagen, dass wir uns im Himmel wiedersehen werden", antwortete der Junge, ohne zu zögern.

„Glaubst du denn an den Himmel?", wollte ich wissen.

„Nein", sagte der Junge.

Die Ehrlichkeit des Jungen gefiel mir. Seine Rationalität gefiel mir. Er erinnerte mich ein wenig an mich selbst. Ich machte mir auch keine Illusionen über das, was nach meinem Tod kommen könnte. Er stützte zudem meine These: Todgeweihte fanden nicht zum Glauben, sie verloren ihn. Hieß das, dass sie auch ihre Gefühle verloren? Wenn ja, war der gesamte Versuch, all meine Mühen, die ich in das Hospiz gesteckt hatte, sinnlos.

„Warum erzählst du deinen Eltern dann so etwas?"

„Damit sie nicht die Hoffnung verlieren."

„Ich verstehe", sagte ich. In Wahrheit verstand ich nicht.

Ich verbrachte viel Zeit mit Tobias. Jeden Tag besuchte ich ihn und war nur dann nicht bei ihm, wenn seine Eltern gerade da waren. Diese konnten es sich nicht leisten, ihre Arbeit aufzugeben, und so besuchten sie Tobias am Abend, wenn sie mit ihrer Arbeit fertig waren.

Tobias fand das in Ordnung so. „Wenn meine Eltern nicht da sind, brauche ich auch keine Maske zu tragen", meinte er.

„Bei mir ist das nicht nötig", versicherte ich ihm.

„Ich weiß", sagte der Junge. Tränen liefen ihm die Wangen herunter.

Er fing an zu weinen. Das war etwas, das er in Gesellschaft seiner Eltern niemals tat. Er wollte stark sein für sie. In meiner Gegenwart musste er nicht stark sein.

Ich nahm ihn in den Arm. Der Junge war nicht ansteckend. Ich strich mit meinen Händen über seinen Rücken. Sein Zucken übertrug sich auf mich. Ich konnte seine Verzweiflung spüren, sie aber nicht verstehen. Ich spürte absolut gar nichts. Zwei Tage später war der Junge tot. Im Augenblick seines Todes war ich nicht bei ihm gewesen. Das war das Privileg seiner Eltern. Kurz zuvor jedoch hatte er sich bei mir bedankt.

„Ich weiß, wer du bist", hatte er gesagt. Seine Stimme war schwach und brüchig. Ich war mir nicht sicher, ob er noch alle Sinne beieinander hatte oder bereits im Wahn sprach.

„Es ist ok", sagte er noch. Dann fiel er in einen unruhigen Schlaf.

Was der Junge gesagt hatte, beunruhigte mich. Er wusste, wer ich war? Wie war das möglich? Hatte er meine so perfekte Maske durchschaut? Ein neunjähriger todkranker Junge?

Auf seiner Trauerfeier waren nicht viele Menschen anwesend. Nur der tote Junge, seine Eltern, der Pfarrer und ich. Es war ein junger Pfarrer mit tadelloser Körperhaltung, wie ich beruhigt feststellte. Die Eltern hatte nicht einmal das Geld für eine ordentliche Beerdigung gehabt, weswegen ich ihnen das Geld schenkte. Nach der Beerdigung kamen die Eltern zu mir. Die Mutter fiel mir um den Hals, der Vater schüttelte mir die Hand. Sein Griff war leicht, seine Hände zitterten.

Die beiden sahen fürchterlich aus. Fast hätte man meinen können, die beiden wären die nächsten, die sterben würden. Sie hatten jede Hoffnung verloren. Die Versuche des Jungen waren letzten Endes ohne jede Wirkung geblieben.

Was hätte Tobias wohl gesagt, wenn er seine Eltern so gesehen hätte. Ob er so gekämpft und sich gequält hätte, wäre ihm bewusst gewesen, wie seine Eltern nach seinem Tod reagierten? Wahrscheinlich nicht.

Ich spürte die warmen Tränen der Mutter auf meiner Wange. Sie raunte mir einen schwachen Dank ins Ohr.

„Sie sind ein guter Mensch", ließ mich der Vater wissen, als die beiden gingen.

Er täuschte sich. Nichts an mir war gut und noch weniger menschlich. Bei alledem verspürte ich nichts. In mir herrschte Kälte.

Nach dem Tod des Jungen musste ich mir einen neuen Gesprächspartner suchen. Zwar hielten sich zu jedem Zeitpunkt sehr viele lebende Tote in meiner Einrichtung auf, die meisten interessierten mich jedoch nicht wirklich. Viele waren geistig nicht mehr auf der Höhe, andere waren dumm. Tobias fehlte mir. Nicht auf emotionaler Ebene, sondern auf sachlicher Ebene. Mir fehlte der Austausch.

Dies änderte sich erst, als die achtundneunzigjährige Evelyn in das Hospiz einzog. Einmal in der Woche ging ich die Akten der Bewohner durch. Dabei war ich immer auf der Suche nach neuen spannenden Patienten. Als ich die Akte Evelyns das erste Mal in der Hand hielt, legte ich sie sofort beiseite. Was konnte mir eine so alte Frau schon bieten?

Auch wenn mich die meisten Todgeweihten nicht sonderlich interessierten, so besuchte ich doch jeden von ihnen. Mindestens einmal. Das musste ich tun, um den Schein aufrechtzuerhalten. Wer hätte mir schon meine Gutmensch-Maske geglaubt, wenn ich mich auf einzelne wenige Patienten konzentriert hätte? Auf diese Weise konnte ich mir zudem über die Akten hinaus ein Bild von jedem einzelnen Patienten machen. Anders hätte ich Evelyn wohl nie kennengelernt. Ich ging immer alleine in die Zimmer der Bewohner. Ich mochte es nicht, einen Arzt oder Pflegepersonal dabei zu haben. Als ich Evelyns Raum betrat, richtete sich die alte Frau auf.

„Sind Sie der Sensenmann?“, fragte sie mit rauer Stimme.

Als ich sie fragend anblickte, brach sie in schallendes Gelächter aus.

„Keine Angst, ich bin nicht senil. Ich bin nur alt. Und ich mag Spaß“, erklärte sie mir.

Evelyn war nicht nur alt, sie sah auch so aus. Ihre Haut war von dunklen Altersflecken gezeichnet. Man konnte ohne Probleme sagen, dass sie mehr Altersflecke besaß, als normale Haut. Ihre Haut spannte sich so fest über ihre Knochen, man konnte glauben, sie würde jeden Moment zerreißen. Ihr Haar war dünn, grau und sah ziemlich brüchig aus. Selbst ein Meisterfriseur hätte aus diesen Haaren keine Frisur mehr zaubern können. Ihre Arme waren kaum mehr als dürre Äste, über die sich die trockene Haut spannte. Ihre Finger glichen Klauen, unmöglich zu erkennen, wo die Finger endeten und die Fingernägel begannen.

Sie litt unter Lungenkrebs. Hätte ich es nicht in ihrem Krankenblatt gelesen, wäre mir dies spätestens beim ersten Hören ihrer Stimme in den Sinn gekommen. Sie klang wie jemand, der zeitlebens geraucht hatte. Keine rauchige Stimme, die auf manche Männer attraktiv und anziehend wirkte, sondern ein krankes, kehliges Krächzen, das den Tod versprach. Eine Chemotherapie hatte sie abgelehnt. Sie behauptete vor mir, sie wolle keine solche Behandlung, um ihre Haare nicht zu verlieren. Es handelte sich offensichtlich um einen Scherz. Einen sehr derben Scherz. Ich trat näher an ihr Bett und setzte mein gut einstudiertes Lächeln auf. Das, das mir normalerweise jede Tür öffnete und mit dem ich sogar Claudia immer wieder aufs Neue täuschen konnte.

Bei ihr schien es jedoch vollends wirkungslos zu sein. Als sie mein Lächeln von Nahem sah, verschwand der erheiterte Gesichtsausdruck sofort aus ihrem Gesicht. Stattdessen machte sie ein entsetztes Gesicht.

„Was ist denn mit ihnen los?", fragte sie misstrauisch.

„Was meinen sie?"

„Warum schleudern sie einer alten Frau ein unehrliches Lächeln zu? Das ist unhöflich!", auf einmal lachte sie wieder.

Da mir nichts Besseres dazu einfiel antwortete ich: „Ich gelobe Besserung."

„Das glaube ich ihnen nicht. Aber das macht nichts. Wir haben alle unsere Leichen im Keller, nicht?"

„Da haben sie wohl recht", erwiderte ich. Es war mir unmöglich zu verstehen, was die Alte meinte. Ein falsches Lächeln? Wie konnte sie das nur erkannt haben. Auf jeden Fall hatte sie Recht. Ich hatte mehr als nur eine Leiche im Keller, im übertragenen und im eigentlichen Sinne.

Hätte sie außerdem nichts Besseres zu tun haben müssen, als mich so genau zu beobachten und mein Lächeln zu analysieren? Sie würde bald sterben, da sollte man annehmen, Selbstreflexion sei wichtiger als die Analyse Fremder. Ich stellte mich ihr vor. Dann fragte ich sie, ob sie Ruhe brauchte.

„Bald werde ich genug ruhen. Unterhalten sie sich lieber ein bisschen mit mir. Ich werde ihnen schon ein echtes Lächeln ins Gesicht zaubern", versprach sie. Ihr Lachen ging in einem Hustenanfall unter. Als sie die Hand vom Mund nahm, sah ich Blut darauf.

„Soll ich eine Schwester rufen?" Ich bemühte mich, besorgt zu klingen.

„Nein, nein. Die kann auch nichts tun. Und sie müssen mir auch keine Besorgnis vorgaukeln, Junge." Sie keuchte noch immer.

Vorgaukeln? Hatte sie mich schon wieder durchschaut? Wie machte das die Alte?

Ich zog mir einen Stuhl heran und setzte mich. Eine Weile sagte niemand etwas. Sie sah mich ebenso forschend an, wie ich sie anblickte.

„Also, mein Junge, was kann ich für sie tun?“, fragte sie schließlich.

Sie fragte mich, was sie für mich tun konnte? Meinte sie das ernst? Immerhin lachte sie diesmal nicht.

„Wie meinen sie das?“, erwiderte ich.

„Sie wirken wie jemand, der dringend Hilfe benötigt.“

„Mir geht es hervorragend“, versicherte ich.

„Ach? Das glaube ich nicht. Vielleicht physisch, aber wie sieht es mit ihrem Geist aus?“, sie wollte einfach nicht lockerlassen.

„Auch da ist alles in Ordnung.“

„Na, wenn sie meinen.“ Sie wirkte trotzig, durchschaute meine Lüge. Sie schwieg.

„Sollen wir jemanden für sie verständigen?“, fragte ich nach einer Weile, um die Stille zu durchbrechen. Ich wusste natürlich, dass sie keine Angehörigen mehr hatte.

„Nein“, antwortete sie lapidar. „Auf den Tod kann ich auch alleine warten.“ Wieder brach sie in Gelächter aus.

„Haben sie keine Angst?“, wollte ich wissen.

„Vor dem Tod? Nein. Vor dem Leben? Ja!“

„Wie meinen sie das?“, wollte ich wissen. Ich verstand sie nicht.

„Wenn ich erst einmal tot bin, kann mir nichts mehr passieren. Im Tod ist alles egal. Hier jedoch nicht. Ständig läuft man Gefahr, verletzt zu werden. Aber das können sie natürlich nicht verstehen“, erklärte sie.

„Wieso sollte ich das nicht verstehen können?“

„Weil sie so kalt sind wie ein Stück Eis.“ Eine Feststellung.

„Wie kommen sie darauf?“

„Ihr Lachen ist falsch, ihre Sorge ist falsch, alles ist falsch. Sie sehen eine todkranke Frau vor sich, und all das lässt sie kalt. Eigentlich wirft das nur eine Frage auf“, meinte sie.

„Und zwar?“

„Warum sind sie hier? Warum leisten sie einem Wrack wie mir Gesellschaft? Warum investieren sie so viel Geld in sterbende Menschen, die ihnen absolut nichts bedeuten?“

Ich musste zugeben, dass das eine gute Frage war. Statt dies jedoch offen zu tun, sagte ich:

„Die Notleidenden liegen mir am Herzen.“ Selbst in meinen Ohren klang das unglaubwürdig.

„Da! Sehen sie! Jetzt geben sie sich nicht einmal mehr Mühe beim Lügen!“, enttarnte sie meinen Versuch.

Ich dachte eine Weile nach. Die Frau hatte mich durchschaut. Sie würde sterben. Warum sollte ich nicht ehrlich zu ihr sein.

„Sie haben recht“, begann ich.

Geduldig sah sie mich an. Sie wartete, war bereit für die Wahrheit.

„Ich bin nicht so wie alle anderen. Ich kann nichts fühlen, nichts empfinden. Ich besitze keine Emotionen. Leidenschaft ist mir ebenso fremd wie Liebe, Mitgefühl oder Trauer.“

„Ich weiß“, kommentierte sie schlicht.

„Ich mache all das hier, weil ich hoffe, so meine Gefühle zu finden. Ohne sie fehlt mir jeder Sinn im Leben. Ich kann nur mein Ziel erreichen, wenn ich in der Lage bin zu fühlen“, ließ ich sie wissen.

„So ein Unsinn!“, sagte sie barsch. Ein erneuter Hustenanfall schüttelte ihren Körper. Ich machte mir nicht mehr die Mühe, ihr zu helfen. Sie wusste, dass es mich nicht sonderlich interessierte.

Ich gab ihr Zeit, sich zu erholen. Als ich den Eindruck hatte, dass sie wieder in der Lage wäre zu sprechen, fragte ich: „Wie meinen sie das?“

„Du wirst nicht durch das Beobachten von Leid Gefühle entwickeln. Wie lange versuchst du das schon?“ Sie wirkte erschöpft. Ihre Augen nahmen einen glasigen Ausdruck an.

„Mein ganzes Leben“, gestand ich.

„Das dachte ich mir. Und es hat nicht funktioniert. Wie kommst du darauf, dass es jetzt auf einmal klappen könnte? Du bist doch nicht dumm." Wann war die Frau zum „Du" übergegangen?

„Was soll ich sonst tun?", fragte ich schulterzuckend.

„Dein Schulterzucken kannst du dir sparen. Mit einstudierten Mienen erreichst du bei mir nichts. Du musst die Gefühle erfahren, sie erleben. Das ist der einzige Weg."

„Ich verstehe", sagte ich. Ich verstand natürlich wieder nichts.

„Das wirst du", prophezeite die Alte.

Auf einmal hob sie ihren Arm und legte ihre Hand auf die meine. Sie fühlte sich kalt an. Ihre Haut war wie trockenes Laub. Ich erwartete beinahe, sie rascheln zu hören.

„Das wirst du", wiederholte sie leiste. Dann schloss sie ihre Augen. „und jetzt geh!", flüsterte sie. Das letzte Wort war dabei kaum noch zu verstehen, so leise war sie geworden. Scheinbar war sie eingeschlafen.

Ihr Griff an meiner Hand erschlaffte. Ich nahm ihre Hand und legte sie vorsichtig aufs Bett. Auch wenn es alles andere als logisch war, befürchtete ich, ihren Arm zu zerbrechen. Ich erwartete jeden Moment ein Knacken, wie man es von brechenden Ästen im Wind kennt. Nichts dergleichen geschah. Ich blickte die Alte noch eine Weile an. Ihr Brustkorb hob und senkte sich. Nicht gleichmäßig, aber das konnte man von einer so kranken Frau auch nicht erwarten. Ich beschloss, am nächsten Tag noch einmal wiederzukommen. Dann ging ich. Ein weiteres Treffen mit der Frau sollte es nicht geben. In der darauffolgenden Nacht starb die Alte. Als ich am Morgen darauf ins Hospiz kam, teilte mir dies die Nachtschwester mit.

„Es tut mir leid", sagte sie. Scheinbar ging sie davon aus, dass mich ihr Tod berührte, was natürlich nicht der Fall war.

„Danke", erwiderte ich.

„Ach ja, sagte die Schwester. Auf dem Nachttisch lag dieser Umschlag mit ihrem Namen darauf. Hier", sie reichte ihn mir.

„Danke", sagte ich erneut.

Dann drehte sich die Schwester um und ging. Sie hatte viel zu tun. Alle Zimmer waren belegt. Doch das interessierte mich nicht. Es gab im Moment keine weiteren interessanten Todgeweihten hier. Die Alte war eindeutig zu früh gestorben.

Ich blickte den Umschlag in meinen Händen an. Beinahe unleserlich war mein Name darauf. Normalerweise hätte ich die schlampige Handschrift missbilligt, in diesem Fall war mir allerdings klar, welchen Kraftakt es bedeutete, in ihrem Zustand einen halbwegs lesbaren Brief zu schreiben. Ich setzte mich in mein Büro, öffnete den Umschlag.

Auf dem Zettel, den ich entnahm, waren Blutspuren. Sie musste Blut gehustet haben, während sie den Brief schrieb. Eigentlich war es kein richtiger Brief, wie ich im nächsten Moment feststellte. Vielmehr war es eine Notiz, ein einziger Satz.

„Ich weiß, wer du bist. Es ist ok."

Den gleichen Satz hatte Tobias zu mir gesagt, bevor er starb. Hatte das etwas zu bedeuten?

Ich wollte den Brief gerade weglegen, da bemerkte ich die Buchstaben auf der Rückseite. Es war beinahe nicht zu entziffern. Blut hatte die Schrift verschwimmen lassen. Scheinbar hatte die Frau in dem Moment, in dem sie schrieb, einen erneuten Hustenanfall gehabt. Die Schrift war krakelig.

Schließlich konnte ich die Botschaft entziffern. „Du wirst verstehen."

Bisher hatte die Alte mit allem Recht gehabt. Würde sie auch damit recht behalten?

Auch für die alte Frau bezahlte ich die Beerdigung. Diesmal waren noch weniger Trauergäste anwesend. Der Pfarrer, ich und die Alte. Ich stellte mir ihre trockene Haut in dem Sarg vor. Kaum zu unterscheiden vom Herbstlaub, das überall auf dem Friedhof von den Bäumen fiel.

Ich blieb noch eine ganze Zeit an ihrem Grab stehen. Der Pfarrer war längst gegangen. Es war der gleiche wie bei der Beerdigung des Jungen. Er hatte mir aufmunternd zugenickt, als spürte er meine Trauer. Eine Trauer, die nicht existierte.

Warum sollte mich der Tod der einsamen Alten berühren? Bevor ich schließlich ging, erinnerte ich mich an ihre letzten Worte, die sie auch auf die Rückseite des Briefes gekritzelt hatte. „Du wirst verstehen."

Ich lächelte ohne jede Anstrengung. Ich hatte meinen Lippen nicht befohlen sich dazu zu verziehen. Alles ging automatisch. Es war das erste ehrliche Lächeln meines Lebens. So schnell es gekommen war, so schnell ging es auch wieder. „Dein Tod berührt mich", sagte ich laut. Dann ging ich. Es war die Wahrheit.

Nachdem Evelyn gestorben war, mied ich einige Zeit lang das Hospiz. Ich musste nachdenken, und dafür brauchte ich meine Ruhe. Nun ja zumindest, soweit das möglich war. Claudia war mittlerweile fest bei mir eingezogen. Da sie jedoch den ganzen Tag arbeiten war, hatte ich viel freie Zeit. Die einzige wirkliche Frage, die in dieser Zeit in mir herumirrte, war folgende: *Wer bin ich?*

Ich wusste es nicht. Ein Leben lang war ich nun schon auf dieser Welt, aber erreicht hatte ich nichts. Also schön, ich hatte Geld, eine Karriere als Profikiller und viele andere Errungenschaften vorzuweisen. Wenn ich gewollt hätte, hätte ich womöglich der mächtigste und einflussreichste Mensch dieser Welt werden können.

Doch was zählte das alles schon? Was mir wirklich fehlte, war das MenschSein. Eben jene Eigenschaft, die aus einer Hülle mehr macht als nur eine Zusammensetzung von Zellen. Gefühle, die die Logik relativieren und für Kreativität, Einfallsreichtum und - wenn man der gängigen Meinung glauben durfte - sogar für Glück sorgen konnten. Natürlich hatte ich keine Ahnung davon, was Glück überhaupt bedeutete. Ich wusste nicht, wie es sich anfühlte, glücklich zu sein. Dieses Gefühl war mir verwehrt geblieben. Ich fragte mich das erste Mal in meinem Leben, ob ich mein oberstes Ziel jemals erreichen würde.

Was würde aus mir werden, sollte mir eben dies nicht gelingen? Würde mich das gleiche Schicksal ereilen wie alle anderen nicht empfindungsfähigen Wesen? Vergessen in der Ewigkeit des Nichts?

Nein, das konnte meinen Ansprüchen nicht gerecht werden. Die Welt verlassen, ohne Fußabdrücke hinterlassen zu haben, machte die Existenz als solche sinnlos. Das konnte ich nicht zulassen. Weder aus meinem Streben danach, Mensch zu sein, noch aus logischen Gesichtspunkten. Ich wollte nicht als Verschwendung von Biomasse enden.

Wäre mir all das egal, hätte ich auch in der Psychiatrie bleiben und den Rest meines Lebens dort verbringen können. Ich hatte jedoch erkannt, dass das nicht alles sein konnte. Existenz um der Existenz willen passte nicht in meine Sicht dieser Welt. War das nun rational oder steckte mehr dahinter?

„Warum gehst Du nicht mehr ins Hospiz?“, fragte mich Claudia eines Tages.

„Ich weiß nicht“, antwortete ich ausweichend.

„Wird dir dort alles zu viel? Ich könnte es verstehen. All das Leid, der Tod. Nicht jeder kommt mit der Härte dieser Gefühle zurecht, die einem dort entgegenschlagen“, sagte sie.

Ich kam damit zurecht. Die Gefühle berührten mich nicht, doch konnte ich ihr nicht den wahren Grund für mein Fernbleiben verraten. Es waren nicht etwa die Gefühle der Todgeweihten, die mich übermannten, sondern dass sie mich eben nicht übermannten. Es hatte keinen Sinn, meine Zeit dort zu verbringen. Ich hatte das Hospiz nur deswegen gegründet, um meine eigenen Gefühle kennenlernen. Dies schien unmöglich.

„Das ist es nicht.“ Ich wich ihr wieder aus.

„Weißt du, vor ein paar Jahren, noch bevor du in mein Leben getreten bist, war ich gezwungen, im Dienst einen Menschen zu erschießen“, erzählte sie.

Ich wurde hellhörig. „Ach ja?“

„Es war ein ganz normaler Arbeitstag. Routine und Langeweile – wie immer eben. Dann kam über den Polizeifunk die Meldung über einen Bankräuber, der Geiseln genommen hatte. Wir fuhren dorthin. Der maskierte Mann hatte bereits zwei Menschen erschossen. Eine Mutter und einen jungen Mann", ihre Stimme zitterte. Sie musste kurz innehalten.

Hätte ich über Gefühle verfügt, hätte ich Claudia in diesem Moment wohl in den Arm genommen, um ihr Trost zu spenden. Ich tat nichts. Ich wartete einfach, bis sie fortfuhr.

„Ich war so voller Wut. Ich konnte nicht begreifen, wie ein Mensch anderen so etwas antun konnte. Ich stellte mir vor, wie sich der Ehemann der Frau fühlen musste, wie sich ihre Kinder fühlen mussten. Es brannte in mir. Kannst du das verstehen?" Sie sah mich mit Tränen in den Augen an.

Ich nickte. „Ich denke schon." Ich verstand natürlich nichts.

„Meine Kollegen wollten mit dem Mann verhandeln", fuhr sie fort. „Er wollte ein Fluchtauto. Das machte mich noch wütender. Wie konnten wir zulassen, dass dieses Monster die Möglichkeit zur Flucht erhielt?"

Wie hätte Claudia wohl reagiert, hätte ich ihr in diesem Augenblick meine Vergangenheit als Mörder gestanden?

„Wir standen dem Geiselnehmer gegenüber. Er hielt seine Waffe an die Schläfe eines jungen Mannes gedrückt. Die helle Hose des Mannes hatte sich verfärbt. Wir konnten seine Angst riechen. Der Geiselnehmer wurde immer drängender. Seine Ungeduld schlug in Wut um.

Er drohte damit, den jungen Mann zu erschießen. Lange konnte es nicht mehr dauern, bis er seine Drohung wahr machte. Die Situation geriet allmählich außer Kontrolle."

Wieder musste sie eine Pause einlegen. Sie schluchzte kurz. Dann atmete sie ein paarmal tief durch, ehe sie fortfuhr.

„Dann geriet die Situation tatsächlich außer Kontrolle. Der Verhandlungsführer versuchte zu erklären, dass es noch ein paar Minuten dauern würde, bis der Fluchtwagen bereitstand. Der Geiselnehmer drehte durch. Er schoss dem jungen Mann in den Kopf. Ein Teil seines Schädels verschwand einfach. Alles, was blieb, war eine Fontäne aus Gehirnmasse, Knochen und Blut."

Eine erneute Pause. Diesmal flossen jedoch keine weiteren Tränen Claudias Wangen herunter. Ihre Stimme hatte einen grimmigen Unterton angenommen. Ihr Blick war trüb. Sie schien im Geiste zurück zu sein an jenem Tag. So hatte ich sie noch nie erlebt.

„Ich war auf so eine Situation nicht vorbereitet, auch wenn es hierzu Kurse auf der Polizeischule gegeben hatte. Ein Kurs kann niemals auf die Realität vorbereiten. Ich hob meine Waffe. Auf der Akademie war ich eine der besten Schützinnen gewesen. Ich reagierte instinktiv, meine Vernunft war völlig ausgeschaltet. Dann schoss ich."

Ihre Erzählung schien zu Ende. Ich räusperte mich, wollte etwas sagen. Sie ließ es nicht zu.

„Da ist noch mehr", kündigte sie an. „Es war unnötig. Der Mann hatte keinerlei Druckmittel mehr in der Hand. Es wäre ein leichtes gewesen, ihn zu entwaffnen und festzunehmen. Ein Schuss ins Bein hätte genügt. Doch ich wollte nicht, dass er einfach so mit dem Leben davonkam. Genauso wenig wollte ich, dass er einen schnellen Tod starb. Deswegen jagte ich dem Schwein vier Kugeln in den Bauch. Es dauerte vier Tage, bis er starb. Vier jämmerliche, schmerzhafte Tage. Meine Kollegen waren entsetzt, doch niemand sagte etwas. Wahrscheinlich hätte ich Scham empfinden müssen, einen Menschen so kaltblütig zu ermorden, doch ich tat es nicht. Im Gegenteil. Es war ein befreiendes Gefühl." Damit war ihr Bericht beendet. Sie hatte wieder angefangen zu weinen.

„Kannst du das verstehen?", brachte sie unter Tränen hervor.

„Ja, ich verstehe dich. Du hast richtig gehandelt", sagte ich automatisch, um sie zu beschwichtigen. Auch diesmal wäre es an mir gelegen, sie in den Arm zu nehmen, doch ich verpasste auch diese Gelegenheit.

Stattdessen kam sie zu mir, schlang ihre Arme um mich.

„Halt mich", bat sie mich.

Sie war völlig aufgelöst.

„Alles wird gut", sagte ich. Menschen sagen diesen Satz in Grenzsituationen immer. Meistens ist es eine Lüge.

Aus meiner Sicht gab es nichts, was gut werden musste. Zumindest nicht für Claudia. Ich beneidete sie für das Erlebnis, für die Emotionen, für die Macht der Gefühle. Anschließend hatten wir Sex. Wild und hemmungslos. Grenzerfahrungen schienen das bei empfindungsfähigen Wesen auszulösen. Die pure Leidenschaft, Gier, Ekstase – frei von jeder Vernunft und Logik.

Am nächsten Morgen waren Claudias Augen noch immer ganz verquollen. Sie schien im Schlaf geweint zu haben. Auch darum beneidete ich sie. Ich hatte noch nie in meinem Leben geweint. Wie es sich wohl anfühlte, wenn warme, salzige Tränen die Wangen hinabliefen?

„Guten Morgen", sagte sie. Sie wirkte beinahe schüchtern. Beinahe so als wäre es ihr unangenehm, dass sie sich mir so geöffnet hatte.

„Danke, dass du deine Erinnerung mit mir geteilt hast", rutschte mir heraus. Die Schilderung der puren Emotionen hatte mich wieder darin bestärkt, mich selbst auf die Suche nach meinen eigenen Gefühlen zu machen. Meine Motivation war zurückgekehrt.

Doch das wollte sie sicher nicht hören. Ich dachte schon, damit einen Fehler begangen zu haben, und erwartete einen Ausbruch des Unverständnisses.

Stattdessen lächelte sie mich an. „Danke, dass du mir immer zuhörst." Sie kam zu mir und küsste mich. Sie musste meinen Dank missverstanden haben.

Sie zog an meinem Gürtel, schob meine Hose und Unterhose herunter. Dann setzte sie sich auf den Tisch. Dort nahm ich sie. *Emotionen lösen tatsächlich Ekstase aus*, dachte ich. Gerne hätte ich ihre Gefühle geteilt.

Als wir fertig waren und uns wieder angezogen hatten, fragte sie: „Was hast du heute vor?"

„Ich gehe ins Hospiz", sagte ich bestimmt.

Ihre Miene hellte sich auf. „Schön! Du hilfst dort so vielen! Du bist ein großartiger Mensch!"

Gleich zwei Fehler in einem einzigen Satz. Ich half dort niemandem außer mir selbst. Und ein großartiger Mensch war ich auch nicht. Ich war mir nicht einmal sicher, wirklich ein Mensch zu sein. Von den alten Bewohnern war keiner mehr übrig. Seit meinem letzten Besuch waren alle gestorben. Ihre Betten waren an neue Patienten übergegangen.

Es war niemand interessantes dabei, außer einem Mann, der erst seit zwei Tagen hier lag. Der Mann hatte vor einiger Zeit einen Autounfall gehabt, bei dem seine Frau und seine drei Kinder gestorben waren. Die Kinder waren sieben, neun und zwölf Jahre alt gewesen. Er selbst war sechsunddreißig. Das Leben lag eigentlich noch vor ihm. So schnell konnte es gehen.

Nach dem Bericht, der mir vorlag, war der Unfall seine Schuld gewesen. Er hatte am Steuer telefoniert und deshalb zu spät reagiert, als ein Reh auf die Fahrbahn sprang. Er kam von der Fahrbahn ab, das Auto überschlug sich mehrmals und prallte schließlich gegen einen Baum. Alle waren sofort tot. Nur er selbst überlebte schwerverletzt. Ich weiß nicht genau, welche Verletzungen er bei dem Unfall davongetragen hatte, es mussten ihm jedenfalls beide Nieren, die Milz sowie ein Teil der Lunge entnommen werden. Viel war nicht mehr von ihm übrig. Ein solcher Patient würde niemals auf eine Spenderliste kommen.

Als ich in sein Zimmer kam, wunderte mich sein Aussehen nicht. Er war blass, ausgemergelt. Seine Haut war so weiß, dass man fast hindurchsehen konnte. Wenn er sprach, konnte man sein stark zurückgebildetes Zahnfleisch sehen, das den Blick auf die Zahnwurzeln offenbarte. Womöglich hatte dieser Mann früher einmal ganz passabel ausgesehen, nun jedoch war davon nichts mehr übrig.

Er war im wahrsten Sinne des Wortes nur noch ein Schatten seiner selbst. Sein Blut wurde regelmäßig gereinigt. Er hatte keine Nieren mehr, die das übernehmen konnten. Da ihm ein Teil seiner Lungen fehlte, würde er wahrscheinlich nie wieder einen Marathon laufen, doch dazu hatte er sicherlich auch keine Lust.

Er war außerdem an allerlei Maschinen angeschlossen. Eine davon versorgte ihn über eine Maske mit frischem Sauerstoff. Zum Reden musste er die Maske von Mund und Nase weghalten. Allerdings sollte er dies niemals allzu lange tun. Ohne sie würde er innerhalb von Minuten sterben.

Auch das dürfte eine Marathonteilnahme doch sehr erschweren. Das, was noch von seinen Lungen übrig war, war einfach nicht stark genug, um Sauerstoff in genügend hohem Maße in seinen Körper zu leiten. Ein Herzmonitor überwachte seine Lebenszeichen.

In seinem jetzigen Zustand war ihm kein langes Leben mehr vergönnt, die moderne Medizin machte es jedoch möglich, ihn für eine gewisse Zeit am Leben zu erhalten. Künstlich. Vielleicht Monate. Er würde ein Dauergast in meiner Einrichtung sein. Das war etwas Neues. Ich setzte mich neben sein Bett. Seine Augen waren blutunterlaufen, sein Blick trüb. Er schien durch mich hindurch zu starren, als lebte er in einer anderen Welt.

„Hallo“, sagte ich laut. Ich stellte mich vor. „Wie heißen sie?“, fragte ich ihn anschließend.

Seine Augen flackerten. Der trübe Blick verschwand nicht ganz, doch ich konnte erkennen, dass er in die Realität zurückgekehrt war.

„Martin“, antwortete er mit erstaunlich fester Stimme.

Ich fragte ihn gar nicht erst, wie es ihm ging. Eine solche Frage schien mir unpassend in seinem Zustand.

„Brauchen sie etwas“, erkundigte ich mich stattdessen.

„Nein“, antwortete Martin.

„Haben sie es bequem? Schmeckt ihnen das Essen? Ist die Temperatur gut so?“ Ich stellte viele Fragen. Alle waren belanglos. Es war die Aufgabe der Schwestern, diese Dinge abzuklären. Dennoch hoffte ich auf diese Weise, einen Zugang zu Martin zu erhalten.

Es überraschte mich deshalb nicht, dass er jede meiner Fragen verneinte. Mir fiel nicht mehr wirklich etwas ein, das ich sagen konnte. In Belanglosigkeiten war ich nie besonders gut gewesen, und auch mein Einfühlungsvermögen war aus nachvollziehbaren Gründen nicht das Beste. Ich saß noch eine Weile schweigend da. Dann stand ich auf. Ein Blick in seine Augen verriet Abwesenheit. Er war in seine ganz eigene fremde Welt abgedriftet. Scheinbar hatte ich mich getäuscht. Dieser Mann würde wohl doch nicht so interessant sein, wie ich es zuerst gedacht hatte.

Ich hatte beinahe die Tür erreicht, als er „Warten sie“ rief. Ich drehte mich um. Er hatte sich in seinem Bett aufgerichtet. Und hielt mit der Hand die Atemmaske von seinem Mund weg. Erst jetzt konnte ich erkennen, wie mager er war. Sein Brustkorb war vollkommen eingefallen. Das Aufrichten schien ihn jede Menge Anstrengung abverlangt zu haben, denn er atmete schwer. Vielleicht lag dies jedoch auch an dem Fehlen eines großen Teils seiner Lungen.

„Haben sie Kinder?“, fragte Martin röchelnd. Es erinnerte mich an diesen Science-Fiction-Film. Ich konnte mich nicht an den Titel erinnern.

Ich blickte ihn an. „Nein“, sagte ich schließlich.

Ich ging zurück zu seinem Bett und setzte mich erneut auf den Stuhl.

„Warum?“, wollte Martin wissen.

„Es hat sich nie ergeben“, erwiderte ich. Das stimmte sogar.

„Sie sollten Kinder haben! Es ist das großartigste, was sie sich nur vorstellen können!“

Ich setzte mein einstudiertes Lächeln auf. „Das glaube ich ihnen.“

„Und sie zu verlieren, ist das schrecklichste, was sie sich nur vorstellen können.“

Ich sagte nichts.

„Es zerreißt ihnen das Herz. Sie möchten etwas tun, doch sie sind machtlos. Alles, was am Ende bleibt, sind kleine Erdhaufen, die ebenfalls nach einer Weile verschwinden. Am Ende sind sie wieder alleine. Es ist furchtbar“, er weinte. Emotion pur, ich hatte mich doch nicht getäuscht.

„War es das Ganze wert?“, wollte ich wissen.

„Sie meinen, Kinder zu bekommen in Anbetracht der Schmerzen, die es auslöst, sie wieder zu verlieren?“

Eigentlich hatte ich gemeint, ob es das Telefonat wert gewesen war, seine ganze Familie umzubringen. Aber so war es auch in Ordnung.

„Ja“, sagte ich.

„Das war es. Sie lachen zu sehen, sie wachsen zu sehen. Es ist unglaublich. Sie sollten Kinder haben!“ Er weinte noch immer. Dennoch war ein Glanz, der zuvor noch nicht da gewesen war, in seine Augen zurückgekehrt.

„Ich verstehe“, sagte ich wie so oft, ohne tatsächlich zu verstehen.

Ich konnte mir nicht wirklich vorstellen, Kinder zu haben. Was, wenn sie wurden wie ich? Was, wenn sie keine Gefühle besaßen? Was, wenn sie ebenso ziellos durch die Welt irren mussten wie ich? War es verantwortungsbewusst und vertretbar, in Anbetracht dieser Gefahren Kinder in die Welt zu setzen? Andererseits war es die natürliche Verpflichtung eines jeden Wesens, sich zu reproduzieren. Vielleicht sollte ich noch einmal darüber nachdenken.

„Vielleicht habe ich irgendwann Kinder“, ließ ich ihn wissen.

„Darf ich ihnen einen Tipp geben?“, fragte Martin.

„Bitte.“

„Töten sie sie nicht!“ Das kam mir wie ein guter Tipp vor.

„Ich werde mich bemühen“, antwortete ich aus Ermangelung einer besseren Antwort.

Martin lachte. Oder er versuchte es zumindest. Mit zerstörten Lungen hörte es sich ein bisschen wie das Kratzen von Kreide auf einer Tafel an.

„Ich habe den Tod verdient", ließ er mich wissen. Seine Tränen waren getrocknet. Er war todernst.

„Wieso glauben sie das?"

„Warum? WARUM? Sind sie blind? Ich habe meine gesamte Familie ermordet! Wie kann ich da weiterleben dürfen?!", Martin war aufgebracht. Es tat seiner Lunge nicht gut. Sein Puls schnellte in die Höhe.

„Beruhigen sie sich", versuchte ich ihn zu beschwichtigen.

„Es war ein Unfall."

„Es war meine Schuld!", beharrte Martin. „Meine Schuld ganz alleine."

Sein Puls beruhigte sich langsam. Martin schien erneut in die andere Welt abzudriften.

„Sie können nichts mehr daran ändern", sagte ich.

Ich dachte schon, er wäre schon wieder gänzlich versunken, als er den Kopf hob, mich ansah und mit bestimmter Stimme sagt: „Aber ich kann büßen."

„Büßen?", bohrte ich nach.

„Ja. Jeden Tag büße ich. Den Schmerz, den ich fühle, kann kein Medikament lindern. Ich blute innerlich aus. Mit jeder Minute etwas mehr. Ich habe Angst…", er brach mitten im Satz ab.

„Angst wovor?", fragte ich.

„Dass ich irgendwann, wenn auch ich sterbe, so ausgeblutet bin, dass ich keine Gefühle mehr habe, wenn ich meiner Familie im Jenseits begegne."

Scheinbar gehörte er zu den wenigen, die trotz ihres baldigen Todes an ein Leben danach glaubten. Und das nicht, weil er seine Angehörigen beruhigen wollte. Vielleicht betrog er sich aber auch nur selbst, versuchte sich einzureden, dass nach dem Tod noch etwas kam, um sich nicht der Gewissheit stellen zu müssen, dass er seine Familie nie wiedersehen würde.

„Wie wollen sie das verhindern?“, fragte ich weiter.

„Ich muss sterben“, antwortete er knapp.

„Sie sterben“, ließ ich ihn wissen. Es war lustig gemeint, doch er schien die Ironie hinter meinen Worten nicht zu erkennen.

„Jetzt!“, sagte er bestimmt.

„Sie möchten jetzt sterben?“

„Ja. Bevor es zu spät ist.“

„Warum tun sie es dann nicht?“ Immerhin musste er nur seine Hand ausstrecken und den Stecker der Maschinen ziehen, die ihn am Leben erhielten. Das sollte er doch noch schaffen.

„Ich darf mich nicht selbst umbringen“, sagte er. „Es wäre eine Sünde, und ich würde meine Familie niemals wiedersehen dürfen.“

Christlicher Glaube war etwas Furchtbares. Wie grausam und entmündigend musste ein Gott sein, der es seinen Gläubigen verbat, sich selbst zu töten. Er verbat ihnen damit ein Grundrecht.

„Das glaube ich nicht“, meinte ich nur.

„Doch. Doch, ganz sicher. Es ist so“, ich würde Martin wohl nicht vom Gegenteil überzeugen können.

„Helfen sie mir!“, bat er mich auf einmal. Seine Stimme klang flehend.

„Was?“

„Sie können es tun! Bitte!“ Flehend ging in weinerlich über.

Konnte ich das wirklich tun? Ich hatte seit Jahren niemanden mehr umgebracht. Eigentlich hatte ich nicht vorgehabt, jemals wieder damit anzufangen. Meine Gefühle konnte das Töten nicht hervorrufen. Warum sollte ich also jetzt wieder damit beginnen?

„Das kann ich nicht“, sagte ich nach kurzem Zögern.

„Doch, sie können es“, beharrte Martin.

„Warum glauben sie, dass ich sie einfach so töten könnte? Immerhin ist das gegen das Gesetz? Ich könnte alles verlieren, was ich habe“, während ich das sagte, blickte ich Martin ernst an.

Auf einmal lächelte er: „Ich weiß, wer du bist. Es ist ok.“

Konnte das sein? Schon wieder diese Worte. Tobias und Evelyn hatten sie schon gesprochen. Und jetzt dieser Mann? War das noch Zufall?

Auch wenn mich der Satz verwirrte, legte sich doch ein Schalter in mir um. Ich war mir nicht ganz sicher, aber ich vermutete, dass es keine logische Entscheidung war, als ich sagte: „In Ordnung."

Ich stand auf, ging zu der Maschine und zog den Stecker. Das Pumpgeräusch, das der Apparat sonst ununterbrochen von sich gab, verstummte umgehend. Nun war Martins verbliebene Lunge auf sich alleine gestellt.

Seine Lungen würden den Kampf nicht lange ausfechten können, das verriet mir Martins Japsen. Jetzt, da er nicht immer wieder frischen Sauerstoff von der Maschine zugefügt bekam, wenn er die Maske aufsetzte. Ich legte ihm das Kabel in die Hand. Es sollte so aussehen, als ob er selbst den Stecker gezogen hätte.

Ohne ein weiteres Wort zu sagen, drehte ich mich um und ging zur Tür. Als ich bereits den Griff in der Hand hatte, hörte ich noch einmal Martins röchelnde Stimme hinter mir. So wie er klang, würde er nicht mehr lange durchhalten.

„Wenn dein Kind geboren wird", presste er heraus. „halte es hoch." Mehr konnte er nicht mehr sagen.

Welches Kind, fragte ich mich. Dennoch nickte ich, auch wenn Martin dies wahrscheinlich nicht mehr sehen konnte.

Dann verließ ich das Zimmer. Ich ging rasch zur Schwesternstation und schaltete den Alarm aus, der losgehen würde, sobald Martins Herzmonitor einen kritischen Wert meldete. Er sollte sterben. Es war höchste Zeit. Er war ein Mörder. Unwillkürlich fragte ich mich, ob Claudia ihn wohl auch erschossen hätte. Ich verließ das Hospiz. Ich wollte nicht anwesend sein, wenn die Schwester seinen Tod verkündete und die Frage aufkam, warum kein Alarm ausgelöst worden war.

Zu Martins Beerdigung konnte ich nicht gehen. Nicht, weil ich nicht gewollt hätte, sondern weil laut Testament ausdrücklich eine anonyme Beisetzung gewünscht hatte. Wer wollte schon einem Familienmörder die letzte Ehre erweisen?

Ich lief nach Hause. Unterwegs fragte ich mich, ob ich wirklich ein Kind bekommen sollte. Dagegen sprachen die Risiken, die mir bereits zuvor in den Sinn gekommen waren. Wäre es einem Kind gegenüber fair? Würde ich selbst damit klarkommen, eine gefühlskalte Brut in die Welt zu setzen? Auf der anderen Seite wäre ein Kind eine neue Erfahrung. Eine neue Möglichkeit, Gefühle zu entwickeln. So wie es Martin geschildert hatte, musste es ein unbeschreibliches Gefühl sein, sein eigenes Kind hochzuhalten. Ich wollte eben jenes Gefühl spüren. Ja, ein Kind. Das würde mein nächster Schritt sein. Das Hospiz konnte mich ebenso wenig meinen Gefühlen näherbringen wie alle anderen Versuche, die ich unternommen hatte. Ein Kind war meine letzte Hoffnung.

Ich hatte die richtige Frau für ein solches Vorhaben. Claudia war perfekt. Ihr Körper war makellos, ihre Gesichtszüge ebenmäßig und ihr Geist hell, klar und wach. Eine bessere Partnerin konnte ich aus biologischen Gesichtspunkten nicht finden. Am Abend wollte ich ihr meinen Wunsch mitteilen. Wie sie wohl reagieren würde? Als ich zu Hause ankam, erwartete mich Claudia bereits, dabei hätte sie eigentlich noch im Dienst sein müssen.

„Warum bist du schon hier?“, fragte ich sie.

„Ich war heute beim Arzt“, ich konnte ihren Gesichtsausdruck nicht richtig einschätzen.

Ich fürchtete schon, sie würde mir nun eine unheilbare Krankheit mitteilen. Ich verbrachte offensichtlich zu viel Zeit im Hospiz.

„Was ist los?“, fragte ich und legte dabei eine Beunruhigung in meine Stimme, die ich diesmal wirklich empfand. Mit wem sollte ich Kinder in die Welt setzen, wenn Claudia tot war?

„Ich bin schwanger“, sagte sie.

Schwanger? Was für ein Zufall!

„Das ist großartig!“, rief ich. Ich rief es tatsächlich, ich musste nicht schauspielern. Interessant.

Diesmal reagierte ich zudem richtig, indem ich auf sie zustürmte und sie in die Arme nahm. Claudia war schwanger. Ich würde ein Kind bekommen. Martin schien es gewusst zu haben. Das Kind würde mich meinen Gefühlen näherbringen. Ich war zuversichtlich.

Einige Tage später ging ich auf den Friedhof. Ich wollte Martins Grab besuchen oder zumindest über die anonyme Wiese schlendern, in der seine Asche verstreut worden war.

„Ich bin, wer ich bin, und es ist ok", sagte ich.

Dann ging ich wieder. In gewisser Weise bedauerte ich seinen Tod und fragte mich, ob er wohl tatsächlich gerade wieder mit seiner Familie vereint war.

Vater-Freuden

Bislang hatte ich Zeit als eine fixe Konstante wahrgenommen. Das Sprichwort „Die Zeit vergeht wie im Fluge“ hielt ich für emotionalen Hokuspokus. Zeit konnte nicht schneller oder langsamer verlaufen. Wissenschaftlich gesehen war dies vollkommener Unsinn. Und dennoch hatte ich den Eindruck, als flöge die Zeit nur so dahin. Claudia war bereits einige Wochen schwanger gewesen, als sie mir die Nachricht mitteilte. Sieben Monate später war es dann so weit.

Natürlich hatte es in der Zwischenzeit viel zu tun gegeben. Das Haus musste an ein Kind angepasst werden. Das war zugegebenermaßen nicht besonders schwer. Es war genug Platz vorhanden, und die Voraussetzungen für eine Familie waren ideal. Claudia bestand darauf, sämtliche Umbaumaßnahmen selbst durchführten. Ich persönlich hätte es vorgezogen, diese Aufgabe einem Fachmann zu überlassen. In diesem Fall hatte meine Meinung jedoch eindeutig kein Gewicht.

Wie sie sich vorstellen können, war es für mich schwer, ein Kinderzimmer einzurichten. Ein ideales Zimmer für ein neugeborenes Kind würde folgendermaßen aussehen: keine Bilder, weiße Wände, ein Fenster. Es heißt ja, Licht sei für die Entwicklung wichtig. Weiße Fliesen – abwaschbar -, die das gesamte Zimmer ausfüllen. Ansonsten müsste der Raum lediglich einen praktischen Schrank, in dem alles untergebracht werden konnte, was das Kind braucht, sowie ein Kinderbett mit ergonomisch angepasster Matratze besitzen. Ach ja - und einen Wickeltisch aus Kunststoff (für die leichte Reinigung und Desinfizierung), dessen Seiten durch extra hohe Aufbauten gesichert wären.

Immerhin konnte man ja keinen Sturz vom Wickeltisch riskieren. Babyköpfe sind noch sehr weich, die Schädeldecke noch nicht gänzlich geschlossen. Ein Sturz auf den Kopf konnte fatale Auswirkungen auf das Gehirn des Babys haben.

Es konnte zum Idioten werden - oder zum Psychopathen. Emotional instabil - oder vielleicht sogar vollkommen gefühlskalt. Ich fragte mich unwillkürlich, ob ich als Baby vielleicht auf den Kopf gefallen war. Ließ sich so meine Unfähigkeit, Gefühle zu entwickeln, erklären? War ich womöglich nicht das Ergebnis eines evolutionären Entwicklungsprozesses, sondern nur das Resultat eines dummen Unfalls? Sollte diese Besonderheit nur durch etwas so banales bedingt sein? Wäre das nicht beinahe so etwas wie ein Witz des Schicksals?

Wirklich herausfinden, ob ich als Kind auf den Boden gefallen war, konnte ich natürlich nicht mehr. Meine Eltern waren seit langem tot. Als ich an sie zurückdachte, fühlte ich nichts.

Jedenfalls war es für mich nicht einfach, ein Zimmer für ein Baby einzurichten. Meine praktische Herangehensweise traf nicht auf besonders viel Gegenliebe.

„Wir brauchen Bilder an der Wand! Am besten wir malen sie mit Tieren an!“, meinte Claudia, die auf einmal leuchtende Augen bekam.

Wieso brauchte ein Kind vollgemalte Wände? Das war doch vollkommen verlorene Zeit. Die Mühe und das Geld, das die Farben kosteten, konnte man sparen. Immerhin würde es nicht lange dauern, bis das Baby alles vollgekotzt hatte. Für meine Sicht der Dinge hatte Claudia freilich kein Verständnis.

„Stofftiere! Wir brauchen viele Stofftiere!“ Claudia wollte sie überall haben. In jeder Ecke, auf jedem Tisch – wozu braucht ein Baby einen Tisch im Zimmer? Für Stofftiere natürlich – auf jedem Schrank, einfach überall.

„Stofftiere werden schmutzig und können unser Kind krank machen“, argumentierte ich.

Gehört wurde ich freilich nicht. Es war, als würde ich nicht existieren in Claudias Mikrokosmos der Mutterfreuden. Meine vier Doktortitel zählten nichts. Im Gegenteil, ich konnte froh sein, wenn Claudia einen ihrer seltenen guten Tage hatte, und mich nicht laufend anbrüllte.

Solche Tage kamen selten genug vor. Für gewöhnlich war sie gereizt, streitbar und immer kurz davor, in Tränen auszubrechen. Die Hormone schienen ihr zu schaffen zu machen. Ich hatte davon nicht viel Ahnung. Selbst in der Pubertät, die angeblich alle Menschen verändert, konnte ich in mir nichts spüren. Es war, als hätte es sie nie gegeben. Von der tieferen Stimme, Bartwuchs und meiner Geschlechtsreife einmal abgesehen.

Claudia hingegen war extrem anfällig. Sie schrie viel. Vielleicht sollte das ein Vorgeschmack auf die Zeit nach der Geburt sein. Dann würde das Baby das Schreien übernehmen. Trotz meiner Gefühlskälte setzte mir das ständige Geschrei doch zu und raubte mir allmählich die Geduld. Mein Blutdruck reagierte, vielleicht nicht in einem Rahmen, der mich zum Zurückschreien getrieben hätte, aber doch merklich. Das war neu für mich.

Vielleicht waren das die ersten Anzeichen aufkommender Gefühle in mir. Wenn dem so sein sollte, schien der Versuch mit dem Kinderkriegen zu funktionieren. Dennoch empfand ich keine Freude im eigentlichen Sinne. Lediglich ein klein wenig Spannung. Nicht genug, um als echtes Gefühl durchzugehen. Meine Vernunft riet mir, nichts zu überstürzen.

Aus diesen Gründen übte ich mich auch weiterhin in Geduld. Ich verlor sie nicht einmal, wenn Sätze wie „Du liebst mich gar nicht mehr!" oder „Du gefühlskaltes Monster!" fielen. Sie hatte ja Recht. Normalerweise hätte ich vermutet, sie habe meine Fassade durchschaut, doch waren es eher die Hormone, die aus ihr sprachen und die sie selbst den süßesten Hundewelpen hätten anschreien lassen.

Neben diesen Phasen gab es auch die Phasen übergroßer Zuneigung. „Ich liebe dich mehr als alles andere!", „Ich brauche dich!" oder „Ich werde dich nie verlassen!" fielen.

Claudia wirkte bisweilen schizophren – man wusste nie, was als nächstes passieren würde. Damit verbunden war stets ihre Suche nach großer körperlicher Nähe. Nicht in sexueller Hinsicht – dahingehend spielte sich monatelang gar nichts mehr ab – sondern vielmehr im Hinblick auf Umarmungen und Kuscheln, wie es die meisten nannten.

Diese Art der Nähe war mir unangenehm. Man brauchte Gefühle, um sie zu ertragen. Es kostete Überwindung, jedes Mal mitzuspielen. Ich wusste, dass dies unvermeidbar war. Ein Opfer für den Preis der Gefühle. Oder zumindest für den Preis etwaiger Gefühle. Ich durfte nichts unversucht lassen.

Und so folgte ich all ihren Anweisungen. Ich malte einen Dschungel mit vielen Tieren an die Wände des Kinderzimmers. Sie waren technisch perfekt, auch wenn ihnen das Herz fehlte. Bei Bildern dieser Art fällt so etwas glücklicherweise kaum auf. Claudia strahlte.

Da ich nichts anderes zu tun hatte, begleitete ich Claudia außerdem auf all ihren Einkaufstouren. Babykleider, Kinderwagen, Laufstall, Decken, Windeln und und und. Mir war nie bewusst gewesen, wie material- und kostenintensiv ein Kind sein konnte. Claudia strahlte auch dann.

Irgendwann war es dann auf einmal so weit. Claudia hatte deutlich an Masse zugelegt. Die meisten sagten, sie sei eine schöne Schwangere. Ich hatte es nie so recht verstanden, aber schön schwanger sein, schien zu bedeuten, dass der Bauch eine bestimmte Kugelform besaß. Dies schien jedoch eine Sache zu sein, die ausschließlich Frauenaugen sehen konnten. Ich konnte keine wissenschaftliche Studie hierzu finden, doch vielleicht habe ich nur nicht gründlich genug gesucht.

Eines nachts weckte mich Claudia. Sie war dabei so ruhig, dass ich fast schon vermutete, sie würde ebenfalls über keinerlei Gefühle verfügen.

„Es ist soweit“, teilte sie mir schlicht mit.

Nun wäre es an mir gewesen, einen emotionalen Ausbruch zu bekommen, doch das war mir nicht möglich. Ich war nicht wie einer jener Männer, die in zahllosen Liebesfilmen durchdrehten, wie Wahnsinnige durch die Wohnung sprangen und sich manchmal sogar verletzten, nur weil ihre Frau „Es ist so weit“ sagte. Woher ich von diesen Filmen wusste?

Claudia wollte all diese Filme während ihrer Schwangerschaft sehen. Wo hätte ich schon hingehen sollen? Ich hatte keine Freunde, die als Ausrede hätten dienen können. Es wäre ebenso falsch gewesen zu behaupten, ich ginge in eine Bar. Mein letzter Barbesuch hatte immerhin in einer Katastrophe geendet, auch wenn ich ohne ihn niemals Claudia kennengelernt hätte.

Vollkommen ruhig bereitete ich alles vor. Die Tasche für das Krankenhaus lag bereits ordentlich gepackt im Schrank. Ich brauchte sie nur noch herauszuholen. Anschließend zog ich mich selbst an, dann half ich Claudia.

Sie sah etwas beunruhigt aus, weswegen ich mein bestes, einstudiertes Lächeln auflegte und ihre Hand drückte. Das hatte ich aus den Liebesfilmen gelernt. Es funktionierte. Sie drückte zurück. Wir verließen das Haus, ich half ihr ins Auto. Einige Wochen zuvor hatte Claudia die Frage in den Raum gestellt, ob wir ein Taxi rufen sollten, wenn es so weit war. Sie fürchtete, dass ich emotional zu aufgeputscht sein könnte, um das Auto sicher zum Krankenhaus zu fahren.

Es war eine der wenigen Diskussionen während der Schwangerschaft, bei denen ich mich durchsetzen konnte. Ich durfte fahren. Natürlich habe ich bei unserer Diskussion nicht erwähnt, wie wenig mich dieses Ereignis aller Wahrscheinlichkeit berühren würde. Es wäre unangebracht gewesen.

Wir hatten die beste Privatklinik für Geburtshilfe ausgesucht, die mit Geld und Einfluss zu finden war. Geld öffnet nun einmal viele Türen, die anderen verschlossen bleiben. Wer in die obersten Kreise aufsteigen wollte, der brauchte darüber hinaus auch den nötigen Einfluss. Durch mein soziales Engagement hatte ich viele Kontakte knüpfen können. Ich war nicht nur reich, sondern besaß auch den nötigen Einfluss, um eines der besten Zimmer in der Klinik zu erhalten.

Dementsprechend wurden wir auch behandelt. Es war nicht nötig, erst einen Anmeldebogen auszufüllen oder lange in einem grauen Wartezimmer zu warten. Claudia wurde First-Class behandelt.

Nichts sollte schiefgehen. Claudia bestand auf eine natürliche Geburt. Es war wieder eine dieser Diskussionen gewesen, bei denen ich den Kürzeren gezogen hatte. Ich wollte sie davon überzeugen, das Kind per Kaiserschnitt auf die Welt zu bringen. Dabei argumentierte ich mit der Reduzierung von Stress für das Kind und Claudia, mit weniger Schmerzen und einer geringeren Fehlerquote bei Komplikationen. Sachliche Argumente. Ich hätte mir schon denken können, wie wenig zielführend meine Argumente sein würden. Wie immer in dieser Zeit sah Claudia mich an:

„Du verstehst mich einfach nicht“, sagte sie. Ich konnte ihr nicht widersprechen. Sie hatte Recht.

Claudia wurde vorbereitet und dann in den Kreissaal geschoben. Ich bestand darauf, bei der Entbindung dabei zu sein. Das heißt, eigentlich legte ich darauf keinen echten Wert, wusste aber, wie wichtig dies für Claudia war. Auch dieses Wissen verdankte ich den Liebesfilmen, die wir in unglaublicher Zahl gesehen hatten.

Die Geburt verlief überraschend unkompliziert. Nach nicht einmal drei Stunden war das Baby da. Wir hatten uns darauf geeinigt, uns, was das Geschlecht des Kindes anging, überraschen zu lassen. Claudia wollte dies so, und in diesen Dingen hatte ich, wie bereits erwähnt, nichts zu sagen. Es war ein Junge. Dem Schreien nach zu urteilen, schien er sehr gesund zu sein. Es war kein Reiben und auch kein Klapps auf den Rücken notwendig.

Alles lief gut. Claudia war überglücklich. Selbst in ihrem von der Geburt geschwächten Zustand sah sie perfekt aus. Sie strahlte, als man ihr das Kind in die Arme legte. Ich saß neben ihr, hielt ihre Hand und drückte sie in regelmäßigen Abständen.

Dann war es so weit. Das erste Mal hielt ich unseren Sohn in den Armen. Er schrie nicht mehr. Er war wach und sah mich an. Ich folgte Martins Rat und hob ihn hoch. Nach einigen Sekunden legte ich ihn zurück zu Claudia. Fragend blickte sie mich an. Sie sah kein Lächeln mehr. Es war aus meinem Gesicht verschwunden. Ich verließ den Raum. Auch wenn es auf den Gängen des privaten Krankenhauses um diese Zeit sehr ruhig war, ging ich in einen der exklusiven Waschräume. Ich wollte nicht gestört werden.

Ich drehte das Wasser auf, sah mich im Spiegel an. Dann ballte ich die Hand zur Faust und schlug damit den Spiegel ein. Meine Hand blutete stark. Ich hatte zahlreiche Splitte, die sich tief in meine Hand gebohrt haben. Der Schmerz breitete sich in mir aus. Von der Hand ausgehend, arbeitete er sich meinen Arm hinauf.

Vom Schmerz einmal abgesehen spürte ich nichts. Ich war vollkommen kalt. Was Martin als schönstes Gefühl dieser Welt bezeichnet hatte, bedeutete mir absolut nichts. In mir herrschte weiter die Leere.

Es hatte nicht funktioniert. Ich war meinen Gefühlen keinen Schritt nähergekommen. Noch immer beherrschte mich die Leere. Dabei war ich tatsächlich überzeugt gewesen, endlich den Schlüssel gefunden zu haben. Martin hatte sich getäuscht. Ich hatte mich getäuscht. Schon wieder.

Ich war kein echter Mensch und würde niemals einer sein. Was bedeutete das alles für Claudia und meinen Sohn, für den ich keinerlei Gefühle empfand? Was würde ich für ein Vater sein? Was konnte ich einem Kind beibringen? Wie würde ich jemals ein Vorbild sein können? Ich wusste nicht einmal, wie man ein Kinderzimmer einrichtete, wie sollte ich da einen Menschen formen?

Man muss die Realität akzeptieren. Das ist das oberste Gebot eines Rationalisten, wie ich einer war. Ich hatte nicht viel mehr als die Realität. Zur Phantasie oder Träumen war ich nicht fähig und würde es nie sein.

„Tut es weh?“, fragte die junge Ärztin und riss mich aus meinen Gedanken.

Sie saß tief über meine Hand gelehnt da und nähte. Scheinbar waren viele Stiche nötig, um meine Hand wieder zusammenzuflicken. Es war keine sonderlich gute Idee gewesen, auf den Spiegel einzuschlagen. Dennoch kam es mir logisch vor. Körperlicher Schmerz hätte immerhin die Wirkung der Geburt verstärken können. Schmerz und Freude hätten eine Gefühlsregung in mir auslösen müssen. Zumindest dachte ich das. Es war ein Irrtum.

Sie war jung. Sehr jung sogar. Scheinbar hatte sie gerade ihr Studium beendet. Man erkannte ihre Jugend, auch wenn sie alles andere als jugendlich aussah. Sie sah müde und abgeschafft aus. Wohl die Folge einer nicht enden wollenden Reihe an Nachtdiensten und Überstunden. Die ständige Anspannung, der Stress und die wenige Freizeit machten sie älter und gleichzeitig jünger.

Es fehlte ihr an Lebenserfahrung, das machte sie jung. Die tiefen Falten machten sie alt. Keine gute Kombination, wie ich fand. Was sie wohl fühlte? Ob sie überhaupt noch etwas fühlte?

„Nein", antwortete ich.

„Wie konnte das nur passieren?", fragte die Ärztin zum wiederholten Mal.

Ich antwortete ihr wie die Male zuvor. „Ich habe mir die Hände gewaschen, als mir plötzlich schwarz vor Augen wurde. Ich fiel nach vorne und muss wohl in den Spiegel gestürzt sein."

Eine schlechte Lüge. Auf der anderen Seite zahlte ich ein Vermögen für die Behandlung in einer Privatklinik. Da konnte ich wohl von der größtmöglichen Diskretion ausgehen.

„Aber das ist doch unlogisch!", rief sie aus. „So schnell zerbricht doch kein Spiegel. Und schauen sie, wie tief die Schnitte sind. Das passt nicht!"

„So war es aber."

„Wenn sie das sagen…", grummelte sie. Sie hielt nicht viel von Diskretion. Ich beschloss, nicht näher darauf einzugehen. Stattdessen fragte ich, wie lange es noch dauern würde. Immerhin wartete meine Familie auf mich. Ein sonderbarer Gedanke.

Meine Familie. Es fühlte sich falsch an. Sollte man für seine Familie nicht etwas empfinden? In den Liebesfilmen war das so. Man konnte die tief empfundene Liebe der Protagonisten erkennen, auch wenn diese nur Schauspieler waren. Ich hätte auch in all diesen Filmen mitspielen können. Mein Leben war ähnlich dem Leben eines Schauspielers. Ich spielte Dinge vor, die nicht stimmten. Gefühle, die nicht existierten. Ich war gut darin. Dennoch wollte ich so nicht weitermachen. Mein Verstand warnte mich davor, ein Kind großzuziehen.

Außerdem war ich mir nicht sicher, wie lange ich meine Fassade aufrechterhalten konnte. Bei einem Filmschauspieler war es stets nur eine Frage der Zeit, bis er seine Rolle ablegte und wieder ins normale Leben zurückkehrte. In meinem Fall war das Leben an sich ein nie enden wollendes Schauspiel.

Irgendwann würde ich einen Fehler begehen. Was würde geschehen, wenn Claudia erkannte, dass meine Gefühlsbekundungen alle nur erlogen waren? Was würde sie wohl sagen, wenn sie meine fehlende Zuneigung zu ihr und unserem Sohn entdeckte?

Ich konnte wohl kaum Verständnis erwarten. Und das, obwohl ich nichts dafür konnte. Hätte ich an einer bekannten Krankheit gelitten, die meine Gefühle auslöschte, dann hätte jeder Mitleid empfunden. Die Zuneigung Claudias wäre wahrscheinlich noch gewachsen.

Ich hatte allerdings keine Erklärung für meine innere Kälte. Ich war nicht krank. Ich war einfach nicht menschlich. Claudia würde mich verurteilen, mich beschimpfen. So unangenehm sich all das anhörte, irgendwie war der Gedanke, ihr alles zu sagen und zu gestehen, reizvoll. Erleichternd. Bisher basierte unsere gesamte Beziehung auf Lügen. Nichts war wahr. Zumindest nicht von meiner Seite aus.

Wüsste sie, wer oder vielmehr, was ich war, hätten die Lügen ein Ende. Wenn sie erkannte, wie wenig Menschliches in mir wohnte, würde sie mich ehrlich verurteilen. Es würde sich gut anfühlen, weil auch ich nicht länger lügen müsste. Es wäre der Höhepunkt unserer Beziehung, denn er wäre vollkommen ehrlich.

„So, fertig", unterbrach die Ärztin meine Gedanken. „In einer Woche kommen sie zum Fäden ziehen."

Mit diesen Worten stand die junge Frau auf, schleuderte ihre Latexhandschuhe in einen Mülleimer – sie war sehr treffsicher, stieß die Tür auf und ging. Sie sagte kein Wort des Abschieds. Ich auch nicht. Ich warf einen Blick auf meine Hand. Sie war dick eingebunden. Es tat nichts weh. Die junge Frau würde eine gute Ärztin werden.

Ich ging zum Zimmer von Claudia. Es war sehr exklusiv eingerichtet. Ich fragte mich, ob sich ein Baby hier wohlfühlte. Immerhin waren keine Tiere an die Wände gemalt. Vor den Fenstern ging langsam die Sonne auf, das Zimmer war in ein zart-rotes Licht getaucht. Claudia lag in ihrem Bett. Sie schlief. Leise nahm ich einen Stuhl und stellte ihn sanft neben ihrem Bett ab. Selbst im Schlaf sah sie perfekt aus. Eine bessere Frau zur Fortpflanzung hätte ich tatsächlich nicht finden können. Ich war zumindest, was das Körperliche und meine Intelligenz anging, perfekt, sie war es ebenso. Unser Kind musste wirklich etwas Besonderes werden. Und das im positiven Sinne.

Unser Kind war übrigens nicht im Zimmer. Es wurde weiteren Untersuchungen unterzogen, was auch immer das bedeuten mochte. Eine Schwester hatte mir dies mitgeteilt, ohne näher erklären zu können, worum es ging. Wir befanden uns in einer der exklusivsten und besten Privatkliniken des Landes, weswegen ich mir keine Gedanken machte.

Mein Sohn war sicher gut aufgehoben. Hätte ich über Gefühle verfügt, hätte ich die Lage womöglich anders beurteilt, so jedoch folgte ich nur meinem Verstand. Ich nahm Claudias Hand und drückte sie sanft. Dieses Vorgehen war zu meinem Markenzeichen geworden. Was im Liebesfilm funktionierte, musste auch im normalen Leben funktionieren, dachte ich. Ich tat es so oft wie nur möglich.

„Wo ist er?“ Claudia schlug die Augen auf. Hatte ich sie etwa aufgeweckt?

„Er wird untersucht. Reine Routine“, beruhigte ich sie.

„Bist du sicher? Was untersuchen sie?“, hakte Claudia nach.

Der Gedanke auf einmal von dem kleinen Geschöpf, das neun Monate lang unter ihrem Herzen herangewachsen war, getrennt zu sein, schien ihr nicht zu behagen.

„Keine Sorge, bald ist er wieder bei dir“, beschwichtigte ich sie.

„Bei uns meinst du wohl“, murmelte sie.

„Natürlich.“ Wie konnte ich mich nur so versprechen. Ich war mit meinen Gedanken woanders.

Bei uns. War das tatsächlich so? Vielleicht konnte unser Sohn körperlich bei uns sein, vollkommen würde er sich jedoch nie in meiner Nähe befinden.

„Was ist mit deiner Hand?“, wollte Claudia wissen.

„Nichts weiter. Nur ein kleiner Unfall im Waschraum“, erklärte ich.

„Hm“, machte Claudia. Sie sah mich kritisch an.

Ich drückte ihre Hand. Dies schien sie noch mehr zu verwirren.

„Alles wird gut“, sagte ich und setzte dabei mein bestes Lächeln auf.

Das erste Mal, seit ich sie kannte, schien sie mir mein Lächeln nicht abzunehmen. Zweifel lagen in ihrem Blick. Ich konnte es ganz klar spüren.

„Hm“, machte Claudia erneut.

Dann schlief sie ein. Es war gut so. Ich war gerade nicht in der Verfassung, irgendetwas zu erklären. Ihr Schlaf bewahrte mich vor einer unangenehmen Situation. Auch wenn die Geburt schnell gegangen war, hatte sie das alles sehr erschöpft.

Ich ließ sie schlafen und verzichtete darauf, ihre Hand weiterzudrücken. Sie brauchte die Ruhe. Doch was brauchte ich? Ich war mir nicht sicher. Noch vor wenigen Monaten war mir die Idee, ein

Kind in die Welt zu setzen, wie eine gute Idee vorgekommen. Jetzt jedoch war alles anders. Ich fühlte noch immer nichts. Alles war umsonst.

Ich konnte unmöglich mein Leben so weiterleben. Ich musste eine Entscheidung treffen. Natürlich hätte ich einfach meine Familie verlassen können. Zum Schutz meiner Familie.

Doch wäre dieses Argument eine Lüge gewesen. Es ging mir nicht um Claudia und auch nicht um unser neugeborenes Kind. Beide bedeuteten mir nicht das Geringste. Es ging mir alleine um mich.

Ich verfiel in tiefes Nachdenken. Wie konnte ich wohl am besten gehen und verschwinden? Natürlich würde ich Claudia und unser Kind gut versorgen. Doch ich wusste, wie wenig Wert Claudia auf Geld und Wohlstand legte. Sie war davon überzeugt, in mir den Mann ihres Lebens gefunden zu haben. Wie würde sie wohl reagieren, wenn sie ihren Irrtum erkannte? Nach einer Weile schlief auch ich ein.

„Wachen sie auf!“ Eine sanfte Stimme riss mich aus dem Schlaf. Es war eine Krankenschwester mittleren Alters und mit mindestens zwanzig Kilogramm zu viel auf den Hüften. Entweder das Essen in der Krankenhauskantine war ausgezeichnet, oder sie aß oft und viel zu Hause.

Sie rüttelte noch immer sanft an meiner Schulter. Mein Nacken schmerzte. Kein Wunder, wenn man auf einem Stuhl schlief. Sie lächelte mich freundlich an. Es war Tag, Licht durchflutete das Zimmer. Claudia schlief noch immer. Sie sah besser aus als noch vor wenigen Stunden. Sie schien sich erholt zu haben.

„Wie spät ist es?“, fragte ich die Schwester leise.

„Beinahe elf“, antwortete die Schwester.

Ich sah mich um. Von unserem Sohn war nichts zu sehen.

„Wo ist er?“, verlangte ich zu wissen.

Ihr Lächeln verschwand nicht direkt, aber es nahm eine traurige Note an.

„Das soll ihnen der Doktor erklären.“

Ich ahnte, dass das nichts Gutes bedeuten konnte.

„Ich muss meine Frau wecken“, murmelte ich.

„Tun sie das“, meinte die Schwester. „Der Doktor wird gleich bei ihnen sein.“ Sie drückte meine Schulter, ebenso, wie ich immer Claudias Hand drückte. Ob sie die gleichen Filme gesehen hatte?

Dann verschwand die Schwester. Ich weckte Claudia.

„Guten Morgen“, sagte sie mit einem breiten Lächeln. Sie wirkte noch immer müde, aber, soweit es mir mit meinen begrenzten Fähigkeiten möglich war zu sagen, glücklich.

„Guten Morgen, Claudia“, erwiderte ich. Ich hatte vergessen, mein Lächeln aufzusetzen, was sie sofort bemerkte. Ihr eigenes verschwand. Ihre Stirn legte sich in Falten.

„Was ist los?“

„Ich weiß es nicht“, gestand ich. „Der Doktor kommt gleich. Es ist bestimmt nichts Schlimmes.“

Doch auch diese letzte Beschwichtigung konnte die Tränen der Angst nicht verhindern, die Claudia auf einmal in den Augen standen. „Oh nein“, brachte sie hervor.

Dann öffnete sich die Tür. Der Arzt kam herein. Es war der Leiter der Klinik. Nicht viele kamen in den Genuss, von diesem Mann behandelt zu werden. Der Chefarzt war groß und hager. Eine Brille saß etwas schief auf seiner Nase. Er trug nicht das Modell mit dickem schwarzem Rahmen, wie man es zu dieser Zeit überall sah, sondern ein konservatives Modell. Praktisch. Ein Pluspunkt. Er wirkte müde. Die Nacht schien für ihn nicht leicht gewesen zu sein. Ein Minuspunkt.

„Guten Morgen“, sagte er mit ernster Miene. Unseren Sohn hatte er nicht dabei.

„Guten Morgen“, gab ich zurück.

„Was ist mit unserem Baby!“, verlangt Claudia zu erfahren.

Ich konnte die Panik in ihrer Stimme hören. Sie gab sich gar nicht erst mit höflichen Floskeln ab.

Der Arzt stand für einen Moment da, als wüsste er nicht so recht, wie er reagieren sollte. Dann nahm er sich einen zweiten Stuhl und stellte ihn neben den meinen.

„Sagen sie schon!“, forderte ihn Claudia auf. Sie war kurz davor hysterisch zu werden.

„Ihr Sohn hat einen schweren Herzfehler“, erklärte der Arzt. Es fiel ihm dabei schwer, seine Stimme zu kontrollieren.

Scheinbar war er ein sehr emotionaler Mensch. Ansonsten hätte er sich schon daran gewöhnt haben müssen, Eltern schlechte Nachrichten zu überbringen. Immerhin war er der Leiter einer Geburtsklinik. Da kam so etwas sicher häufiger vor.

„Er wird sterben“, fuhr der Arzt fort.

„Was?“, brachte Claudia vor. Sie wirkte geschockt. Tränen flossen ihre Wangen hinab, doch sie schien es nicht einmal zu bemerken.

„Es ist ein sehr seltenes Leiden. Unmöglich, es vor der Geburt festzustellen“, erklärte er weiter.

„Sie werden doch sicherlich etwas tun können?“, fragte ich.

Diese Frage wurde von mir erwartet.

Der Arzt schüttelte traurig den Kopf. „Es tut mir leid. Wir können in diesem Fall absolut nichts tun.“

Claudia zitterte am ganzen Körper. Ich drückte ihre Hand, sie schien auch das nicht zu bemerken.

Ich schluckte. Auch dies tat ich nur, weil es meine Vaterrolle verlangte.

„Wie lange noch?“

„Ein paar Stunden“, sagte der Arzt wahrheitsgemäß.

„Ich verstehe“, antwortete ich kurz.

Der Arzt sah mich einen Augenblick an. Dann sagte er: „Sie haben noch Zeit, sich zu verabschieden. Nutzen sie diese Möglichkeit. Ich komme später wieder.“

Dann stand er auf. Ich bedankte mich bei ihm, ohne zu wissen, wofür. Immerhin konnte dieser Mann unser Kind nicht retten. Als der Arzt das Zimmer verlassen hatte, wandte ich mich Claudia zu. Noch immer weinte sie. Ich wusste nicht, was ich tun sollte. In den Filmen, die wir gesehen hatten, kam so etwas nie vor. In den Filmen gab es immer Hoffnung, es gab immer einen Weg. Für Claudia gab es keine Hoffnung mehr. Die dickliche Krankenschwester kam in den Raum und schob einen Rollstuhl vor sich her.

„Damit wird es leichter gehen“, sagte sie leise. Ich nickte ihr zu. Dann verschwand sie wieder.

„Wir müssen gehen“, sagte ich zu Claudia.

„Nein, ich will nicht“, brachte sie unter Schluchzen hervor.

„Es ist alles so sinnlos. Warum? Warum? Warum?“

„Ich weiß es nicht.“ Ausnahmsweise meinte ich es ehrlich.

Anschließend saß ich einfach am Bett. Claudia wollte sich nicht verabschieden, und ich war nicht in der Lage, sie umzustimmen. Dafür hätte ich an ihr Gefühl appellieren müssen, doch das war mir unmöglich.

„Du musst nicht, wenn du nicht willst“, sagte ich.

Für einen Moment sah sie mich mit einem sonderbaren Blick an. Dann nickte sie.

Sowohl die Schwester als auch der Arzt kamen noch ein weiteres Mal. Sie wollten uns davon überzeugen, uns zu verabschieden. Unsere Weigerung konnten sie nicht verstehen.

Das erste Mal war Claudia auf meiner Seite. Ich fühlte nichts, sie wollte nichts fühlen. Nie zuvor habe ich mich ihr so verbunden gefühlt wie in diesem Moment. Irgendwann hatte es das Klinikpersonal begriffen. Sie kamen nicht mehr, um uns zu überzeugen. Erst nach ein paar Stunden öffnete sich die Tür erneut. Es war der Chefarzt.

„Ihr Junge ist gestorben. Er hatte keine Schmerzen.“ Mehr sagte er nicht. Allerdings bedachte er mich mit einem sonderbaren Blick. Als er sich umdrehte, bildete ich mir ein, eine Träne seine Wange hinunterlaufen zu sehen.

„Sie hätten sich verabschieden sollen", flüsterte er mit heiserer Stimme, bevor er rasch den Raum verließ. Wahrscheinlich hatte er Recht.

Ich sah Claudia an. Sie starrte mit weit aufgerissenen Augen an die Decke. Hätte ich nicht gesehen, wie ihr Puls leicht an ihrem Hals schlug, hätte ich sie für tot gehalten. Für den Augenblick war sie in einer Welt fern des Schmerzes und des Leids. In meiner Welt. Sie spürte nichts. Ich auch nicht. Wir waren uns ganz nah. Ich drückte ihre Hand.

Zwei Tage später konnte ich Claudia nach Hause bringen. Unser totes Kind wurde bei einem Bestatter aufbewahrt, bis wir uns in der Lage sähen, es angemessen zu bestatten. Wie bestattete man ein Kind, das noch nicht einmal einen Namen hatte? Alles in allem war die Situation schwierig. Ich wusste nicht, wie ich mit Claudia umgehen sollte. Sie war extrem verschlossen. Sie redete kaum, und wenn, dann waren es einsilbige Sätze, die ausschließlich praktischen Belangen dienten. Sie weinte nicht, doch ihre Augen waren stets gerötet. Sie schlief, auch wenn ihr Schlaf von Alpträumen beherrscht zu sein schien.

Auch das war ein Aspekt des MenschSeins, den ich nicht begreifen konnte. Träume waren mir so fremd wie die Liebe zu meinem toten Kind. *Träume sind der Schlüssel zur Phantasie,* hatte einmal jemand zu mir gesagt. Gerne hätte ich diesen Schlüssel einmal ausprobiert, doch wie es schien, sollte mir dies nicht gewährt werden. Ich hatte auch meine letzte Chance, meine Gefühle zu finden, verpasst. Wenn nicht einmal die Geburt eines Sohnes, ja nicht einmal dessen Tod, etwas in mir bewegen konnte, was dann?

Mein Leben lang hatte ich versucht, durch einzelne Gefühle zu meinen Emotionen zu finden. Sie zu kombinieren, kam mir nie in den Sinn. Wie sich jedoch nun herausgestellt hatte, war dies ebenso erfolglos wie all die anderen Versuche.

Ich war verloren in dieser Welt der Gefühle als ein Fremdkörper, der niemals mehr sein würde als ein Außenseiter. Ohne Zweck und ohne Ziel und ohne jede Daseinsberechtigung. Selbst wenn man von der Annahme ausging, sich fortzupflanzen sei das Ziel des Menschen, hatte ich versagt. Nun hatte ich nichts mehr.

Die Ärzte hatten uns zwar versichert, dass ein Fall wie der unsrige äußerst selten sei und nicht das geringste mit einer schlechten Veranlagung zu tun hatte und wir es unbedingt noch einmal versuchen sollten, doch Claudia würde dies gewiss nicht wollen. Der Verlust unseres Sohnes nahm sie zu sehr mit.

Das Risiko, dies noch einmal durchstehen zu müssen, wollte sie sicher nicht eingehen. Davon abgesehen hatte auch ich kein Interesse mehr daran, ein Kind in die Welt zu setzen. Immerhin hatte ich dies getan, um meinen Gefühlen näherzukommen. Dieses Projekt war gescheitert. Warum sollte ich es also erneut versuchen? Der Ausgang war ohnehin bereits klar.

Auch aus logischen Gründen sollte ich es nicht mehr versuchen. Wissenschaftliche Studien haben ergeben, dass die Qualität des männlichen Samens ab einem gewissen Alter abnimmt. Die Resultate waren also nicht mehr vollkommen. Ich war zu alt. Ich konnte es mit meinem Verstand nicht vereinbaren, ein Kind in die Welt zu setzen, das nicht vollkommen war. Dies hätte meinem gesamten Wissen widersprochen. Zumindest, wenn es dafür keine nachvollziehbaren Gründe gab. Eben solche Gründe existierten nicht länger.

Es war an der Zeit, mich damit abzufinden. Ich würde niemals mehr sein, als ich war. Ein Computer in der Hülle eines Menschen.

Vor einigen Jahren hatte ich einmal die Serie Star Trek angesehen. Auch dort gab es ein Wesen wie mich. Einen Roboter namens Data, der aussah wie ein Mensch, jedoch niemals wirklich dazu in der Lage sein sollte, echte Gefühle zu entwickeln. Am Ende wurde dieser Roboter zerstört, scheinbar auf Grund einer emotionalen Entscheidung, die meiner Meinung nach keine war. Ein so genannter Emotions-Chip sollte dieser Kreatur Gefühle vermitteln. So etwas hielt ich für unmöglich. Sein Opfer war sinnlos gewesen, ebenso seine gesamte Existenz. Gut, dass es nur eine fiktive Figur in einer Serie war.

Ich kümmerte mich um Claudia. Sie benötigte Pflege. Alleine wäre sie in dieser Zeit nicht zurechtgekommen. Währenddessen lag unser Sohn in einer Kühlkammer. Was mit ihm geschehen sollte, war noch nicht entschieden. Eine solche Entscheidung lag jenseits meiner Kompetenzen, und Claudia war schlicht und ergreifend nicht in der Lage, sich dazu zu äußern. Also warteten wir.

Es vergingen einige Wochen. Ihr Fortschritt war kaum zu erkennen, doch die kleinen Schritte zurück in diese Welt kumulierten sich letzten Endes, so dass Claudia zumindest phasenweise ihren Weg zurück in die Realität fand.

„Was sollen wir tun?", fragte sie mich eines Tages wie aus dem Nichts. Ihre Stimme klang rau, ungeübt von der langen Phase des Schweigens.

Sie lag zu diesem Zeitpunkt - wie die meiste Zeit - in ihrem Bett und starrte an die Decke.

„Was meinst du?", fragte ich, obwohl ich genau wusste, worauf sie hinauswollte.

„Du weißt genau, was ich meine!", erwiderte sie scharf. Es klang sonderbar. Die Kombination aus ihrer belegten Stimme und der Schärfe wirkte beinahe unwirklich.

„Was machen wir mit ihm?"

„Wir müssen ihn begraben", antwortete ich vielleicht etwas zu schnell.

Auf einmal sah sie mich an. Ihr Blick hatte etwas Sonderbares. Es war mir nicht möglich einzuordnen, worin dieses Sonderbare bestand. Ihr Blick baute eine Distanz zwischen uns auf. Eine unsichtbare Barriere, die ich mit dem Verstand nicht erklären konnte. Und dennoch existierte sie. Ich drückte ihre Hand.

„Lass das!", fuhr sie mich an. „Für immer!", fügte sie noch hinzu.

„Ok“, antwortete ich schlicht.

Dann schwiegen wir. Sie starrte mich weiterhin mit jenem sonderbaren Blick an. Nach einer Weile ergriff ich die Initiative.

„Soll ich alles in die Hand nehmen?“, fragte ich.

„Nein“, kam ihre schnelle Antwort. „Ich erledige das. Halt du dich raus.“ Es klang entschieden.

Unter normalen Umständen hätte mich dies wohl verletzten müssen. Als normal konnte man mich nur schwerlich bezeichnen. Es kümmerte mich nicht. Praktisch gesehen war es für mich von Vorteil, da ich keine Mühe aufwenden musste.

Sie kümmerte sich tatsächlich um alles. Mit einer stoischen Ruhe erledigte sie die Anrufe, die zu tätigen waren. Zwei Tage später standen wir auf dem Friedhof, den ich durch das Hospiz sehr gut kannte.

Ganz in der Nähe des Grabes unseres Sohnes erstreckte sich die Wiese, auf der die sterblichen Überreste Martins verstreut waren. Etwas weiter entfernt Evelyn. Tobias Grab lag am anderen Ende des Friedhofes. Ich würde keinen der drei besuchen. Warum auch?

Das Wetter war schön. Eigentlich zu warm für einen schwarzen Anzug. Vögel flogen fröhlich herum, sie schienen an diesem Ort viel Nahrung zu finden. Gute Erde. Wieder war es eine einsame Beerdigung. Ein Pfarrer – diesmal war es ein anderer als sonst – Claudia und ich. Und unser Kind, das noch immer keinen Namen trug. Ich bin mir nicht sicher, ob das richtig war.

Claudia hatte jedoch darauf bestanden und mir war klar, wie sinnlos eine Diskussion gewesen wäre. Es war ihr Kind, nicht meines. Claudia lautes Schluchzen übertönte die Worte des Pfarrers, doch interessierten mich diese auch nicht sonderlich. Trotz ihrer Tränen wirkte Claudia präsent wie lange nicht mehr. Sie war zurück in dieser Welt und hatte den Tod akzeptiert. Ob das nun gut oder schlecht war, wagte ich nicht einzuordnen.

Normalerweise hätte ich ihre Hand gedrückt, doch sie hatte mir unmissverständlich zu verstehen gegeben, wie sehr sie eben dies verabscheute. Mit Umarmungen oder tröstenden Worten verhielt es sicher ähnlich. Also unterließ ich all das. Wir blieben nicht lange an dem Grab. Wir hatten das Kind, das dort begraben lag, nicht wirklich gekannt. Ein kurzer Moment, in dem Claudia es in den Armen hielt und ich es in die Höhe hob. Das war alles. Wir hatten uns nicht einmal verabschiedet, obwohl wir die Gelegenheit dazu gehabt hatten. Dementsprechend anonym war das Grab. Auf dem Kreuz stand weder ein Name – es gab keinen – noch Geburtstag- oder Todestag – was im Prinzip das gleiche Datum gewesen wäre. Einzig die Jahreszahl war eingeritzt.

Auf diesem Grab würde niemals ein Grabstein stehen. Es würden niemals Blumen angepflanzt. Niemand würde jemals hierher zu Besuch kommen. Genau so würde es irgendwann mit meinem eigenen Grab sein. Der Gedanke sollte mich traurig stimmen, doch er tat es nicht.

Das also waren die Vaterfreuden, von denen immer alle sprachen? Kaum zu glauben.

Neuanfang

Zu Hause angekommen entledigte sich Claudia ihrer Trauerkleider. Sie ging in den Trainingsraum, den sie schon lange nicht mehr benutzt hatte. Barfuß und nur in Unterwäsche bestieg sie den Cross-Trainer, stellte ihn auf die höchste Stufe und fing zu trainieren an.

Ihr Gesichtsausdruck war starr ins Nichts gelenkt. Sie war eine schöne Frau. Kaum zu glauben, dass sie vor wenigen Wochen ein Kind auf die Welt gebracht hatte. Ihr Bauch war flach, ihre Haut straff. Ich folgte ihr.

„Claudia", sprach ich sie leise an. Sie ignorierte mich.

„Claudia", diesmal war ich etwas lauter. „Was tust du da?"

„Ich starte neu", lautete ihre lapidare Antwort.

„Kann ich etwas für dich tun?", fragte ich sie.

„Ja", sagte sie. „Geh! Für immer."

„Wie meinst du das?", fragte ich überrascht. Schmiss sie mich raus?

„Du sollst gehen! Ich will dich nie wieder sehen! Du bist daran schuld, dass ich mich nicht von meinem Sohn verabschieden konnte!" Nun war es als nur noch ihr Sohn.

„Du wolltest nicht…", fing ich an, doch Claudia unterbrach mich.

„Du hättest darauf bestehen müssen!", schrie sie mich an.

„Geh!"

Es hatte keinen Sinn, mit Claudia zu diskutieren. Ihre Entscheidung war gefallen. Wir hatten nie geheiratet, weswegen sie keinerlei Anspruch auf das Haus hatte, doch ich wollte hier nicht mehr leben. Auch für mich war es an der Zeit, neu zu starten.

Davon abgesehen hatte ich keine Lust, das Kinderzimmer wieder aufzulösen. Was sollte ich mit den Heerscharen an Stofftieren machen? Es war für mich einfacher, mir ein neues Zuhause zu suchen, als dieses hier wieder in seinen ursprünglichen Zustand zu versetzen.

Ich würde ihr das Haus schenken. Das war ich ihr schuldig. Immerhin hatte sie mich aus der Psychiatrie geholt. Mehr blieb nicht von unserer gemeinsamen Zeit. Zumindest nicht bei mir. Als ich an der Tür stand, drehte ich mich noch einmal um.

„Es wird dir an nichts fehlen“, versicherte ich Claudia.

Eine Weile sagte sie nichts. Dann jedoch begann sie zu sprechen. „Ich weiß, wer du bist. Es ist nicht ok.“

Ich ging. Ich konnte nicht genau definieren, was in mir vorging, doch irgendetwas schmerzte. Ich schob es auf meine Hand, die noch immer nicht ganz verheilt war. Sicher war ich mir jedoch nicht.

Es war schon interessant. Scheinbar wussten alle, wer ich war, nur ich selbst wusste es nicht. Ich wusste, was ich sein wollte, doch nicht, wie ich dazu werden konnte.

Es sollte Claudia an nichts fehlen. Deshalb überschrieb ich ihr das Haus. Die Besitzurkunde wurde ihr per Post zugestellt. Alle Formalitäten fanden ohne direkten Kontakt statt. Claudia wusste eigentlich gar nichts von alledem, bis es beschlossen und damit unumkehrbar war. Neben dem Haus schenkte ich ihr eine erhebliche Geldsumme. Sie sollte sich niemals Sorgen um ihren Lebensunterhalt machen müssen.

Warum ich all das tat, wusste ich nicht so recht. Vielleicht war es tatsächlich nur Dankbarkeit dafür, dass sie mich aus der Anstalt befreit hatte. Vielleicht steckte auch mehr dahinter. Damals konnte ich dies nicht klar erkennen.

Ich sah Claudia übrigens tatsächlich nie wieder. Ich zog nicht nur in eine andere Stadt, sondern hielt mich nirgendwo lange auf. Ich lebte in Hotels, ein Haus zu kaufen hätte keinen Sinn gemacht und wäre eine erneute Festlegung gewesen, zu der ich nicht bereit war.

Durch mein soziales Engagement war ich zu bekannt. Ich suchte die Anonymität, ich wollte endlich wieder in der Masse verschwinden und unauffällig mein Leben leben. Genau diesen

Grundsatz hatte ich in den letzten Jahren vernachlässigt. Wohin mich das gebracht hatte? Nirgendwohin. Ich war noch immer am gleichen Punkt wie zu Beginn meiner Suche. Interessanterweise hinterließ ich sogar noch immer Tote. Anfangs richtete ich von eigener Hand, mittlerweile starben einfach alle von alleine.

Zu glauben, es läge an einer Art übernatürlichem Einfluss, den ich auf mein Umfeld ausübte, wäre unsinnig und nicht logisch gewesen. Für einen Unbeteiligten – und wahrscheinlich auch für die meisten Beteiligten – sah es dennoch genau so aus. Ich hinterließ verbrannte Erde. Claudia würde dies sicher bestätigen.

Schon jetzt schien mir die Zeit mit Claudia übrigens unendlich lange her zu sein. Fehlte sie mir? Nein. Und doch war da noch ein weiteres Stück Leere, das mein Leben beherrschte. Sehnsucht?

Wahrscheinlich war es einfach nur die Störung einer Gewohnheit. Über einen längeren Zeitraum hinweg war ich es gewohnt, Claudia als einen Teil meines Lebens zu akzeptieren. Das Alleinsein war ich nicht mehr gewohnt. Jetzt plötzlich wieder auf mich allein gestellt durch die Welt zu streifen, stellte auch für mich einen ungewohnten Neuanfang dar.

Ich wurde zu einem Wanderer. Von Stadt zu Stadt, von Ort zu Ort. Ich hielt mich nirgendwo lange auf. Eine Nacht, manchmal zwei, gelegentlich war es auch eine Woche. Mehr nicht. Es war gut so. Ich kannte niemanden, und niemand kannte mich. Die vollkommene Anonymität. Ich lebte die Utopie, die mir meine Existenz vorgab. Glücklich konnte mich diese Art des Lebens freilich nicht machen. Wohin mich dieser Neuanfang führen würde, vermochte ich ebenfalls nicht zu sagen. Ich begann damit, mich für bildende Kunst zu interessieren. Ich besuchte alle Museen in den Städten, in denen ich gerade Rast machte. Am meisten verwirrte mich dabei die abstrakte Stilrichtung. Während andere Stundenlang vor einem einzigen Bild stehen konnten und dabei „Ohs“ und „Ahs“ ausstießen, vermochten diese Bilder nichts in mir zu wecken.

Für mich waren diese Bilder nichts weiter als eine schlampige Ansammlung von Farbklecksen. Mein Wandgemälde im Kinderzimmer hatte mehr künstlerischen Wert. Ich stellte fest, wie ungeeignet ich als Kunstkritiker sein musste. Diese Menschen schienen über unglaubliche Emotionen zu verfügen. Anders hätten sie ihren Job wohl nicht ausfüllen können.

Zu beeindrucken vermochten mich lediglich akribisch genau gemalte Werke wie Stillleben. Hier zählte das Handwerk, die Perfektion. Damit konnte ich etwas anfangen, auch wenn selbst diese Kunstrichtung nicht wirklich etwas in mir auslöste.

Um ehrlich zu sein, erwartete ich auch nicht, plötzlich auf Grund eines Bildes Gefühle zu entwickeln. Ich versuchte es nicht nur mit bildender Kunst. Vielmehr besuchte ich Theaterstücke, klassische Konzerte und sogar Rockkonzerte. Das Theater konnte ich allerdings nicht lange ertragen. Jeder der Darsteller erinnerte mich zu sehr an mich selbst. Ich war einer von ihnen. Eigentlich hätte ich mich in deren Gesellschaft wohl fühlen müssen, doch konnte jeder dieser Menschen in sein Leben zurückkehren, während ich immer ein Schauspieler bleiben würde. War ich neidisch? Niemand verstand mich und niemand kannte mich.

Nun ja, niemand stimmte natürlich auch nicht ganz. Tobias, Evelyn und Martin hatten mich verstanden. Diese Tatsache und die Tatsache, dass sie nun tot waren, verband sie. Außerdem schien Claudia meine Fassade durchschaut zu haben, auch wenn ich nie wirklich verstanden habe, wie ihr das gelungen war. Meiner Meinung nach war meine Darstellerleistung perfekt. Viel besser als die sämtlicher Oscar-Gewinner zusammen.

Doch vielleicht lag gerade da mein Schwachpunkt. Niemand nimmt einem anderen Perfektion ab. Perfektion ist ein Ideal, das man als Ziel hat, jedoch nie erreicht. Vielleicht war ich der Perfektion in Claudias Augen einfach zu nahegekommen, und das, obwohl sie mich in der dunkelsten Stunde meines Lebens erlebt hatte.

Ich sah die Aufführung von Faust. Faust, der so völlig anders als ich war. Faust war voller Gefühle, er wurde von ihnen beherrscht und letztlich von ihnen vernichtet. Wollte ich so werden? War es überhaupt eine gute Idee, meine Gefühle zu finden?

„Hier bin ich Mensch, hier darf ich´s sein“ lautete eine bekannte Zeile, die Faust gesprochen hatte.

Wo war dieses „hier“? Wo konnte ich es finden? Würde ich überhaupt jemals finden können? War es überhaupt gut, es zu finden? Ich war mir nicht mehr sicher, ob dies tatsächlich bedeuten würde, das Glück zu erreichen.

Vielleicht war es besser, kalt zu bleiben und dafür nicht in den Abgrund zu stürzen, in den Faust gestürzt war. All das war ohnehin nur hypothetisch. Ich würde wohl ohnehin nie meine Gefühle finden können, selbst wenn ich es wollte. Warum aber ließ mich der Gedanke daran einfach nicht los? Logisch war dies ganz bestimmt nicht.

Klassische Musik beeindruckte mich. Sie war so geordnet, so klar und rein. Man konnte die Noten vor dem geistigen Auge verfolgen, wenn man die nötigen Kenntnisse besaß. Ich hörte gerne Konzerten dieser Art zu, auch wenn mich diese nicht einen Schritt näher zu meinen Gefühlen brachten. Es wurde immer behauptet, die feinen Nuancen zwischen den Zeilen steckten voller Gefühle. Ich konnte das nicht bestätigen.

Dann waren da noch die Rockkonzerte. Diese waren so ganz anders als die klassische Musik. Hier gab es keine Ordnung. Hier herrschte das pure Chaos. Falsche Noten und ständig andere Spielarten waren der Normalfall. Dazu brüllten Musiker in die Mikrofone, die mich an mich selbst erinnerten, als ich damals in der Gosse lag. Alle hüpften, sprangen und tanzten. Ich stand einfach nur da.

„Was ist mit dir los, Mann?“, brüllte mich einmal ein stark alkoholisierter Mann auf einem solchen Konzert an. „Warum stehst du nur so rum? Fühl den Beat!“

„Ich fühle nichts", antwortete ich schlicht.

„Krass!", rief der Betrunkene nur und hüpfte weiter.

Ich fühlte bei dieser Art der Musik wirklich nichts. Um mich herum erlitten hunderte von Menschen emotionale Ausbrüche, doch ich stand einfach nur da. Warum ich wieder und wieder auf solche Konzerte ging, vermag ich nicht zu sagen. Vielleicht wollte ich die Gefühle zumindest sehen, wenn ich sie schon nicht spüren und erleben konnte.

Ich zog stetig weiter. Es waren Jahre, die ich auf diese Weise verbrachte. Ich brauchte nicht viel Geld, und selbst wenn ich es gebraucht hätte, hätte genügend davon auf meinen verschiedenen Konten zur Verfügung gestanden.

Oft lief ich einfach durch die Straßen einer Stadt, wenn ich sie das erste Mal besuchte. Ich beobachtete die Menschen dort. Pärchen, die eng umschlungen durch die Straßen wankten, da sie ihre Beine nicht richtig koordinieren konnten, alte Ehepaare, die sich gegenseitig stützen und wahrscheinlich schon Jahrzehnte miteinander verbracht hatten, Mütter, die ihre Kinder anschrien, und andere, die ihnen einen Kuss gaben, was die meisten Kinder nicht wirklich gut fanden.

Wo ich auch hinblickte, sah ich die Emotionen der Menschen. Es schien für sie keine Grenzen zu geben. Einmal beobachtete ich einen jungen Mann. Er stand einfach nur da auf einem bekannten Platz in der Stadt, in der ich mich gerade befand.

Es war bitterkalt an jenem Tag. Der Winter war zur Höchstform aufgelaufen. Bei diesen Temperaturen fiel kein Schnee mehr. Es war zu frostig. Er tippelte von einem Bein aufs andere, um sich auf diese Weise etwas aufzuwärmen. Wirklich funktionieren konnte das nicht. Dennoch wartete er. Ich hatte wie immer nichts zu tun, weswegen es mir nichts ausmachte, einfach zu warten und ihn zu beobachten. Ich trug einen teuren, dafür aber ungemein warmen Parka, weswegen mir die Kälte nichts ausmachte.

Im Gegensatz dazu trug der junge Mann eine billige Jacke, die allenfalls für den Frühherbst geeignet war. Dennoch konnte ihn auch das nicht dazu bewegen zu gehen. Nach mehreren Stunden hielt ein Bus am Straßenrand. Eine junge Frau stieg aus. Ich konnte ihr Aussehen nicht erkennen. Sie trug einen dicken Mantel, der ihren Körper zu einer sackigen Masse machte.

Mag sein, dass sich unter dem Sack eine wunderschöne und schlanke Elfe verbarg oder das genaue Gegenteil. Ihr Schal bedeckte nicht nur den Hals, sondern auch große Teile des Gesichtes, eine tief herabgezogene Pudelmütze verdeckte den Rest.

Der junge Mann, dessen Lippen bereits ganz blau waren, begann auf einmal zu strahlen. Etwas steif, aber dafür umso motivierter trat er auf die Frau zu. Sie umarmten sich, küssten sich. So sehr der Mann auch gelitten hatte, alleine in der Kälte, so sehr freute er sich nun. Seine Strapaze schien sich gelohnt zu haben. Ich konnte das nicht verstehen. Die eigene Gesundheit aufs Spiel zu setzen für eine Frau? Warum? Die Antwort war einfach. Sie lautete Gefühl.

Ich musste es dennoch genau wissen. Deshalb verfolgte ich die beiden unauffällig. So unglaublich das jetzt klingen mag, aber die beiden gingen tatsächlich spazieren. Es war bitterkalt und der Mann würde sicherlich mehrere Zehen verlieren, doch das schien ihn nicht davon abzuhalten, mit seiner unbedeckten ihre behandschuhte Hand zu halten und nebeneinander über die gefrorenen Straßen zu laufen.

Sie unterhielten sich. Was sie sich sagten, konnte ich freilich nicht verstehen. Dafür hätte ich näher herantreten müssen, und ich wollte nicht, dass mich die beiden bemerkten.

Nach etwa einer dreiviertel Stunde kehrten die beiden auf den Platz zurück. Der Bus der Frau wartete bereits. Sie küssten sich rasch, bevor sie zum Bus eilte. Sie war gerade noch rechtzeitig. Kurz nachdem sie durch die Tür gehuscht war, schloss sie sich und der Bus fuhr fort.

Der junge Mann sah dem Bus hinterher. In seinen Augen spiegelte sich etwas. Wahrscheinlich Sehnsucht. Ich beschloss, ihn anzusprechen. Ich ging also zu ihm hin und blieb neben ihm stehen.

Er schien mich gar nicht zu bemerken. Obwohl der Bus schon längst außer Sicht war, blickte er noch immer in die Richtung.

Aus der Nähe konnte ich seine blauen Lippen erkennen. Seine Augen waren gerötet. Scheinbar waren ihm auf Grund der Kälte ein paar Adern geplatzt. Verkrusteter Schleim hatte sich unter seiner Nase angesammelt, die in ein tiefes, unnatürliches rot gefärbt war. Sein körperlicher Zustand war nicht allzu gut. Er sollte schleunigst ins Warme gehen, wenn er Dauerschäden vermeiden wollte. Sofern dies überhaupt noch möglich war. Er hatte stundenlang gewartet, nur für ein paar Minuten mit dieser Frau? Warum? Wie konnte das sein? Was hatte ihn dazu bewegt? Ich musste es wissen. Ich räusperte mich. Der junge Mann drehte sich zu mir um. Er wirkte verwirrt. Es dauerte einige Sekunden, bis sich sein Blick klärte.

„Entschuldigung", sagte ich.

„Ja?" Seine Stimme klang nasal. Sie war verstopft. Ich hatte leider kein Taschentuch, das ich ihm reichen konnte.

„Ich bin ihnen gefolgt", gestand ich.

„Sie sind was?", fragte der junge Mann deutlich beunruhigt.

„Ich bin ihnen gefolgt. Ich beobachte sie seit längerem. Ich habe gesehen, wie sie hier gewartet haben. Stundenlang und das in Kleidern, die wohl kaum für diese Temperaturen geeignet sind."

„Sind sie irre? Was wollen sie von mir?", herrschte er mich an. Er stand kurz davor die Kontrolle zu verlieren.

Ich wollte nicht, dass er die Polizei rief. Es wäre wohl besser gewesen, einfach zu verschwinden. Ich setzte meine Anonymität aufs Spiel. Leichtfertig, was ich sonst nicht war.

„Ich habe keine bösen Absichten. Es gibt da nur eine Sache, die ich wissen muss", beschwichtigte ich ihn.

Der Mann beruhigte sich ein wenig, war jedoch weiterhin misstrauisch. „Ich höre?"

„Warum haben sie sich das angetan? Warum stehen sie hier stundenlang, frieren, nehmen gesundheitliche Schäden in Kauf? Warum haben sie auf diese Frau gewartet?"

Auf einmal hellte sich das Gesicht des Mannes auf. Er dachte scheinbar an die Momente, die er mit ihr verbracht hatte.

„Weil ich sie liebe!“, antwortete er geradeheraus, ohne auch nur einen Moment zu zögern.

Dann drehte er sich um und ging. Mir war egal, was aus ihm wurde. Ob er hineinging, um sich aufzuwärmen, oder erfror – es interessierte mich nicht.

Dennoch dachte ich über den einen Satz nach. *Weil ich sie liebe.* Es ergab einfach keinen Sinn. Was machte wohl Claudia in diesem Moment?

Der Schrei

Ich reiste weiter. Von Nordamerika über Südamerika. Von Indonesien nach Australien. Japan, China und über Sibirien und Russland wieder zurück. Es gab kaum einen Ort, an dem ich nicht Halt machte. Ich sah vieles, doch nichts vermochte es, das in mir zu wecken, was ich wollte.

Jedes Gefühl, das ich sah, blieb mir fremd. Ich fieberte nicht mit, wenn ein Fußballspiel in Brasilien stattfand, warf meinen Hut nicht in die Höhe, wenn ein Cowboy in Amerika den Stier beim Rodeo niederritt. Ich fühlte keinen Frieden in den Tempeln Japans, und die Paraden der chinesischen Armee ließen mich vollkommen kalt. Tanzende Bären, Lächeln auf dem Dach der Welt beim Anschieben einer Gebetsmühle, Wellenreiten an einer haiverseuchten Küste Hawaiis oder Australiens – in meinem Innern änderte sich niemals etwas. Alles war gleich. Ich war immer gleich.

Ich hatte nichts anderes erwartet. In meinem Leben hatte ich so viele Versuche unternommen, warum sollte das Gefühl auf einmal plötzlich kommen? Es wäre unlogisch gewesen, ganz und gar.

Der Sinn meines Lebens bestand in der Sinnlosigkeit. Trauer verspürte ich dennoch nicht. Nicht einmal zu so etwas war ich fähig. Ich war weiter vom MenschSein entfernt, als ich es je gewesen war. Ich entfernte mich immer weiter und konnte nichts dagegen tun.

So fern ich meinen Emotionen war, so fern war ich auch der Fähigkeit, den Abwärtstrend zu stoppen. Ich driftete Stück für Stück ab in einen Ozean der Bedeutungslosigkeit. Ich füllte die Tage mit sinnlosen Dingen. Irgendwann landete ich in Oslo. Eine recht ansehnliche Stadt, deren Erbauer handwerkliches Geschick an den Tag gelegt hatten. Ich fragte mich jedoch, wie sich Menschen in einer klimatisch so rauen Gegend ansiedeln konnten. Viel effizienter waren da doch die mittleren Breiten.

Dass sie es dennoch taten, hatte wahrscheinlich auch mit Gefühlen zu tun, die ich nicht nachvollziehen konnte. Vielleicht war es die Schönheit des Landes, die ich nicht sah, die Liebe zum Schnee, die ich nicht teilte, oder ganz schlicht das Gefühl der Geborgenheit, das ich nie erlebt hatte. Natürlich besuchte ich auch in Oslo Museen. Sonst gab es nicht viel zu tun. Ein Körper ist nicht für den Stillstand gemacht. Wenn ich schon nichts fühlte, dann musste ich zumindest meinen Körper bewegen, damit die Gelenke nicht rosteten.

Immer öfter verwendete ich Analogien dieser Art. Ich entfernte mich vom MenschSein und fühlte mich mehr wie eine Maschine als ein Wesen aus Fleisch und Blut. Das mag in ihren Ohren pathetisch und selbstmitleidig klingen, für mich war es einfach nur die logische Konsequenz einer misslungenen Suche. Ich konnte schon gar nicht mehr sagen, in wie vielen Kunstmuseen ich gewesen war, doch ich ließ keines aus.

In Oslo gab es das Munch-Museum, ein Museum, das alleine dem Maler Edvard Munch gewidmet war. Munchs Art zu malen verstörte mich. Für mich war sie nicht fassbar. Diese Mischung aus realistischen und abstrakten Elementen ergab für mich, wie so vieles auf dieser Welt, keinen Sinn.

Am meisten traf dies bei dem weltbekannten Bild mit dem Titel „Der Schrei" zu. Eine abstrahierte Person, die sich die Hände an den Kopf hält, den Mund wie bei einem Schrei aufgerissen hat und deren gesamter Hintergrund dem Schall dieses Schreis zu folgen scheint. Die pure Emotion. Kein Wunder, dass ich das Bild nicht verstehen konnte. Lange stand ich vor dem Bild. Ich versuchte, es zu analysieren, zu deuten, etwas realistisch Nachvollziehbares zu entdecken, doch ich versagte.

Auf einmal bemerkte ich die Zeitung, die auf einer Bank neben mir lag. Zuerst fragte ich mich, welcher Mensch eine Zeitung mit in ein Museum nahm. Vielleicht ein gelangweilter Ehemann oder Freund, der seiner Frau oder Freundin eine Freude machen wollte, nur um dann festzustellen, wie wenig er tatsächlich der

Kunst zugetan war. Dieser Gedanke verflog schnell, als ich das Bild auf der Titelseite sah. Die Schlagzeile konnte ich nicht lesen. Ich hatte viele Sprachen gelernt, Norwegisch zählte nicht dazu. Das Bild machte die Schlagzeile allerdings mehr als überflüssig.

Ich sah mein Haus, beziehungsweise das, was davon übrig war. Die Wände waren schwarz verfärbt, man konnte deutlich die Rauchschwaden erkennen, die von dem völlig zerstörten Dachstuhl aufstiegen. Teile des Hauses waren eingestürzt, an anderen Stellen war der Putz von der großen Hitze abgebröckelt, so dass man die nackten Ziegel erkennen konnte. Sämtliche Fenster waren geborsten. Auf den ersten Blick war zu sehen, dass dieses Haus nie wieder bewohnt werden würde.

Ich griff nach der Zeitung. Was war geschehen? Ich schlug sie auf. Es folgten weitere Bilder. Hausansichten von Innen, Bilder von Löschfahrzeugen und ein Bild von Claudia. Oder zumindest von dem, was von Claudia übrig war.

Es war nicht viel mehr als ein verkohlter Haufen. Ich konnte das Wort Claudia in der Bildbeschreibung lesen. Die langen Haare, die komischerweise kaum versengt waren und immer noch golden blond schimmerten, waren der einzige Hinweis, durch den ich Claudia identifizieren konnte. Ihre Überreste befanden sich im Kinderzimmer.

Einige der Malereien an der Wand hatten den Brand erstaunlich unbeschadet überstanden. Um sie herum waren die Stofftiere aufgereiht. Wie eine Armee, die ihr Geleit geben sollte. Sie waren alle in unterschiedlicher Stärke verkohlt. Keines der Stofftiere war allerdings so sehr verbrannt wie Claudia selbst.

Ihre Haut glich von Kaffee gefärbtem Papier. Kindern zeigte man, wie man mit Kaffee Papier die Farbe einer alten Schatzkarte gab. Wieso ich gerade in diesem Augenblick darauf kam, vermochte ich nicht zu sagen.

Ihre Augen befanden sich nicht mehr in den Höhlen. Sie mussten verbrannt sein. Ihr Gesicht hatte sich zusammengezogen. Es erinnerte mich an die Schrumpfköpfe, die ich auf meinen Reisen durch Südamerika gesehen hatte. Ihre Zähne stachen weiß hervor. Es existierten keine Lippen mehr, die sie hätten verdecken können.

Früher einmal war alles an ihr perfekt gewesen, nun waren ihre Zähne die einzigen perfekten Dinge. Ihr Mund… mein Atem stockte. Ihr Mund war verzerrt. Ich blickte von der Zeitung auf, sah Munchs Meisterwerk. Dann blickte ich wieder auf das Foto in der Zeitung. Alles um mich herum verschwamm. Claudia – das Bild – Schmerz – Leid –Verzweiflung.

Etwas in meinem Inneren riss. Ich fühlte mich, als hätte mir jemand ein glühendes Schwert in den Magen gerammt. Meine Beine wurden zittrig, ich hatte Mühe, mich auf den Beinen zu halten. Was war das? Jede Faser meines Körpers schien sich zusammenzuziehen. Ich versuchte mich umzublicken, doch alles, was ich sah, waren bewegte Formen und Farben von Wasser und Himmel. Der Schrei.

Als ich meine Augen öffnete, blickte ich in mehrere Gesichter. Ihre Besitzer redeten auf mich ein. Ich konnte ihre Sprache anfangs nicht verstehen. Ich blinzelte mehrmals. Eines der Gesichter begann damit, eine Sprache zu verwenden, die ich verstand. Ich konnte die Besorgnis in seiner Stimme hören.

„Wie geht es ihnen? Ist alles in Ordnung? Kann ich etwas für sie tun? Sie haben geschrien!"

Warum stellten die Menschen immer so viele Fragen auf einmal? Warum vermochten sie es nicht, sich auf eine einzige zu konzentrieren? Kein Wunder, dass die Kommunikation auf der Welt gestört war. Ich hatte geschrien? Wie konnte das sein? Ich konnte mich daran nicht erinnern.

„Es ist alles in Ordnung, danke. Mir wurde nur kurz schwindlig." Eine Lüge. Nichts war in Ordnung, ganz und gar nicht.

„Sicher?", hakte der Mann nach, dem die Erleichterung anzusehen war.

„Ja, danke", bestätigte ich.

Ich richtete mich auf. Die Menschen um mich herum halfen mir auf die Beine. Ich bedankte mich bei ihnen, zwang mich zu meinem besten, einstudierten Lächeln, und es funktionierte. Die Menschen glaubten mir und gingen. Die Frauen, um die Bilder zu bestaunen, die Männer, um sich weiteren Stunden der Langeweile im Museum zu stellen.

Ich setzte mich auf die Bank. In meinen Händen hielt ich noch immer die Zeitung. Ich starrte das Bild Claudias an. Das Feuer in mir, das Gefühl zu zerreißen - was auch immer gerade mit mir passiert war, nun war es weg. Ich spürte nichts. Nur die gewohnte Leere. Claudia war tot. Wie hatte es nur so weit kommen können.

Ich beschloss, sofort in meine alte Heimat zu reisen. Kaum gelandet, nahm ich mir ein Taxi und fuhr zu meinem alten Haus. Ein gelbes Absperrband warnte davor, das Grundstück zu betreten. Ein einzelnes Feuerwehrauto hielt Brandwache. Scheinbar bestand die Gefahr eines erneuten Ausbruchs des Feuers.

Ganz sicher würde man mich aufhalten, wenn ich versuchte, in das völlig zerstörte Haus zu gelangen. In Wirklichkeit sah alles noch viel schlimmer aus als auf dem Bild in der Zeitung. Am Flughafen hatte ich mir eine Zeitung gekauft, die ich lesen konnte. Dort hatte es die Geschichte nur auf eine der hinteren Seiten gebracht.

Schon merkwürdig, in Oslo auf den Titelseiten von einem Ereignis zu lesen, von dem die eigentlich dafür zuständigen Blätter nur am Rande berichteten. Die Welt folgte keiner Logik.

Nach derzeitigen Erkenntnissen ging die Polizei von einem Selbstmord aus. Sie hatte überall im Haus Benzin vergossen und den Rest des Kanisters über sich geschüttet. Scheinbar hatte sie dabei ihre Haare ausgelassen. Ansonsten wären diese sicherlich nicht so gut erhalten gewesen. Anschließend hatte sie sich angezündet.

Es musste ein qualvoller Tod gewesen sein. Das Feuer hatte vom gesamten Haus Besitz ergriffen. Als die Nachbarn die Rettungskräfte benachrichtigten, kam bereits jede Hilfe zu spät. Claudia war tot. Verbrannt und umringt von einer Stofftierarmee, die wie eine jämmerliche Kopie jener berühmten Kriegerskulpturen im Mausoleum des Chinesen Qin Shihuangdis, die als Terrakotta-Armee Berühmtheit erlangt hat, wirkte.

In dem Bericht hieß es weiter, Claudia habe ihr Kind verloren. und ihr Mann habe sie deswegen verlassen. Insgeheim stimmte das natürlich, doch betrachtete man die Fakten, die bekannt waren, hatte Claudia doch eher mich verlassen.

Wie die Reporter vermuteten, war Claudia verzweifelt. Sie kündigte ihren Job und verbarrikadierte sich zu Hause. Niemand kam mehr an sie heran. Sie suchte weder den Rat von Freunden noch professionelle Hilfe. Am Ende konnte sie mit dem schweren Verlust nicht mehr leben. Sie zerbrach.

Am Ende des Berichts stand, ihre sterblichen Überreste würden morgen neben dem Grab ihres toten Sohnes bestattet werden. Ihr Mann - so war dem Bericht ferner zu entnehmen - sei nirgendwo aufzufinden gewesen. Ich wollte nicht gefunden werden. Ihr gesamtes Vermögen, was vormals ja meines gewesen war, hatte Claudia dem Sterbehospiz vermacht. Eine noble Geste.

Wahrscheinlich war dies der Grund für die zahllosen Menschen, die Claudia die letzte Ehre erwiesen. Es war ein bunter Mix. Polizisten, die wohl früheren Arbeitskollegen waren, Angehörige von Menschen aus dem Hospiz, Pflegekräfte, vielleicht sogar Freunde, die ich niemals kennengelernt hatte.
Selbst der Bürgermeister war anwesend. Er hielt sich lange an der Macht, wie ich feststellte. Ein Talent. Ein guter Schauspieler und Lügner.

Ich hielt mich im Hintergrund und wollte nicht erkannt werden. Deswegen wartete ich, bis die Zeremonie vorüber war und all die schluchzenden Menschen verschwunden waren. Dann trat ich an Claudias Grab heran. Von der frisch ausgehobenen Erde war kaum etwas zu sehen. Ein Blumenmeer verdeckte alles. Claudia hatte es verdient.

Ich stand einfach nur da. Ich wusste nicht, was ich sagen sollte. Was auch immer in Oslo mit mir geschehen war, in diesem Moment war davon nichts mehr übrig. Ich fühlte nichts. Die letzten Worte die Claudia zu mir gesagt hatte waren „Ich weiß, wer du bist. Es ist nicht ok."

„Du hattest Recht. Es ist nicht ok", flüsterte ich. Dann beugte ich mich zu ihrem Grab und nahm eine Blume. Sie hatte genug davon.

Ich trat von ihrem Grab weg vor das Grab unseres Sohnes. Das Holzkreuz war mittlerweile arg verwittert. Sein Geburt- und Todesjahr - eben alles, was auf dem Kreuz stand - war kaum noch zu lesen.

„Hallo, mein Sohn", sagte ich. Dann legte ich die Blume auf sein Grab. Es war die einzige Blume, die bis dahin auf diesem Grab gelegen hatte.

„Leb wohl, mein Sohn", sagte ich. Dann drehte ich mich um und ging. Ich hatte mich verabschiedet. Viel zu spät, aber immerhin hatte ich mich verabschiedet. Etwas, das Claudia niemals getan hatte. Vielleicht würde sie noch leben, wenn sie es getan hätte. Wer konnte das schon sagen.

Ich bildete mir ein, eine Träne in meinem Auge zu spüren, als ich den Friedhof verließ. Als ich jedoch meine Hand zum Auge hob, spürte ich davon nichts mehr. Noch am gleichen Tag ging ich zu einem Steinmetz. Ich suchte einen Grabstein aus.

Ich wählte einen schmalen, glatten Stein aus Azul Quarzit. Es war ein Zusammenspiel aus hellen und dunkleren Blautönen. Schlank geschnitten ähnelte das Grabmal einer einfachen Säule. Beinahe sah er aus wie einige der abstrakten Gemälde, die ich auf meinen Reisen gesehen, ihren Sinn jedoch nicht verstanden hatte. Jetzt in diesem Augenblick sagte mir eine innere Stimme, dass eben dieser Stein der Richtige war. Warum dies so war, vermochte ich nicht zu sagen.

Ich wusste nur eins: Es war keine logische Entscheidung.

Als Inschrift wählte ich erneut sein Geburts- bzw. Todesjahr. Darunter ließ ich „Für meinen Sohn. In der Kürze der Zeit warst du mehr Mensch, als ich es jemals sein werde. Leb wohl." schreiben.

Als ich dem Steinmetz diesen Text diktierte, sah er mich irritiert an, sagte jedoch nichts. Er war Profi genug, um zu wissen, wie sonderbar die Wünsche einiger Menschen waren. Zwei Wochen später war der Stein fertig und ersetzte das alte Kreuz auf dem Grab unseres Sohnes.

Ich beschloss, in der Stadt zu bleiben. Wohin sollte ich auch gehen? Ich hatte keinen Ort, der einem zu Hause mehr glich als dieser. Es war der Wunsch vieler Menschen, im Alter bei ihren Kindern zu leben. Ich tat genau dies, obwohl ich es mir nicht wirklich wünschte. Ich suchte mir eine Pension, die nahe am Friedhof lag, und lebte bei meinem Sohn. Jeden Tag ging ich zu seinem Grab, immer legte ich eine Blume dorthin. Ich setzte mich auf den Rasen und erzählte. Dabei fing ich jedes Mal mit „Hallo, mein Sohn" an. Der Grabstein war sehr schön. Er passte.

Ich erzählte von meinem Leben, meiner Suche, meiner Unfähigkeit, Gefühle zu entwickeln. Zurück im Hotel schrieb ich auf, was ich am Grab erzählt hatte. Was sie hier gerade lesen, sind diese Aufzeichnungen. Warum ich einem Grabstein all das erzählte, wusste ich nicht. Es war mir ein Bedürfnis, dies zu tun. Noch nie hatte ich ein wirkliches Bedürfnis verspürt, das nicht dazu diente, meine Grundversorgung sicherzustellen.

Es störte mich nicht, ob es regnete oder schneite. Ich kam jeden Tag, bei jedem Wetter. Nichts konnte mich davon abhalten, mit meinem Sohn zu sprechen. Nicht einmal die Einseitigkeit der Unterhaltung vermochte dies. Oft redete ich von morgens bis abends. Die Menschen, die an mir vorbeigingen, warfen mir verstohlene Blicke zu. Sie bemitleideten mich. Es war mir egal. Es gab keinen Grund, mich zu bemitleiden. Am liebsten hätte ich ihnen gesagt, dass ich bei meinem Sohn lebte und ob ihre Kinder das gleiche für sie tun würden, doch ich wusste, wie unklug das gewesen wäre.

Wenn ich abends das Grab verließ, verabschiedete ich mich mit den Worten „Leb wohl, mein Sohn." Eine Antwort erhielt ich freilich nie.

Dennoch gaben mir die Besuche auf dem Friedhof mehr als alles andere. Hier konnte ich frei sein, hier konnte ich meine Maske ablegen und hier konnte ich der sein, der ich war. Wer auch immer das sein mochte.

Hätte mein Sohn noch gelebt, hätte er sicher gesagt: „Ich weiß, wer du bist. Es ist ok!"

Jeden Tag erwachte ich in meinem Bett in der Pension. Keine Träume. Warum auch? Meine Besuche auf dem Friedhof waren nicht etwa ein Zeichen dafür, dass ich meinen Gefühlen nähergekommen war. Oder doch? Ich wusste es nicht wirklich. Wenn ich den Fernseher einschaltete und in den Nachrichten sah, wie Kinder verhungerten, Frauen gequält und ganze Völker ausgelöscht wurden, empfand ich nichts.

Wenn ich mich morgens zum Frühstück in den kleinen Essensraum der Pension begab, die alte Besitzerin zu mir kam, mich mit ihrem freundlichen Lächeln anstrahlte und fragte, ob ich spezielle Wünsche hatte, empfand ich nichts. Wenn ich auf dem Friedhof war und irgendwo jemand bestattet wurde, ich die klagenden Laute zahlloser Weinender hörte, empfand ich nichts.

Und doch war es mir aus unergründlichen Gründen nicht möglich, diesen Ort zu verlassen. Es war ein innerer Zwang, der mich Tag für Tag zu meinem Sohn führte, den ich eigentlich nicht einmal wirklich kannte. Dort fand ich meinen Frieden. Ich verstand mich selbst nicht mehr. Doch um ehrlich zu sein, war mir das mittlerweile egal. Ich hatte in meinem Leben so vieles nicht verstanden und hatte mich an eben jenen Zustand gewöhnt. Ich musste nicht alles verstehen. Ich hatte gelernt, die Dinge zu akzeptieren, wie sie waren.

Machte mich das glücklich? Nein. Gab es meinem Leben einen Sinn? Nein. Half es mir dabei, ein Ziel vor mir zu sehen? Nein. Und doch war es zumindest besser als nichts.

Ich war gerade auf dem Weg zurück in die Pension. Es war schon recht spät an einem lauen Sommertag. Ich hatte viel Zeit bei meinem Sohn verbracht. hatte mit einem Lappen den Grabstein gesäubert und eine neue Blume auf sein Grab gelegt. Es mussten mittlerweile mehrere hundert Blumen sein, viele davon bereits vergangen und zersetzt, die ich als Zeichen meiner Zugehörigkeit zu meinem Sohn an diesem Ort niedergelegt hatte.

Die Dämmerung setzte ein. Viele Menschen waren nicht mehr auf der Straße. Sie alle waren zu Hause, voller Gefühle. Kaum erreichte die Uhr die fünf, wandelte sich ihre Vorfreude in echte Freude und sie strömten an den Ort, an denen sie ihr Glück gefunden hatten.

Wenn sie sich ins Auto setzten und auf den Heimweg machten, knurrte ihr Magen, und sie lächelten beim Gedanken an ein leckeres Abendessen. Danach ein paar Spiele mit den Kindern, die sich anschließend mit einem „Ich habe dich lieb“ und einem Kuss auf die Wange ins Bett verabschiedeten. Zärtlichkeit mit der Frau, die sie liebten, und das Gefühl, angekommen zu sein. Ich versuchte, mir all das vorzustellen, doch ich scheiterte kläglich. Um diese Dinge zu empfinden, fehlte es mir am MenschSein.

Ich war zu sehr in meinen Gedanken versunken, um meine Umgebung im Auge zu behalten. Auf einmal spürte ich einen stechenden Schmerz am Hinterkopf, der mich benommen taumeln ließ. Kurz darauf drückte mir eine starke Hand von hinten ein Tuch auf Mund und Nase. Ein mir wohlbekannter Geruch stieg in meine Nase. Chloroform. Ich hatte es mit Profis zu tun. Es war mein letzter Gedanke, bevor ich die Besinnung verlor.

Dunkelheit. Mehr war da nicht, als ich erwachte. Meine Augen waren frei und nicht verbunden. Es musste also ein dunkler Raum sein, in den ich gebracht worden war. Ich sah wirklich nichts. Stockfinster nennt sich das. Es war ebenso leise wie dunkel. Isolation.

Außerdem roch es leicht muffig. Mein Kopf schmerzte. So fühlte es sich also an, wenn man mit Chloroform betäubt wurde. Der Kater erinnerte mich an mein Erwachen damals in der Gosse. Damals schien mir der Schädel ebenfalls zu bersten.

Viele Jahre waren vergangen. Ich hatte eine schwere Zeit erlebt. Ich wurde für verrückt befunden, verbrachte Monate in einer Anstalt, eine Polizistin verliebte sich in mich, ich gründete ein Sterbehospiz, tauschte mich mit Todgeweihten aus, bekam einen Sohn, der gleich darauf starb, und musste mit ansehen, wie die

Mutter dieses Sohnes verbrannt wie ein zu lange gebratenes Steak in allen Zeitungen dieser Welt zu finden war.

Jeder andere wäre daran zerbrochen. Ich nicht. Mich interessierte es kaum mehr als ein abgebrochener Fingernagel. Und doch nagte irgendetwas tief in meinem Kopf. Ein so subtiler Schmerz, dass er kaum wahrzunehmen war, wenn ich mich nicht voll und ganz auf ihn konzentrierte. Eine Stimme, die weinte.

Wahrscheinlich lag all das nur an dem Chloroform und seinen Auswirkungen. Mit diesem Gedanken war ich wieder in der Realität angekommen. Wer auch immer mich da überfallen hatte, wusste, wie man vorgehen musste.

Es ist nicht gerade einfach, jemanden mit dieser Chemikalie außer Gefecht zu setzen. Zu wenig davon und das Opfer wehrte sich, zu viel und das Opfer würde nie wieder etwas tun. Die genaue Dosierung war eine schwierige Sache.

Als ehemaliger Auftragskiller war ich mit derlei Dingen vertraut. Wer war es noch? Ich überlegte, wen ich wohl erbost hatte. Ich war so anonym wie seit Jahren nicht mehr. Gut, auf dem Friedhof gab es sicher Menschen, die mich erkannten, immerhin ging ich Tag zu Tag zu einem Grab und redete. Das Grab war allerdings anonym. Ohne Namen. Wer konnte da einen Rückschluss auf meine Person ziehen?

Natürlich kannte mich auch die alte Dame in der Pension. Wer ich wirklich war, wusste sie jedoch nicht. Ich hatte einen falschen Namen angegeben und zahlte meine Rechnung bar. Davon abgesehen hätte sie weder die Kraft noch das Können, um mich zu betäuben. Darüber hinaus war ich lange Zeit nicht in der Stadt gewesen. Die meisten mussten also schon vergessen haben, wie ich aussah. Und diejenigen, die sich erinnern konnten, erinnerten sich an einen Wohltäter. Jemanden, der sein Geld in ein Sterbehospiz steckte. Wer würde so jemandem etwas tun wollen?

So sehr ich mir auch den Kopf zerbrach – durch das Chloroform fühlte es sich tatsächlich auch so an – ich kam nicht darauf. Mir blieb nichts anderes übrig, als zu warten. Irgendwann würde ich sicher herausfinden, wer mir etwas antun wollte. Ach ja, ich verspürte keine Angst.

Eine Tür wurde aufgestoßen. Licht drang von oben herab. Ich erkannte eine Treppe. Scheinbar befand ich mich in einem Keller. Das erklärte die Dunkelheit, die Stille und den seltsam muffigen Geruch. Meine Augen brannten. Das Licht blendete. Dennoch kämpfte ich gegen den Reflex an, meine Augen zu schließen. Ich musste wissen, was hier los war, wer mich gefangen hielt. Ich konnte nicht sagen, wie lange ich schon hier war. Dunkelheit und Stille kombiniert mit meiner Bewusstlosigkeit und den hämmernden Kopfschmerzen hatten mich jedes Zeitgefühl vergessen lassen.

Schritte, eine Gestalt, die sich im Licht abzeichnete. Ich erkannte sie nur schemenhaft. Trotzdem war ich mir ziemlich sicher, dass es sich um einen Mann handelte. Noch dazu um einen sehr starken. Er kam die Treppe hinunter. Hinter ihm erschien ein zweiter Schatten. Kleiner diesmal. Schmal am Bauch, breit an Brust und Becken – eine Frau. Und noch eine Person, nicht so groß wie die erste, aber dennoch als Mann zu erkennen.

Welche drei Menschen konnten mir etwas antun wollen? Waren es vielleicht Geiselnehmer? Bei mir gab es einiges zu holen, und wer wusste, wer ich war, war sich dessen bewusst, doch niemand wusste davon. Niemand kannte mich. Und selbst wenn, wäre da niemand, der mich hätte auslösen können. Ich war alleine. Ich bezweifelte, dass es hier um Geld ging.

Die Drei kamen näher. Das einzige Licht kam noch immer durch die Tür.

„Mach das Licht an!" Eine weibliche Stimme. Ich hatte Recht gehabt, was die mittlere Gestalt anging.

„Ok." Ein Mann.

Kurz darauf wurde es hell. Das grelle Licht kam von mehreren Leuchtstoffröhren an der Decke und brannte in meinen Augen.

Ich sah mich um. Es war tatsächlich ein Keller. Staub, eine Waschmaschine, eine gespannte Wäscheleine und Putzeimer sowie diverse andere Dinge, die sich typischerweise in einem solchen Raum fanden, verrieten ihn. Die drei trugen keine Masken. Ich kannte sie nicht. Sie schienen es gewusst zu haben, ansonsten hätten sie sich sicherlich maskiert. Es sei denn, sie wollten mich umbringen. Ich hatte noch immer keine Angst.

„Wer seid ihr?“, fragte ich ruhig.

„Du erkennst uns nicht?“ Diesmal sprach der erste.

Er hatte markante Gesichtszüge. Nicht ganz perfekt, aber dennoch eines der gelungeneren Exemplare der Gattung Mensch. Ich schätzte ihn auf fünfundzwanzig bis dreißig Jahre. Seine Stimme war tief und klar. Er machte sich nicht die Mühe, leise zu sein. Wo auch immer wir waren, es bestand wohl nicht die Gefahr, dass mich jemand hörte, sollte ich schreien. Ich hatte nicht vor zu schreien.

„Nein“, antwortete ich wahrheitsgemäß und blickte dem Mann fest in die Augen.

Die Frau trat an meinen Stuhl heran. Sie war hübsch anzusehen. Den wenigen Falten in ihrem Gesicht nach zu urteilen, schien sie jünger zu sein als der große Mann. Ihre Erscheinung war sehenswert. Etwa 1,65 groß, ihre Augen strahlten hell, klar und blau. Dunkelblondes Haar umrahmte ihr ebenmäßiges Gesicht. Sie war sicher nicht so vollkommen, wie es Claudia gewesen war, aber definitiv über dem Durchschnitt. Ihre Stimme war wütend.

„Du solltest uns kennen nach dem, was du uns angetan hast!“, spie sie mir entgegen.

„Ruhig. Er ist es nicht wert, dass du dich aufregst. Er wird seinen Preis bezahlen“, sagte die dritte der Gestalten.

Im Gegensatz zu dem großen Mann war dieser deutlich kleiner und etwas untersetzt. Er schien ein paar Jahre älter zu sein, aber nicht viel. Nasen und Augenform verrieten die drei. Sie waren Geschwister.

„Ihr seid Geschwister“, stellte ich fest.

„Er erkennt uns doch!“, rief der dickere der Männer.

„Nein, aber es ist unverkennbar“, erklärte ich. „Was wollt ihr?“, fragte ich weiter.

„Wir wollen Gerechtigkeit“, zischte die Frau.

Die beiden Männer nickten, aber schwiegen.

„Gerechtigkeit wofür?“, wollte ich wissen.

„Für das, was du uns angetan hast.“ Keine sehr ergiebige Auskunft.

„Ich fürchte, das müsst ihr mir näher erklären. Ich habe keine Ahnung, wovon ihr redet oder weshalb ich hier bin.“

Diese Bemerkung brachte mir eine schallende Ohrfeige ein. Die Frau hatte sich nicht unter Kontrolle. Meine Kopfschmerzen wurden dadurch nicht unbedingt besser. Sie war sehr emotional. Ich fühlte nichts.

Der kleinere der beiden Männer hielt sie zurück.

„Ruhig, er wird seinen Preis schon zahlen“, beschwichtigte er sie.

Ich konnte klar die Tränen der Frau erkennen. Ihr Gesicht rötete sich. Auf einmal war sie nicht mehr so hübsch.

„Was wollt ihr?“, fragte ich erneut.

Nun ergriff wieder der Älteste das Wort. „Wir wollen dich töten. Du sollst leiden, wie einst unsere Eltern gelitten haben.“

Ihre Eltern? Es dämmerte mir allmählich. Scheinbar waren es die Kinder von früheren Opfern. Hatten sie etwas gesehen, das sie nicht hätten sehen sollen? Ich war immer so vorsichtig gewesen. Hatte das nicht gereicht? Ich ging im Geiste meine Morde durch, überlegte, wer von meinen Opfern Kinder hatte.

Am Ende kam ich zu dem Schluss, dass es nur das letzte Paar gewesen sein konnte. Jenes Paar, das ich ziemlich schlimm gefoltert hatte. Scheinbar hatten die beiden nicht nur mitansehen müssen, wie sie gegenseitig von mir gefoltert wurden, sondern wurden dabei auch von ihren Kindern beobachtet. Die Drei schienen meine Gedanken lesen zu können.

„Hm“, machte ich.

„Er erinnert sich“, bemerkte der Ältere leise.

Für einen kurzen Augenblick überlegte ich, ob ich alles leugnen sollte. Ich konnte versuchen, mich herauszureden. Da ich jedoch von der Sinnlosigkeit dieser Möglichkeit überzeugt war, verzichtete ich darauf. Die ganze Aktion schien von langer Hand geplant worden zu sein, und die drei wussten genau, wer ich war. Sie würden mich niemals gehen lassen. Ich konnte also genauso gut ehrlich sein.

„Ich wusste nicht, dass ihr zuseht“, gestand ich.

„Und das soll es besser machen?“, schrie die Frau. Sie war hysterisch.

Natürlich machte es das nicht besser. Ich hätte meine Opfer selbst dann gequält und getötet, wenn ich über meine Zuschauer Bescheid gewusst hätte. Allerdings wäre jeder Zuschauer ebenfalls von mir beseitigt worden.

„Was soll ich sagen?“ Ich wusste es tatsächlich nicht.

„Worte sind nicht nötig. Erklärungen sind nicht nötig. Wir wissen, was du getan hast, und nun ist es an der Zeit, Buße zu tun“, sagte der erste Mann ruhig. Er war der souveränste von allen. Ihr Anführer.

„Das dachte ich mir schon“, erwiderte ich gelassen.

„Es macht keinen Sinn, noch länger zu warten. Was meint ihr?“, fragte der Erste.

„Fangen wir an“, bestätigte der Zweite.

Die Frau nickte nur.

Der ältere der Brüder ging in eine Ecke. Als er zurückkam, hielt er eine Zwickzange in der Hand. Ich erinnerte mich daran, was ich bei ihren Eltern angestellt hatte. Auf einmal bemerkte ich, wie eng die Fesseln waren, die mich am Stuhl hielten. Es gab keine Chance zu entkommen. Die drei waren äußerst gründlich vorgegangen.

„Soll ich“, fragte er?

Sie schüttelte den Kopf. „Nein, lass mich“, sagte sie entschieden und nahm ihrem Bruder die Zange aus der Hand. Sie hatte sich etwas beruhigt. Oder sie hatte ihre Gefühle zumindest kanalisiert. Sie trat auf mich zu, dann hinter mich. Meine Hände waren ihr schutzlos ausgeliefert. In schneller Reihenfolge schnitt sie mir drei Finder der rechten Hand ab.

Die gute Nachricht war, dass meine Kopfschmerzen auf einmal verschwunden waren. Die schlechte war, dass meine Hand fürchterlich brannte. Niemand, der es nicht selbst erlebt hat, kann wissen, wie sehr es schmerzt, einen Finger zu verlieren. Dennoch gab ich keinen Laut von mir. Ohne lange zu zögern, entfernte sie mir drei weitere Finger, diesmal von der anderen Hand. Die Schmerzen potenzierten sich.

Die Frau trat wieder zu ihren Brüdern. Ich spürte den Blutverlust. Ich konnte mich daran erinnern, wie viel Blut mein Opfer damals verloren hatte, und bei ihm war es nur ein einziger Finger gewesen.

„Bereust du?“, fragte der dickere der Brüder.

Ich schluckte kurz um den Schmerz zu vertreiben. Dann hob ich meinen Kopf und sagte mir klarer Stimme. „Nein, es gibt nichts zu bereuen.“

Ich sah, wie die Wut in den Augen der drei blitzte. Pure Emotionen. Noch nie hatte ich so starke Gefühle erlebt. Sie bewirkten nichts in mir.

„Mach du weiter!“, zischte die Frau. Sie klang wie eine Schlange.

Der älteste der Geschwister zog ein Messer hervor. Er schnitt mich damit. An vielen Stellen. Es war schmerzhaft. Ich gehe bewusst nicht darauf ein, wo er überall das Messer ansetzte, es spielt keine Rolle.

Erst nach einer gefühlten Ewigkeit ließ er von mir ab. Es gab keinen Zentimeter an meinem Körper, der nicht schmerzte. Der Mann hatte ganze Arbeit geleistet. Dabei hatte er einiges abbekommen. So wie er aussah, konnte in mir nicht mehr allzu viel Blut sein.

Ich spürte, wie ich schwächer wurde. Das Leben rann aus meinem Körper. Irgendwie erinnerte ich mich an einen Roboter, aus dem das Öl fließt. War erst einmal alles Öl aus mir herausgeflossen, war ich funktionsunfähig, tot. Lange konnte es nicht mehr dauern.

Die drei standen wieder nebeneinander. „Bereust du?“, fragte der Große wieder.

„Nein, es gibt nichts zu bereuen.“ Meine Stimme klang diesmal deutlich schwächer. Außerdem schien sie fern zu sein. Ich war nicht mehr Herr meiner Sinne.

„Ich schätze, dann müssen wir zum letzten Mittel greifen“, kündigte der Große an.

„Ja“, stimmte ihm die Frau zu.

„Weißt du, wir verfolgen dich schon eine ganze Weile. Wir haben dich und deine Frau beschattet. Über Monate. Wir haben mitbekommen, wie dein Kind gestorben ist. Es hat uns nicht gefreut. Dein Kind konnte nichts für das Monster, das sein Vater war“, erklärte der Älteste.

Er hatte zweifelsfrei Recht.

„Dann warst du auf einmal fort. Deine Frau war alleine. Ihr schien es nicht allzu gut zu gehen. Das freute uns wiederum, denn eine Frau, die sich mit einem Monster wie dir einlässt, kann nur böse sein“, erklärte er weiter. Damit hatte er Unrecht. Claudia war durch und durch gut. Sie hatte nie etwas Böses getan.

„Wir wussten nicht, wohin du gegangen warst und wie wir dich wiederfinden konnten und deswegen…“, er hielt kurz inne. Die Frau übernahm: „…und deswegen haben wir deine Frau und dein Haus angezündet! Wir wussten, dass dich das zurücklocken würde!“ Sie fing hysterisch an zu lachen. Der Wahnsinn spiegelte sich in ihren Augen.

Etwas brach in mir. Ich wusste nicht, was es war, ich war wohl auch zu schwach, um es richtig definieren zu können, aber etwas brach. Claudia hatte sich nicht selbst getötet? Die drei waren für all das verantwortlich? Nein, ich war dafür verantwortlich. Sie hatten es meinetwegen und aufgrund dessen, was sie mit ansehen mussten, getan.

Ich hatte Monster erschaffen. Ich starrte die drei an. Sie sahen zufrieden aus. In ihren Augen brannte das Feuer der Selbstgerechtigkeit. Sie wussten, dass sie mich gebrochen hatten.

Ich war unfähig, etwas zu sagen. Ich weinte. Ich schrie. Ich spürte das Leid, die Qual. Ich hatte nicht nur nicht meine Ziele im Leben erreicht, ich hatte auch noch Monster geschaffen. Auf einmal erkannte ich die völlige Sinnlosigkeit meiner Existenz. Ich hatte es nicht verdient zu leben. Ich hatte es nicht verdient zu fühlen. Und doch tat ich es. Ich fühlte. Das erste Mal in meinem Leben spürte ich uneingeschränkt alle Emotionen. Nicht nur das Leid und die Qual und die Trauer über das, was ich soeben erfahren hatte.

Vielmehr überkamen mich alle Emotionen, die ich im Laufe meines Lebens nicht empfinden konnte. Ich dachte an all die Opfer, die ich auf dem Gewissen hatte, und verspürte Mitleid und Scham. Ich empfand Liebe, dachte an Janette, an ihren Verlust. Ich verspürte Ehrgeiz, meine Hinterhältigkeit. Ich dachte an den Glauben und spürte auf einmal den Wahnsinn, den er in mir ausgelöst hatte. Ich dachte an die bedingungslose Zuneigung Claudias, an unsere gemeinsamen Stunden, fühlte mich geliebt, verstanden und geborgen.

Ich verspürte Wärme, als mir klar wurde, dass ich Todgeweihten auf ihrem letzten Weg geholfen hatte. Martin, Evelyn und Tobias erschienen vor meinem geistigen Auge. Ich erinnerte mich daran, wie ich meinen Sohn hochhob, und verspürte Stolz, Glück und Zufriedenheit, nur um im nächsten Moment alles wieder zu verlieren.

Tausend Nadelstiche versetzten mir sein Tod und die Tatsache, dass ich mich nicht verabschiedet hatte. Einen ähnlichen Schmerz lösten der Verlust Claudias aus, ihr Tod, der Mord an ihr und die Gewissheit, dass ich für all das verantwortlich war. All diese Gefühle brachen über mich herein wie eine Sturmflut. Ich konnte sie nicht kontrollieren, sie nicht steuern. Ich war ihnen schutzlos ausgeliefert, denn hatte ich noch nie auch nur eine einzige Emotion gespürt. Ich war gänzlich unerfahren.

Nichts um mich herum zählte mehr, was kümmerte mich die Welt. Am Ende hatte sie mir nur den Schmerz gebracht. Wäre ich doch für immer eine Maschine geblieben. Ich war davon überzeugt, niemals etwas empfinden zu können. Ich hatte mich getäuscht. Ich war nicht anders als alle anderen, ich war wie sie. Endlich wusste ich, wie es sich anfühlte. Endlich wusste ich, was es hieß, Mensch zu sein.

„Wir wissen, wer du bist. Und das ist deine Strafe!“, hörte ich.

Kurz darauf spürte ich einen letzten Stich in meinem Rücken, dann war alles vorbei.

Epilog

Ich erwachte. Ich bemerkte das Lächeln, das meinen Mund umspielte. Ich wollte es berühren. Das erste echte Lächeln meines Lebens. Meine Arme bewegten sich nicht. Ich wollte den Kopf heben, um nachzusehen, ob sie vielleicht noch immer gefesselt waren, doch ich konnte ihn nicht bewegen.

Ich spürte keine Schmerzen. Alles war auf eine ungewohnte Art und Weise taub. Alles bis auf meinen Kopf. Noch nie in meinem Leben hatte ich so klar gesehen. Ich sah die weiße Decke über mir und erblickte Reinheit, aus den Augenwinkeln konnte ich Blumen auf einem Tisch erkennen und war begeistert von ihrer Schönheit, auch wenn nicht alle Blütenblätter gleich lang waren. Perfektion war nicht nötig für Schönheit.

Ich schloss meine Augen für einen Moment. Ich sah Claudia und spürte die Liebe, die sich in mir ausdehnte. Meine Augen füllten sich mit Tränen, als ich an ihren Verlust dachte. Ich wollte sie wegwischen, doch schaffte es nicht, meine Arme zu heben. Was war nur los? Auch meine Beine bewegten sich nicht. Nichts bewegte sich. Erst jetzt bemerkte ich den Beatmungsschlauch, der mich mit Sauerstoff versorgte. Wo war ich?

Ich erinnerte mich an den Keller, an die Geschwister, die ich zu Monstern gemacht hatte. Daran, wie sie mich misshandelten, an die Schmerzen. Ich sah ihre Verzweiflung, ihr Leid und ihren Hass. Ich verstand all das auf einmal. Ich hasste mich selbst und war doch glücklich. All diese Gefühle zu spüren. Glück – was für ein unglaubliches Gefühl! Natürlich waren die meisten meiner Gefühle schlecht. Fast alle drehten sich um negative Dinge. Doch die wenigen guten Momente in meinem Leben, die ich erst jetzt zu schätzen wusste, waren all das Negative wert.

Ich bemerkte eine Person neben mir. Ich kannte sie nicht.

„Ah, sie sind wach“, sagte sie mit einem Lächeln. Gleichzeitig sah ich die Trauer in ihren Augen, als sie sich über mich beugte. Wie toll es sich anfühlte, all das endlich zu verstehen!

Ich konnte nicht sprechen. Der Schlauch hinderte mich daran.

„Sie sind in ihrem Hospiz. Wahrscheinlich fragen sie sich, wie sie hierhergekommen sind?“, vermutete die Schwester und erklärte mir alles.

Scheinbar hatte die alte Dame, der die Pension gehörte, gesehen, wie ich überfallen und verschleppt wurde. Sie hatte die Polizei gerufen, die mich suchte und mich schließlich in dem Keller fand. Mit einem Messer im Rücken war nicht mehr viel Leben in mir. Die Geschwister hatten sich gewehrt und waren von der Polizei erschossen worden. Ich wünschte ihnen Frieden und bat im Stillen um Verzeihung für meine Taten.

Man brachte mich schwerverletzt ins Krankenhaus. Ich hatte viel Blut verloren. Außerdem hatte der letzte Messerstich meine Wirbelsäule durchtrennt. Ich war vom Hals an querschnittsgelähmt.

Nachdem ich stabilisiert war, brachte man mich in das Hospiz. Zum Sterben. Damit war die Geschichte beendet. Die Krankenschwester blieb schweigend bei mir. So war es also passiert. Ich hatte es nicht besser verdient. Ich war nun einer der Todgeweihten. Dennoch spürte ich keine Trauer. Der Preis, den ich für meine Gefühle zahlen musste, war gerecht. Endlich wusste ich, wer ich war. Ich genoss die Gefühle, die mich durchströmten, obwohl, oder vielleicht gerade weil ich wusste, wie vergänglich sie nun waren.

Ich bewegte meinen Kopf. Das war alles, was ich konnte. Die Krankenschwester verstand mich. Wer in einer solchen Einrichtung arbeitete, wusste, was die Todgeweihten wollten. Sie richtete mich auf. Ich lehnte mit meinem Rücken an der Wand und doch spürte ich sie nicht. Ich spürte überhaupt keine äußeren Einflüsse. Alles, was ich nun hatte, waren meine Gefühle. Es war überwältigend. Ich sah aus dem Fenster auf eine Wiese. Saftiges Grün, blühende Bäume, Obst – mein Verstand sagte mir, dass all das normal war, mein Gefühl jedoch ließ mich die Wunder in jeder einzelnen Sache spüren.

Mein Verstand hatte nichts mehr zu sagen, es herrscht einzig und allein das Gefühl. Ich war frei. Das mag jetzt womöglich komisch klingen, da ich nicht mehr in der Lage war, irgendwo hinzugehen oder irgendetwas zu tun, doch ich fühlte mich tatsächlich frei.

Ich war am Ziel meines Lebens, schließlich hatte ich es doch erreicht. Ich war glücklich. Ich wusste nun endlich, wie es ist, Mensch zu sein. Glück. MenschSein.

Meiner Beerdigung wohnten viele Menschen bei. Sicherlich war ich kein besonders guter Mensch gewesen, doch wie hätte ich es auch anders wissen sollen? Ich will mich nicht aus der Affäre ziehen. Ich bin mir dessen bewusst, dass ich schlimme Dinge getan habe. Ich habe sicher nichts Gutes verdient. Und doch gab es Menschen, denen ich geholfen hatte. Das Hospiz war der Beweis hierfür.

Mein Grab lag direkt neben dem meines Sohnes. Claudia, ich und unser Sohn. So fern wir uns im Leben waren, so nah waren wir uns im Tod. Ein schöner Gedanke. Natürlich war es mir nicht mehr möglich, jeden Tag eine Blume auf das Grab meines Sohnes zu legen.

Dennoch blühte es dort zu jeder Jahreszeit. Die Menschen, die mich immer tuschelnd angesehen hatten, hatten das Ausbleiben meiner Besuche bemerkt. Sie hatten es sich zur Aufgabe gemacht, meine Pflicht zu übernehmen. Und so kümmerten sie sich um sein Grab.

Es war ihnen egal, wer ich war oder was ich getan hatte. Es kam einzig und alleine darauf an, eines nicht zu vergessen:

das MenschSein.

Ach ja, es interessiert sie sicherlich noch die Aufschrift auf meinem Grab. Wenn ich daran denke, muss ich lächeln.

„Wir wissen, wer du warst. Und es ist gut so."

ENDE